あの家に暮らす四人の女

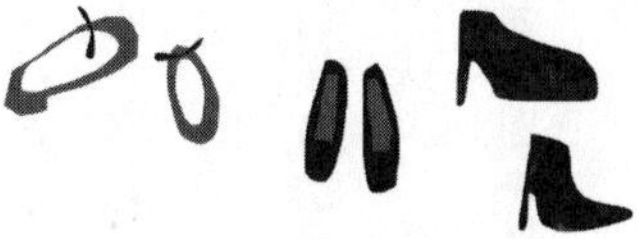

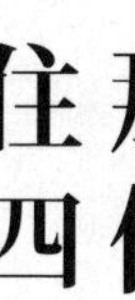

住那個家的
四個女人

三浦紫苑

王華懋——譯

住在牧田家的四個女人，平日向來在早上七點一起用早餐。早餐準備採輪班制，這星期是佐知當班。昨晚刺繡愈繡愈起勁，一直想著再一下就收工，沒想到一不小心就埋首繡到了天亮，因此睏得不得了。她啜飲著濃濃的咖啡，用料理筷攪拌著平底鍋裡的蛋。

透過餐廳的落地窗，可以看見朝陽灑在庭院的菜園上。美其名為菜園，但這個季節只有幾根冒出頭的蔥而已，其中也有幾株開成圓球狀的大花。由於火鍋已吃膩了，看來它們注定要消耗不完，就此立地枯萎。

菜園各處插著免洗筷，很像金魚或獨角仙的墓碑，但其實是秋天時採收的馬鈴薯的埋藏位置記號，待冬季期間一點一點挖出來食用，不過，因為澱粉攝取量已經臨近飽和，感覺應該會有一些留在泥土裡變成種薯。

儘管現在總的來說是一片褐色且單調的菜園，但由於佐知的母親鶴代總是精心打理，從春季到夏季，便會化身為一座綠意盎然的小叢林。毛豆、茄子、番茄等恣意生長，結實累累。佐知總是要鶴代克制一下，說四個女人吃不了這麼多，但鶴代宛如被蔬果魂附身了似的，總是專心一意地挑除害蟲，慷慨地澆水施肥。剛採收的時候當然很開心，但菜一下子就吃膩了，於是嚷著：「我要吃燒肉！大熱天就要吃肉滋補一下。」這也是鶴代的常態。

感受到春意之後，今年鶴代又開始熱中於翻土耕耘，看來夏天又要遭受源源不絕的蔬菜攻擊了。佐知嘆氣，將視線從菜園拉回到手上的平底鍋。蛋有點炒過頭了。她迅速把蛋分盛到四個盤子上，上面已經擺好小番茄和煎得酥脆的培根。

不知道是因為一直盯著蛋，還是射進屋裡的朝陽使然，佐知總覺得視野泛著一層黃。常聽人說「縱慾過度的隔天早上，太陽會變成黃色的」，但遺憾的是，佐知從未有過如此激烈的翻雲覆雨經驗，視野會一片昏黃，單純是因為刺繡做太久了。疲勞和睡眠不足為何會讓世界黃化，佐知不太清楚箇中原理，但除了一針一線刺繡的行為以外，她不曾體驗過世界黃化的狀態，這個事實讓她在充實之餘，也感到一抹淡淡的哀傷。說到底，這是對自身境遇的不安和焦急：「我這樣下去行嗎？」同時也帶著認命的自我肯定：「可是我又沒有其他想做的事，也沒有稱得上不滿的不滿。」

將四個盤子擺到餐桌上，用小烤箱分兩次烤好吐司，在各人的杯中倒入咖啡，再準備好無耳杯，讓想喝牛奶或柳橙汁的人自行選擇。彷彿算準了時間，母親鶴代、谷山雪乃、上野多惠美來到了餐廳。

「早。」四人彼此道早，各自在餐桌就定位。「開動了！」佐知以外的三人對她說。

「請用。」

佐知依據每個人的需求，在鶴代和雪乃的杯中倒入牛奶，在多惠美和自己的杯裡則倒入柳橙汁，和其他三人一起開始吃早餐。

「是不是有點太鹹了？」吃了一口炒蛋的鶴代說。

「會嗎？」

「不會呀。」多惠美笑著打圓場。「配吐司剛剛好。」

「妳又熬夜了？」

雪乃為自己斟了第二杯咖啡，視線在佐知身上飛快掃一遍。雪乃和多惠美都已經化妝整裝完畢，準備去上班。就連不用出門上班的鶴代，也像平常那樣，將一頭銀髮一絲不苟地梳成一顆髮髻，上身是灰色針織衫，下身是黑色長裙。

只有佐知一人素著一張臉，蓬頭亂髮，身上是連續穿了三天的深藍色成套運動服。

「嗯……」

「真辛苦。」多惠美同情地說。

文靜但毒舌的雪乃卻字字見骨：

「那麼美麗的刺繡，居然是出自這種邋遢到家的女人之手，真是無法想像。要是妳的學生發現真相，一定會哭出來吧。」

「才不會呢！」多惠美搶在佐知開口前斬釘截鐵地說，沒忘記立刻補上一句：「至少我不會。」

「搬進這個家以後，發現老師原來這麼辛苦地在創作，我反而感動極了。」

「多惠，妳人真好。謝謝妳。」

佐知向多惠美道謝，同時不著痕跡地聞了聞運動服的肩處。不勞雪乃指出，她也自覺再不洗澡就真的要發臭了。

「妳就是這樣，把每個人都捧上天，才會招惹上怪男人。」雪乃受不了地說。

「我才沒有吹捧，我只是陳述事實。」多惠美裝可愛地鼓起腮幫子抗議。

「好啦，再不出門就要趕不上電車了。」鶴代催促道。

雪乃和多惠美匆忙將吐司塞進嘴裡，喝光咖啡，去盥洗室刷牙，最後一次檢查儀容……忙亂了一陣之後，兩人說著「我們走了」，打開玄關門。

「折疊傘帶了嗎？今天好像傍晚會開始下雨。」

鶴代會擔心的都是「傘帶了嗎？」、「飯吃了嗎？」這些事，若說世間絕大多數的母親都是如此也就算了，但佐知聽了頗感刺耳。雪乃和多惠美又不是鶴代的女兒，而且都是大人了。佐知擔心她們會嫌鶴代管太多而覺得煩，但雪乃和多惠美卻顯得很開心，回應道：

「有，我帶了。」

「我的包包裡都有放傘。」

到玄關送兩人出門的佐知和鶴代，走過昏暗的走廊回到餐廳。餐廳窗外，雪乃和多惠美正走過菜園旁邊，四人隔著玻璃窗向彼此揮手。

「差不多該把雪乃和多惠搬進這裡的事告訴山田伯伯了吧？」

「要說也不是不行，」鶴代動手清洗收到洗碗槽的碗盤。「可是說了覺得麻煩。反正後門離車站近，用不著特地說吧？山田先生應該也早就察覺到了吧？」

「是這樣嗎？」

鶴代從沒上過班，也沒有自己賺過錢，以「深閨千金」的身分一直活到近七十歲。她很少主動提出意見，傾向盡量避免爭吵，靜待對方主動察覺。可以說是言詞不足，但這不是指她沉默寡言，而是欠缺說明的能力，或者說缺少將想法傳達給他人的意願。

鶴代有時會轉述電視劇劇情給佐知聽，但不管佐知聽得再怎麼認真，人物關係依舊混亂不清，劇情也顛三倒四，不得要領。鶴代描述一小時的電視劇得花上一個半小時，而且經常到最後，重點情節是什麼依然霧裡看花。

「這不叫劇情簡介好嗎？」佐知生氣地說。

鶴代卻一副雲淡風輕、事不關己的模樣：

「我都說得那麼詳細了，是妳理解能力太差。」

對於鶴代，佐知不再奢求她能有條理地將事物轉化成語言。但話又說回來，若說和鶴代聊天很沒意思，也不盡然，十分奇妙的，鶴代有時還會使用一些很有趣的比喻。

比方說前幾天，鶴代跑來提醒經常待在自己房間三更半夜不睡覺的佐知，關門要小聲一點。當時她是這麼說的：

「妳每次開關門都像要把門扯下來一樣，吵得別人都不用睡了。雪乃和多惠一定也覺得很吵。」

佐知深切反省，同時也佩服了一下：「把門扯下來？這形容真貼切。」

撇開這些不提，這次鶴代似乎又不想挑明了說，期待隨著時間過去，山田自會隱約察覺並接受，採取這種「默默期待對方讀心」的策略。這樣真的好嗎？佐知有些擔心，但依過去的經驗，若是在這時候插手，只會讓狀況變得更棘手，因此就隨母親去了。

「佐知，妳昨晚沒睡吧？我來洗碗就好了，妳去樓上睡一下吧。」

「嗯，謝謝。」

「今天有課嗎？」

「這星期只有星期六有課。妳要去買東西吧？」

「晚點會變冷，我想在三點前出門。」

「我陪妳去。如果我還在睡，就叫我起來。」

佐知走去玄關，步上有厚重木扶手的樓梯。經年累月被數不清的住民撫摸過的扶手，肌理變得柔和，散發出彷彿上過漆般的光澤。

浴室在二樓。清掃浴室也是輪班制。洗完澡的人，就把掛在脫衣間裡自己的名牌翻過來。這幾天佐知工作忙到連洗澡的時間都沒有，因此名牌一直蓋著。這星期輪到多惠美清掃浴室，昨晚她最後一個洗完澡後，似乎把浴室每一個角落都刷洗乾淨了。

這是棟老房子，但廚房和浴室幾年前翻修過。動線精心規劃的系統式廚房、銀色大冰箱、可以伸直雙腳泡澡的大浴缸——這些是在樓層挑高的洋樓裡，少數幾樣具備了「現代化」功能的家具。時隔多日，佐知在鋪了地磚的浴室裡洗去身上的污垢，只沖了澡，稍微刷洗過地板後才離開浴室。

把發臭的運動服塞進洗衣機，換上乾淨的家居服。沒力氣吹頭髮了。佐知回到二樓邊角自己的房間，任由刺繡工具散落滿桌，跳上了床。佐知的房間西側和南側都有窗戶，逐漸爬升的陽光從南窗照射進來，十分刺眼，但佐知沒有拉上窗簾就墜入夢鄉。

佐知用浴巾包著一頭濕髮，趴在床上睡著，儼然一個巨大的小芥子[1]木偶。但是目擊她這副模樣的，就只有窗外剛好展翅飛過的烏鴉而已。

鶴代和佐知是母女，但雪乃和多惠美與她們沒有血緣關係。這四個女人展開這段奇妙的同居生活，已經過了一年。

佐知和雪乃約在五年前因緣際會相識成為朋友。佐知是刺繡創作家，在家工作，雪乃則在西新宿的保險公司上班。佐知自出生以來就從未離開過和母親一起生活的這個家，但雪乃是新潟人，從離鄉讀大學到搬進牧田家之間的這段時間，一直是一個人在外獨居。

1 日本東北地方的木製人偶，造型簡樸，為一圓頭及圓柱狀的身體，沒有手腳。

兩人的職業和境遇都不同，但都是三十七歲單身，加上都不太會干涉別人，算是一拍即合。

佐知和雪乃是因為認錯人而認識的。那天佐知和委託人約好見面，交貨刺繡作品。買家是一家小型精品店的老闆娘，委託佐知在五公分見方的布上繡出可愛的教堂、馬及花朵等圖樣。刺繡裱框後，就成了裝飾在牆壁或櫃子上供人欣賞的小物。以低調內斂的室內飾品來說，佐知的作品頗受歡迎。

佐知將五幀裱框好的刺繡作品細心包裝好，放進皮包，前往約定的地點。精品店位在澀谷，但店面狹小，因此他們約了在忠犬八公像前面會合，再找家咖啡店坐下來確認成品。

雖是平日午後，但八公像不愧是各路人馬相約的熱門地點，周圍人潮不少。佐知因為身為東京人的骨氣作祟，不願意靠近八公像這種俗氣的會合地點，然而她與委託人主要都是透過電郵和電話聯絡，她對只見過一次面的對方相貌記憶模糊，因此待在稍微遠離八公像的地方觀察狀況。

印象中跟自己差不多年紀，五官清秀，應該是個氣質古典美女——佐知如此回溯記憶，在八公像的尾端附近，發現了疑似交易對象的身影。

佐知跑過去的時候，對方的視線似乎朝她看了幾次，但沒有特別的反應。

這時佐知就該發現自己認錯人了，卻仍跑到對方面前開口說：

「杉田小姐，不好意思，讓您久等了。」

「呃……」

對方支吾起來，欲言又止。這時佐知才驚覺不對，細看對方，也無法確定到底是不是杉田小姐。眼前的杉田小姐看起來像是在猶豫要不要指出佐知的絲襪脫線了還是其他什麼而支吾其詞，也像她根本就不是杉田小姐，因為被陌生人攀談而不知所措。

佐知納悶著到底是哪一個，不著痕跡地檢查了自己的腳和裙子拉鍊，等待（暫定的）杉田小姐的下一句話。這時她發現（暫定的）杉田小姐的手握著八公像的尾巴。

為什麼要握著尾巴？

正當她為此疑惑，背後有人出聲：

「牧田小姐？」

回頭一看，一名五官清秀的女子正笑著看著她。那麼，新登場的這個人才是正牌的杉田小姐嗎？

佐知連忙向握著八公像尾巴的（暫定的）杉田小姐鞠躬說：

「抱歉，我認錯人了。」

「沒關係，妳不用在意。」（暫定的）杉田小姐大方地回應。

佐知和正牌杉田小姐進了星巴克，交出裱框的刺繡成品。杉田小姐拆開包裝檢查後，對成品非常滿意，說會立刻將款項匯進她的戶頭，並保證會繼續委託她做各種刺繡作品。

隔著小桌對話的期間，佐知觀察著杉田小姐的臉。這樣細看，正牌杉田小姐和暫定杉田小姐確實都是美女，但正牌杉田小姐比較討喜，正這麼想著的時候，佐知腦中暫定杉田小姐的臉已經開始模糊，如流雲般捉摸不著。她覺得那張臉美歸美，給人的印象卻極為薄弱。

兩人在星巴克只待了約十五分鐘，杉田小姐將刺繡成品小心翼翼地收進自己帶來的購物袋裡，走上坡道回去店裡了。佐知穿過車站前方的十字路口，走向澀谷站。

佐知想去東橫地下街買些食材，因此沒有前往ＪＲ驗票閘門，而是經過八公像的前面。她不經意地望向八公像，發現暫定杉田小姐還在那裡，手仍握著八公像的尾巴。不，正是因為她握著尾巴，佐知才能認定她就是自己已經快要忘記長相的暫定杉田小姐。

猶豫了一下，佐知走向暫定杉田小姐。

「剛才真不好意思。」

暫定杉田小姐馬上就發現眼前是剛才認錯人的女人，小聲說：

「不會，我經常被人認錯。」

「冒昧請問一下，」佐知實在克制不住好奇地問：「妳為什麼要抓著八公像的尾巴？」

「我跟客戶約在這裡，對方是位老太太，她說『我知道八公像，可是每次都忘記妳長怎樣』，所以我說『那我會抓著八公像的尾巴，妳找抓著尾巴的女生就對了』。可是她不曉得是不是忘了有約，好像沒有來。」

暫定杉田小姐總算放開了八公像的尾巴。

「撥她手機呢？」

「對方是老人家，沒有手機。希望不是在路上出了什麼事。」

佐知對暫定杉田小姐萌生了些許好感。暫定杉田小姐穿著正牌杉田小姐應該不會穿的樸素套裝，佐知實在納悶自己剛才怎麼會認錯人。

「妳說妳經常被人誤認，都是把妳認成誰？」

「也不是特定的誰。」

與客戶的約會告吹，忽然閒下來的暫定杉田小姐和佐知聊了起來。

「我可能長得像每個人都會有的朋友，經常有人用陌生的名字叫我，自顧自地聊上一大串。我也常被朋友說『妳昨天去了某某地方吧？』，說在那裡看到我，但我根本沒有去。」

「妳是那種容易靈魂出竅的體質嗎？」

「我沒有半點靈異體質，只是因為這張很常見又不容易給人留下印象的大眾臉罷了。」

「很適合當間諜呢。」

「或許吧。」

兩人自在地相視而笑。佐知並不擅長與人交往，難得有了「想和她再多加認識」的念頭，因此將名片遞給了暫定杉田小姐。名片上有她的電子信箱、手機號碼，以及展示刺繡作品的網站網址。

「這是我的名片。」

暫定杉田小姐訝異地收下佐知遞上的名片，目不轉睛地端詳。

「這是我第一次遇到刺繡創作家。」

「我有在家裡開課，如果有興趣，可以聯絡我。」

這就是佐知和暫定杉田小姐——不，雪乃的邂逅，但佐知當然沒有期待雪乃會聯絡她，反而覺得自己有點太強勢了，對方可能會誤以為她都在路上到處發名片為刺繡教室招生，想起來就後悔萬分，在房間裡「啊～啊～」地呻吟。不過很快的，就連遞出名片這件事都被她忘到九霄雲外去了。

另一方面，雪乃也跟佐知差不多，雖然感覺對方還不錯，但也納悶到底是怎麼一回事，心想那人也真熱情，把名片收進皮包後就此遺忘。週末整理皮包時發現那張名片，心血來潮，隨手用自家電腦瀏覽名片上的網站，發現展示的刺繡作品都十分精巧可愛。

雪乃有些受到吸引，不抱期待地傳了電郵過去，佐知也回了信，兩人便開始電郵往返，漸漸發現彼此對閱讀和電影的嗜好十分相投，就開始見面出遊了。

一開始佐知遲遲記不住雪乃的長相，老是在會合地點東張西望，被雪乃觀察取笑。不過認識了這麼久，現在雪乃的臉早已變成獨一無二好姊妹的臉，刻劃在佐知腦中，不會再和任何人搞錯了。一旦刻劃下來，雪乃的臉就只屬於雪乃一人，在宛如陶瓷的靜謐之中，同時帶著毒刺與堅定的芯。

多惠美是雪乃公司的後輩，比佐知和雪乃年輕了十歲之多。大概三年前，多惠美調到雪乃的部門，由於外形嬌小可愛又能幹，很快就贏得了同事與客戶的好感。

雪乃得知多惠美喜歡手工藝，便把佐知介紹給她。佐知在家裡每週開一、兩堂刺繡課，在雪乃的陪伴下前來試聽的多惠美當場就報名，因為佐知的刺繡技術和品味都沒話說，充滿挑動女人心的甜美風格。

下課後，和佐知同住的母親鶴代會準備紅茶及糕點招待大家。全是女性的六、七名學生坐在客廳沙發上，不分年齡地談笑，度過午後時光。多惠美開始上星期六的課，也很快地融入其中，博得太太們的喜愛。有時候雪乃也會一起來，但她不會刺繡。與她端莊嫻淑的外表有別，雪乃的手很笨拙，尤其做不來刺繡這種細活。不過她會一起聊天，翻看雜誌或者幫鶴代烤糕點，頗為享受在牧田家裡的時光。

佐知、雪乃和多惠美就這樣往來了幾年，加上鶴代，四人變得無話不談，卻也從未想過雪乃和多惠美會搬進家裡一起同住。箇中理由，後文將娓娓道來，總之這四個女人分配家事，共同生活，就這樣過了一年。

佐知實在耐不住照在臉上的陽光，一過中午就醒了。她拿下頭上的浴巾，洗髮精的香味飄散開來，還帶著濕氣的頭髮垂到臉頰上。她在二樓的浴室草草梳頭紮起來，畫眉毛，只上了腮紅和唇蜜。

在家工作，很容易就會變得不修邊幅，這很糟糕。雖然總是自我警惕，但佐知猶豫了一下，還是沒有將家居服換成外出服。她身上穿的是休閒褲和起了一堆毛球的毛衣，只是要去車站附近買個東西而已，穿這樣就行了吧。

在這樣的藉口下，佐知的睡衣兼家居服兼外出服愈來愈窮酸，現在就連去新宿街上，她都會邋遢地認定「反正是同一條線的車站，穿這樣就行了吧」。感覺過不了多久，她就會基於「一樣都是地球」這個理由，不管是紐約還是里約熱內盧，都直接以素顏搭配舊休閒服就去了。

回到房間，佐知有收等於沒收地整理了一下桌上的布和線之後，下去一樓。鶴代正在餐桌吃午飯，配菜是煎鮭魚、豆腐味噌湯和馬鈴薯燉肉。

雪乃和多惠美回家的時間不固定，因此平日午飯和晚飯都是各自覓食。伙食費等生活費會在月初繳交到共同的「資金袋」，需要的物品就用這些錢買。採買多半是由幾乎都待在家裡的鶴代和佐知負責。而用自己的錢買的食材、點心，以及絕對不想被別人吃掉的東西，就用奇異筆寫上名字。

幸好四人都不太挑食，也不討厭下廚，同時生性也不浪費，因此不曾為「資金袋」的使用方式、煮好的菜餚分配等發生爭吵。

平日晚飯多半是鶴代準備，有時是過了正餐時間也可以加熱食用的燉菜或咖哩，或是將事先做好的漢堡肉解凍，這讓工作晚歸疲累的雪乃和多惠美很開心。雖然也不是做為回報，但週末的晚飯大多由雪乃或多惠美掌廚。至於佐知，她主要負責洗衣服，也積極去做廚房及浴室以外非輪班制的屋內與庭院等清掃工作。

不過這完全只是原則，鶴代這人反覆不定，佐知也不太敢麻煩在外上班的雪乃和多惠美，結果就是很多時候家事全由佐知一個人包下了。

言歸正傳，佐知看向餐桌的時候，煎鮭魚和馬鈴薯燉肉都快被鶴代吃完了。因此佐知進去廚房，用單柄鍋煮沸加水稀釋的麵味露，丟進冷凍烏龍麵，把菠菜和同樣冷凍的豆腐皮撕碎丟進去，最後打進一顆蛋。

烏龍麵煮到軟爛後，連鍋子一起端到餐桌。佐知用報紙墊著單柄鍋，拿起叼在嘴裡的免洗筷說：「我開動了。」

「怎麼不用隔熱墊？」正在看午間連續劇的鶴代皺眉問。

「沒關係啦。」

「不會煮得太爛了嗎？」

「沒關係啦，烏龍麵我喜歡軟一點。」

「妳是牙口差的老人家嗎？」

「這輪不到媽來說吧。」

以眼角餘光瞥看午間連續劇，吃完午飯，刷完牙，洗完碗盤的母女，總算準備要出門買東西了。

走到玄關時，佐知覺得今天會很冷，從帶門板的鞋櫃兼衣櫃裡取出夾克。

「媽，妳只穿針織衫不冷嗎？」

佐知邊穿鞋邊回頭問，發現鶴代已經周全地罩上了厚披肩。

「我跟妳不一樣，早就看過天氣預報了。」

鶴代穿過佐知身旁，推開沉重的玄關木門。

確實，鶴代精確地掌握幾點哪一台會播報氣象，甚至讓人懷疑她的興趣是不是「觀看氣象預報」，整天關注天氣，為了放晴、下雨、天熱、天寒而忽喜忽憂。佐知覺得不管要穿什麼、要不要帶傘，當下配合著應變就行了，但鶴代看不慣女兒這種「漫無計畫」，責怪她「所以妳刺繡的工作才會每次都拖到交期才嚷著『還沒做完！』而手忙腳亂」，更一路翻起陳年舊帳，抨擊「妳小學的時候也是，暑假畫圖日記累積一大堆，結果還不是我幫妳做。就連妳出生的時候也是，預產期都過了好幾天，幾乎要忘記肚子裡還有妳的時候才開始陣痛，整死我了」。

眼看形勢不妙，佐知默默鎖上玄關門，走出屋簷仰望天空，發現雲層的模樣也不大妙。

「對了，妳早上說傍晚要下雨，撐得到那時候嗎？」

「我們快去快回就沒事了。離傍晚還有一陣子。」

鶴代不是走向正門，而是穿過菜園旁邊，繞過屋子，往後門走。菜園旁邊的晾衣竿上，今天鶴代替補眠的佐知晾曬的四人份內衣褲等正在風中飄揚。

這棟住著四個女人，帶庭園的老洋樓位在東京的杉並區。剛好就在善福寺川大幅蛇行的一帶。河邊規劃成公園，因此雖是家戶密集的住宅區，卻給人綠意盎然的印象。

約莫是戰前時期，來自東京中心地區和偏鄉的人們開始在這塊全是田地和雜木林的土地打造郊外城鎮。戰爭結束後，進入高度經濟成長期，東京人口爆炸式成長，郊區更進一步朝外緣不斷擴張。

至於杉並區一帶，現在的定位相當半吊子，稱不上郊區也算不上都心。只要稍微離開商家密集的車站周邊，便是民宅挨著民宅的住宅區。也沒有叫得出名號的產業或企業，確實符合「郊區睡城」的稱呼。但一搭上電車，到新宿只要約莫十分鐘。想想有一大堆地方得花上兩小時通勤進城，從距離來看，杉並區完全屬於「都心」的範圍內。

佐知經常覺得，杉並區是個模擬兩可、沉睡般的地方。從牧田家到最近的ＪＲ阿佐谷站，走路得花上二十分鐘，更讓人有這樣的感覺了。說閑靜是好聽，但說穿了就是個總是在打盹般、平凡無奇，唯有安靜可取的住宅區。

生長在這個城鎮，不管是渴望「無論如何都想在大都會生活」，還是夢想「退休後想回故鄉悠閒過活」，都是不可能的事。因為大都會近在旁邊，而故鄉就在這裡，這個精神昏睡著、行屍走肉般的城鎮，悠哉而和平，近乎窒息。只要是在東京生長的人，大部分應該從年少時期就體會到這種缺氧、難以呼吸、無處可去亦無處想去的感覺。

佐知和雪乃相處，有時會被雪乃的光芒四射給嚇到，被她那種不知該說是野心還是上進的特質嚇到。雪乃常說，為了一個人在東京生活，她絕對不能失去工作。而且不光是嘴上說說，實際她在工作上也非常拚命。雪乃說她出生的故鄉很單調，就連職缺也是，除了公家機關以外幾乎沒有，「我絕對不想住在那種鄉下。」

「三十七歲還沒嫁人的女人，光是這樣，在那裡就等於完蛋了。如果不在變成老姑婆之前結婚，後果會不堪設想。那種地方真的很討人厭，對吧？」

佐知深感認同。但到底會是如何的「不堪設想」，實際上她也不太有概念。

「那是因為妳一直住在東京，而且有自己的家，感覺鶴代阿姨也不會一直逼妳結婚。」

雪乃說，佐知能夠活得隨心所欲，全都是多虧了「東京」這個環境。被這麼一說，佐知或許真是得天獨厚。不過鶴代不會對女兒催婚，是因為她對佐知早已不抱任何期待或希望，再說鶴代自己也有些與眾不同，似乎真心覺得女兒結不結婚都無所謂。

此外，雪乃雖然總是滿口咒罵故鄉，卻意外地也深愛著故鄉，每逢盂蘭盆節連假和過年，她一定會加入返鄉人潮，人擠人地回去父母和兄嫂同住的老家探望。這種時候，佐知都會感到些許寂寞和羨慕，就像小學暑假結束時，在教室與全身曬成黑炭的同學再見面時的心情。同學們都在談論回鄉下阿公阿嬤家度過的快樂暑假，沒有故鄉可以回去的佐知總是感覺落單。

每次接觸到——不，一廂情願地感覺「接觸到」雪乃的野心或者說上進心時，佐知就會有些畏縮。發現自己沒有這樣的衝勁而自慚形穢，覺得自己正是因此才這麼沒有出息。也許是自小日積月累的寂寞和羨慕轉化為少許的嫉妒，儘管杉並區在古時並不屬於江戶，她卻在內心虛榮地反駁：「凡事淡然處之，才是江戶人的美德。」

然而前些日子，讀到震驚社會的所謂「半黑白[2]」反社會集團的專題報導，得知該集團的主要成員都是杉並區或世田谷區出身，佐知驚訝極了。

這個在六本木引發暴力事件、成員當中也有成功實業家的集團，到底是怎樣的存在？佐知出於旁觀者的好奇，拿起在書店看到的那本紀實報導書籍。雖然是土生土長的東京人，佐知卻幾乎沒有踏進過六本木，只知道似乎是個光鮮亮麗的地方，入夜以後，感覺人人都會嗑藥狂嗨。當然這是錯誤的印象，但東京很大，對於整天窩在杉並區的家裡刺繡的佐知來說，電視上播放的六本木差不多就是全部了。

然而報導裡卻寫說，在六本木為非作歹的集團中心成員很多都是杉並區的人。什麼？佐知簡直像是被甩了一記耳光。他們的年齡和佐知相近，那麼，當佐知懵懂地過著不知道算不算青春期的青澀歲月時，他們居然在同一個杉並區裡燃燒著貪婪熾烈的野心，準備進軍六本木嗎？嚷嚷著「咱們要賺大錢、開高級

2 指進行各種犯罪行為的非正式黑道集團。由精通黑道內幕的報導記者溝口敦所命名。

車、擁抱美女」來鼓動兄弟們嗎？

在杉並區，這個宛如沉睡般、唯有閑靜可取的悠閒住宅區。這樣來說，佐知之所以糊里糊塗地過著「一心一意埋首刺繡，結果回神一看，變得像行屍走肉」的生活，並不是因為她生長在東京、生長在杉並區，而是完全歸咎於她自己的責任，她自己的性情使然。缺乏野心和上進心，更進一步說，缺乏氣魄，原來這並不是東京人的特質，而是佐知的特質！多麼殘忍的事實啊！真不想知道。

半黑白的他們生長的杉並區，一定是和這裡極為相似的平行宇宙。佐知索性搬出自己為數不多的科幻知識套用上去，藉此逃避對自己不利的事實。

走到阿佐谷站的二十分鐘路程，以及在車站附近的商店街買菜與豬肉的期間，佐知又滿腦子想著：「在這麼悠閒的地方，到底要怎麼培養出氣魄？」「不，或許就是受不了不算都心也不算郊區的半吊子，才會激發出他們暴力式的野心。」她沉浸在天馬行空的妄想中，在烏雲密布的天空神遊太虛。至於同行的鶴代則在山茶花籬笆底下發現一隻黑白貓坐在那裡，兀自點頭說：「好目中無人的嘴臉啊，跟佐知一個樣。」看見商店街一隅有家店正在裝潢，便隨興提議說：「會開什麼店呢？希望是咖啡廳。」

就在這當中，佐知拉回雲遊的心思，回過神時，大型環保袋已經被裝滿到揹帶重得要陷進肩膀肉裡了，而鶴代手中只拿著長皮夾，輕快地走著。

「白菜有必要買一整顆嗎？蔥也是，院子裡不就有嗎？」

「今天晚上吃火鍋。」

雞同鴨講。老樣子了。買完東西的佐知就像個腰腿無力的聖誕老人，不停地把環保袋在雙肩上換來換去，艱辛地走完回家的二十分鐘路程。

這一帶有許多狹窄的單行道。道路兩側是整排約莫與人同高的磚牆或籬笆，或是透天厝、公寓、停車場，如吃角子老虎的圖案反覆出現。其中也有門面氣派的古老大宅，應該是戰前就在當地從事農業的人家，或是戰後立刻在此買地遷入的人們的子孫吧。

佐知所住的家，土地和房屋都在鶴代名下，周圍由磚牆圍繞。約一百五十坪的土地面積，在市區內完全稱得上豪宅。據說是鶴代的祖父在戰爭剛結束時就興建的，結構扎實，現在則呈現出懷舊洋樓的氣息。不過，這屋子真的很老舊，地板會吱嘎作響，風從各處隙縫溜進屋裡，走廊陰暗，庭院也很難打理得周全。每逢夏季，不管佐知再怎麼努力拔除，雜草依舊叢生，長成大樹的樟樹枝椏雜亂伸展。

換句話說，豪宅的真實樣貌其實是棟陋屋，附近的小學生都稱這裡是「鬼屋」。第一次聽到的時候，比起震驚，佐知更深感同意：「確實，裡面住的人也很像妖怪。」

鶴代是獨生女。牧田家似乎從江戶時代就在杉並這塊土地上從事農業。鶴代的祖父那一代，不知為何家族中突然人才輩出，聽說也有後來代代都擔任外交官的遠親，但佐知不曾見過。

鶴代的祖父身為牧田家本家，戰前靠著股票還是期貨一夜致富，從此放棄農業，不事勞動。但鶴代的父親是個草包，經年累月地將牧田家的資產坐吃山空。戰後似乎一點一點地變賣土地，再用這筆錢在剩餘的土地上興建公寓，憑藉房租收入來維持生計。

交棒到鶴代手中後，公寓租賃稍微上了軌道，又在泡沫經濟時期順利於高點脫手，大賺了一筆。現在牧田家的資產有一百五十坪的土地和老洋樓，以及鶴代一輩子不愁吃穿的存款。但這筆資產應該不夠讓鶴代的女兒也溫飽一輩子，因此佐知對抗著日漸逼近的老花眼的恐懼，每天拚命刺繡。

雖然不知道牧田家延續了幾代，但除非佐知能夠單性生殖，否則居住在洋樓的本家將會在她這一代結束。屆時牧田家的資產也差不多剛好見底，這讓佐知佩服起世事的安排真是巧妙。如果沒有下一代，也懶得去維持土地和金錢，崩壞的速度似乎會更快。

彎過轉角，前方出現牧田家的磚牆時，天色一下子暗了下來。不到傍晚，雨水已經滴滴答答落了下來。

「雨傘呢？」

「在白菜和高麗菜底下。」

還買了高麗菜嗎？難怪會重成這樣。母女覺得與其撐傘，跑回家更快，因而加快了腳步。鶴代經常因為過度聽信天氣預報，落到淋成落湯雞、冷得發抖、熱到喘氣的下場。佐知覺得這就跟被占卜牽著鼻子走，最後得不償失一樣，實在很愚昧。

打開泛著紅鏽的後門，鶴代率先進入庭院。淋了滿身雨的佐知跟在後頭，苦澀地想：「我就覺得要下雨了嘛！」雖然很想快點衝進玄關的屋簷下，但購物袋實在太重了。她索性看開，停下腳步，把袋子放在濕漉漉的地上。旁邊是荒涼的菜園和晾衣竿。

咦？晾在上面的衣物不見了。佐知正這麼想時，抵達玄關的鶴代的聲音傳來：「啊，山田先生，你幫我們收衣服嗎？謝謝你。」

佐知連忙提起購物袋，跑向玄關。屋簷下，山田正將抱了滿懷的衣物交給鶴代。

山田一郎住在守衛小屋。守衛小屋指的是一進牧田家大門的地方，有一棟比棚屋更像樣一點的獨棟小屋，好像是鶴代的祖父在興建洋樓時，蓋來當倉庫兼書房用的。幾年後稍微整修，山田現在已過世的父母便搬了進去。

山田的父親似乎是鶴代的祖父雇來幫忙農務並管理資產，類似雇農兼管家。山田小時候和父母生活的家在戰爭中燒燬了，因此山田一家戰後好幾年投靠在中野區的親戚家。但寄人籬下總是不自在，又無處可去，正不知該如何是好時，鶴代的祖父仗義相挺，提供庭院裡的小屋讓他們住，因此山田一家就搬進了牧田家的土地。

此後六十多年過去了。山田的父母早已離世，山田也成了八旬老人。他從未結婚，看著牧田家朝來暮去，現在仍住在守衛小屋裡。

說是「守衛小屋」，也只是佐知和鶴代習慣這麼稱呼而已。實際上山田並不是守衛，而是住在土地上的外人，難以對他人說明，一言以蔽之，就是個謎樣的存在。佐知覺得光是「山田一郎」這個名字就很像假名了，不過這真的是他的本名，所以也無從挑剔。

山田在一家小貿易公司做到退休，以前他每天早上六點離開守衛小屋出門上班，傍晚六點回到守衛小屋。據鶴代作證，他的生活完全照表操課，精確無比。公司的工作是那麼準時開始、準時結束的嗎？山田以前真的在貿易公司上班嗎？詳情不明。

如果鶴代的記憶正確，那麼即使在泡沫經濟時期，山田的房租也是每個月兩萬圓，他會在每個月第三個星期天的下午準時繳交。退休後，房租減到一萬圓，現在山田仍會在第三個星期日的下午，把紙鈔裝在信封裡交給鶴代。山田雖然年紀大了，趕不上夏季雜草生長的速度，但也經常幫忙整理庭院，是個正直老實的人。

山田的身分難說是食客、傭人還是家人，相當微妙，但本人似乎自認是鶴代與佐知的監護人。山田鎮守在大門旁，不管是鶴代小時候，還是佐知出生時，都監視著每一個進出牧田家的人。他好像把鶴代當成妹妹，把佐知當成孫女，沒有人拜託，他卻熊熊燃燒著使命感說：「我必須保護兩位小姐才行！」

對佐知來說，這真的再煩人不過了。學生時期，她通宵玩到早上才回家，就會看到山田在守衛小屋前做奇怪的體操，讓她如坐針氈。「佐知小姐還沒有回家！」山田似乎如此擔心，在門前守了一整晚。山田確實是個耿直認真的老人，但也不能否認他有點恐怖。

此刻山田正朝交給鶴代的一堆衣物投以狐疑的眼神。這也是當然的。那是包括了雪乃和多惠美，共四個女人的大量衣物。她們沒有把雪乃和多惠美搬進來住的事情告訴山田。要是知道家裡多了兩個妙齡女子，搞不好山田會更起勁地守衛起大門來。難保他會叫囂道：「要遵守門禁！」而且也會有種「為何非得逐一向山田報告有人搬進來不可？真是麻煩」的心態，結果就這樣拖到了現在。

面對四人份的胸罩及內褲，佐知帶著客套的笑辯解說：「衣服積得太多了。」從口袋掏出鑰匙打開玄關門。山田默默行了個禮，踩著以他的年紀來說十分穩健的步伐，返回守衛小屋。

佐知先讓鶴代進玄關，自己再進入屋內，反手鎖上門。

「妳要對山田先生好一點。」鶴代走向與餐廳相連的客廳，把衣物放到沙發上。「他無依無靠，很寂寞。」

等妳死了，我也是無依無靠很寂寞啊，佐知在內心反駁，沒有先把食材放進冰箱，而是接過鶴代拋過來的毛巾擦拭頭髮和衣服，再去廚房洗了手，才將肉收進冰箱。這時鶴代也進來廚房，拿水壺燒水。

「就算妳這樣說，追根究柢，山田伯伯為什麼會在我們家啊？」

「什麼為什麼？」

「他不是我們家的人，也不是親戚，一般來說不會住在同一塊土地上吧？而且幾乎是住免錢的。」

「別小氣巴拉的。」鶴代斷言道：「山田先生會幫忙收衣服，人又好，他在這裡沒什麼不好吧？」

「我們不就是因為在意他的眼光，才老是走後門嗎？」

「我可不在意。」鶴代把茶葉丟進茶壺裡，「我是覺得走後門比較方便才走後門的。」

既然如此，把雪乃和多惠美的事告訴山田不就得了？說到底，鶴代也是不曉得該如何和山田相處，所以對他敬而遠之。

在幾乎已經找不到包住傭人的現代日本，與關係難以說明的山田住在同一塊土地上的事實，總教人感覺芒刺在背。平常不怎麼在乎，但一想起來，就像是鞋子裡跑進了小石頭，令人煩躁不堪。雖然想要立刻把小石頭倒出來，但又不能在人來人往的路中間停下來脫鞋子。而且，在鞋子裡滾來滾去的真的是小石頭嗎？搞不好是某種可怕的怪東西啊！

對佐知來說，山田就類似這樣的存在。回想起來，小時候她和山田親近許多。假日山田會在院子裡陪她玩耍，或是加上鶴代，三個人一起去井之頭公園或新宿的電影院。佐知幾乎是把他當成父親了。

然而不知從何時開始，佐知覺得山田有點討厭。

佐知不認得父親的臉。雖然不清楚箇中詳情，但聽說入贅到牧田家的佐知父親，在佐知一出生的時候就離開了。佐知國中的時候曾懷疑父親離開是山田害的，因為鶴代看起來非常信任總是陪在身邊的山田。

不過，到了這個年紀，佐知也看出鶴代和山田之間似乎不是那種男女之情。但會不會其實山田愛慕著鶴代？所以他才一輩子單身，一直賴在守衛小屋裡，照看著鶴代和佐知。

佐知就是甩不掉這個想法，不禁要對山田擺出冷冰冰的態度。她也曾直截了當地問鶴代她和山田的關係，鶴代的反應是一聲冷哼。

「開什麼玩笑？山田先生還幫我換過尿布呢。我們年紀差了一輪，他就像我的哥哥或叔叔。」

「可是安德烈和奥斯卡[3]也是從小在一起……」

「歐酥卡？那是誰？」

聽語調就知道鶴代不曉得那部作品，佐知放棄說明。母女倆的對話，無論何時都無以為繼。

「那為什麼山田伯伯不結婚？」

「我怎麼知道？妳就把山田先生當做附在這個家的鬼魂或者守護神，別理他就好了。」

說得真難聽。對鶴代來說，山田似乎是個理所當然的存在，就像不會造成妨礙的空氣。

佐知不想和鶴代喝茶，把食材收進冰箱後就立刻上去二樓了。拉上房間窗簾，開燈坐到桌前。

她從五顏六色的刺繡線裡挑出深紅色的線穿進針裡，在白兔圖樣的眼睛部分繡上杏仁形狀的紅色。這是出版社委託要用在童話集裝幀上的刺繡。

繡著繡著，一個想法油然而生：「我也跟雪乃一樣。」我絕對不想放棄這份工作。當然也是為了生計，但更重要的是，刺繡讓我把腦中湧現的意象，以針注入到布上，讓美麗的色彩逐漸成形。我不可能放棄刺繡。從小就是如此，比起透過語言表達，佐知更能藉由針線將盤踞在心裡的種種想法和感情，經由手中柔軟

---

3 池田理代子的漫畫作品《凡爾賽玫瑰》中的角色。

撓彎著的布和絲線釋放出來。

就像被逐漸變紅的兔子眼睛給吸進去一般，佐知不停地動針，很快地連思緒都被吸進去，化成了空無。

用昆布熬出高湯，加入豬肉、豆腐、蔥和大量白菜的火鍋完成了。鶴代穩穩當當地將熱氣騰騰的鍋子端到餐桌的電熱爐上。

盛好白飯，正準備開動時，雪乃和多惠美回來了。兩人好像在後門遇到。還不到八點。今天難得很早回家。

四人齊聚圍爐。長年來只有母女倆起居的佐知和鶴代，碰到像今天這樣餐椅全部坐滿、熱鬧圍爐的夜晚，就會忍不住興高采烈。然而一想到有天雪乃和多惠美也會搬出去，同時又湧上提前的寂寞感。

從清純可人的外貌難以想像，雪乃是個肉食派，她把豬肉夾進碟子裡，豪邁地大快朵頤。至於外表搶眼、陽光開朗的多惠美則最喜歡豆腐，她在碟子裡倒入一點柚子醋，已經一個人吃掉一整塊豆腐了。

鶴代從廚房拿來追加的豆腐，和白菜一起放進鍋中，蓋上鍋蓋。等待食材煮熟的期間，四人暫時歇筷，看著從小洞裡裊裊升起的白色蒸氣。

「所以呢？」雪乃開口問：「妳怎麼會搭計程車回家？」

「搭計程車？」佐知驚訝地看向多惠美，「多惠，妳身體不舒服嗎？」

不過多惠美大啖豆腐的模樣，實在不像是不舒服的樣子。連鶴代都擔心地看向多惠美。多惠美露出困窘的笑容，手在臉前揮著說：

「我沒事啦。只是離開公司的時候，阿宗就在馬路對面……」

阿宗是多惠美的前任，本條宗一，比多惠美小一歲，二十六歲，兩人在去年分手了。

「我心裡一驚，不過還是上了電車。可是那時正值下班尖峰時間，人擠人的，而且也不知道阿宗是不是跟上來了。我想說萬一他跟上來就麻煩了，所以就在高圓寺站下車，搭計程車回來了。」然後在後門下車的時候，剛好遇上從阿佐谷站走出來的雪乃。

「死纏爛打的男人最討厭了。」鶴代蹙眉道。

「他不會也搭計程車跟著妳過來吧？」佐知表示擔憂。

「馬路對面的真的是本條嗎？」雪乃提出疑問。

「絕對是他。」多惠美強而有力地回答，戲劇式地全身哆嗦了一下。「那駝背的姿勢、亂蓬蓬的頭髮、黏膩的眼神，就是阿宗不會錯。可是我敢保證，在高圓寺上了計程車以後，我絕對沒有被跟蹤。我請司機故意繞遠路，拐了好幾個彎，而且沒看到有車頭燈跟上來，司機也說沒有可疑車輛。」

「妳跟司機說了？」佐知提心吊膽地問。

她一直覺得「跟上前面那台車！」、「我被人跟蹤了，幫我甩掉後面的車！」這類戲劇台詞，不可能搬到現實生活中。

「是啊，我說『我覺得有人在跟蹤我』，司機先生就卯起來幫我甩開。」

多惠美實在是天真無邪。

「是不是要向警察求助比較好？」鶴代喃喃說著，同時打開鍋蓋，觀察豆腐煮得如何。

「沒有證據啊。」雪乃已經伸筷夾肉，說：「本條又沒有打電話或傳訊息騷擾，今天也只是多惠美說有看到他而已。」

「說得好像是我在妄想一樣。」多惠美用湯勺撈了塊豆腐，表達不滿。

只能且戰且走了，四人做出結論：要確實鎖好門窗，如果覺得不安，佐知會去車站接多惠美，有狀況就要立刻聯絡。

佐知覺得，是否還是應該把雪乃和多惠美搬進來的事告訴山田比較好？如此一來，山田應該也會幫忙留意多惠美的安全。與其四個女人面對，有個雖說已經高齡八十、但畢竟是男性的人協助，心理上會安心許多。

以「反正應該也隱約察覺到了」為由，不只附近鄰居，甚至也沒有把牧田家多了兩個人的事情告訴山田，原因不光是「覺得麻煩」而已，另一個原因是：消息不曉得會從哪裡走漏出去。

因為，多惠美會搬進這個家，正是為了逃離本條的糾纏。

本條是多惠美的大學學弟，兩人從學生時期開始交往。但本條求職不順，或者說實在看不出他到底有沒有要找工作的意思，大學畢業後依然沒有工作，成天賴在多惠美獨居的公寓裡，當小白臉。然而卻說總有一天要開一家只賣嚴選精品咖啡豆的咖啡店，還說可以在店內一區販賣品味不凡的雜貨，滿口連夢幻少女都不屑幻想的未來藍圖，甚至向多惠美要錢，以「觀摩」為名，大白天就泡在咖啡店裡遊手好閒。

多惠美說，兩人交往了很久，而且阿宗不是壞人，一開始積極肯定男友的想法，但後來也實在受不了，規勸他：「你這樣下去行嗎？」於是本條有時哭哭啼啼地說洩氣話，有時盛氣凌人地大發豪語，使盡千方百計巴著多惠美。他私自拿走多惠美放在家裡的錢，多惠美指摘這件事，他就不跟多惠美說話了，跟他說什麼都默不吭聲，有時甚至還會打人或者推人。

多惠美忍無可忍，把本條踢出家門，換了門鎖。結果本條開始在晚上上門，拚命敲門，瘋狂打電話、傳訊息懇求復合。多惠美想得很悠哉：「希望他早點厭倦我。」但有一次她不經意地向公司前輩雪乃提到本條的事，得到了宛如反毒標語的回應：

「渣男會要人命！」

依據雪乃的說法，本條這種男人，棘手程度真的不下於毒品。

「對一個會打人、拿錢的傢伙，悠哉地想什麼『希望他會厭倦我』，妳真的被本條這個毒品毒到頭殼壞去了。」雪乃懇切地告訴多惠美，「人家早就厭倦妳了。可是他想要錢，如果妳拋棄他，他就過不下去，所以才會求妳復合。要是不趁現在設法撇清關係，一定會拖拖拉拉糾纏不清。」

難道是我對阿宗還有留戀？阿宗其實早就厭倦我了？多惠美大感震驚。然而面對總是冷靜幹練的前輩，不能表現出淒慘的模樣。多惠美拚命虛張聲勢，佯裝平靜。

「可是，要怎麼設法……」

「妳立刻搬家，搬到我這裡來。」雪乃說：「當然，要是被那傢伙發現就糟了，所以我會協助妳搬家。」

雪乃說的「我這裡」根本不是「她那裡」，而是牧田家。因為那時候雪乃已經住在牧田家的二樓了。如果室友增加，伙食費和水電費也可以有更多人分攤。在「好心前輩」的面具底下，隱藏著這種算計的雪乃，沒有事先徵詢鶴代和佐知的同意，就積極邀多惠美搬進來。

至於雪乃怎麼會住進牧田家，來龍去脈則是這樣的：

雪乃自從進入保險公司上班後，就一直獨自居住在同一處公寓。位在小田急線沿線、和泉多摩川旁邊，屋齡可能有四十年的木造二層樓建築，叫做白百合莊。那幢不知哪裡和白百合有關的破公寓，外牆的褐色油漆處處剝落，戶外階梯漆著神祕的橘色防鏽漆。

除此之外，缺點還有會把榻榻米曬得褪色的西曬，但雪乃對白百合莊的環境大致上相當滿意，因為走路到車站只要五分鐘，交通方便，壁櫥又大，房租也便宜。

這麼想的人似乎不少，總共六戶的白百合莊幾乎總是住滿了人。租客大半都是不介意住處老舊狹窄的學生。此外有一個老人住在二樓的邊間，剛好位於雪乃的樓上。換句話說，白百合莊是那種固定薪資還過得去的上班族絕對不會考慮的物件。

雪乃致力過著極簡的生活，因此不在意房間小，也不太在乎老舊。畢竟她都在白百合莊住了將近十五年。雪乃剛搬進去的時候，白百合莊還算是屋齡普通的公寓，隨著年歲，建築物各處漸漸老舊失修，但是對雪乃來說，都只是日常一景。就跟若是天天見面，就很難發現父母已經老邁是一樣的。雪乃每年返鄉兩次，每次都對久違不見的父母又衰老了許多感到驚訝萬分，卻對白百合莊的經年老化毫不上心。

因此雪乃和住在附近的房東一家人也成了老相識，在白百合莊舒適地生活。然而，某個冬季夜晚，結束一天的工作回到家，打開玄關門一看，整個房間居然泡在水裡。

室內的積水從擺上三雙鞋就滿了的脫鞋處一口氣淹到開著門愣在門口的雪乃腳邊。約兩張榻榻米大的廚房木板地完全泡水了，裡面六張榻榻米大的和室的榻榻米好像也都濕了。

原因顯而易見，漏水了。一進玄關的旁邊就是馬桶、洗手台和浴缸的小衛浴間。白百合莊約三十年前翻修過一次，每一戶都新設了衛浴間，就是以此為中心，水猛烈地從天花板漏下來。

雪乃穿著包鞋踩進屋內，淋著暖呼呼的水，探頭看向浴室。水龍頭關得好好的。那麼水一定是從隔局相同的二樓住家漏下來的。雪乃立刻轉身跑上生鏽的戶外階梯，敲打獨居老爺爺的家門。

「有人在嗎？」

叫人也沒反應。難道是忘記浴缸還在放水就出門了？為了慎重起見，雪乃轉動門把，門沒有鎖，一樣隨著大量的積水順暢地打開來。

不好的預感。雪乃踩進水淹得比自家更嚴重的二樓房內。雖然覺得不好意思，但她沒有脫鞋。她不想弄濕絲襪，而且覺得如果穿著鞋子，有狀況的時候可以立刻拔腿就跑。

她和這一戶的老爺爺碰面時會打招呼，但不曉得他的名字。

「哈囉，有人在嗎？」

雪乃只能這樣喊叫。還是一樣，沒人回應，也沒有動靜。她知道和室裡面沒人，因此下定決心，打開衛浴間的門。

濛濛蒸氣瀰漫之中，老爺爺全身赤裸，抱著馬桶倒在地上。浴缸裡嘩嘩地溢出熱水。

「天哪！」雪乃抓住老爺爺的肩膀輕輕搖晃，「你還好嗎？」

好像昏迷了。蒸氣溫暖了老爺爺的皮膚，無法分辨他是死是活。雪乃從身上的公事包裡摸出手機，打了一一九。她一邊說明狀況，用另一隻手關掉水龍頭。電話另一頭指示她確保傷者的呼吸道通暢，她努力試著把老爺爺抬起來，然而雖然對方是個削瘦的老人，卻全身虛軟，而且在狹小的衛浴間裡，沒有足夠的空間可以變換姿勢。

雪乃不知所措，恐慌到幾乎要哭出來，但仍憑著一股氣魄撐了下來。她把包包放在淹水的地上，從背後把手插進老爺爺的腋下，總算把他拖到浴室外面的廚房。這麼說來，我是第一次看到老人的陰莖——這個念頭一閃而過，但現在不是在乎這些的時候。雪乃讓老爺爺仰躺，照著對方說的抬起他的下巴。

非做人工呼吸不可嗎？正當雪乃猶疑的時候，急救人員趕到了。幾名隊員俐落地檢查老爺爺的狀況，用毯子把他裹起來，抬到布擔架上。這時雪乃才注意到老爺爺的背上有一片鮮豔的刺青。直到上一刻，她滿腦子都只有救人，大腦接收不到映入眼簾的資訊。

她一直以為對方是個溫和的老爺爺，原來以前是混黑道的？雪乃愣愣地想著，打電話給房東。房東太太立刻趕過來，和雪乃一起目送救護車載著老爺爺離開，其他住戶也好奇地跑出來觀看。

銀色的星星在閃爍。這時雪乃總算感覺到寒意，把身上的大衣鈕釦扣到了脖子處。

「這下麻煩了。」房東太太看過雪乃和老爺爺的房間後，嘆了一口氣。「感覺有得翻修了。」

意思是要花錢也要花時間吧。都遇上這種事了，房東太太卻好像還是沒有要拆掉白百合莊重建的意思，讓雪乃驚嘆不已。雪乃的住處，濕掉的榻榻米變得像座墊一樣軟軟的。從二手家具行買來的書桌勉強倖免於難。這是雪乃唯一珍惜的家具，因此可說是不幸中的大幸吧。察看壁櫥裡面，掛著的衣服都濕了。她從收納箱裡逃過一劫的衣服中挑出必要的衣物，裝進房東太太給她的紙袋。看來今晚只能住旅館了。雙方說好接下來的事晚點再討論，雪乃搭電車返回新宿，在商務旅館過夜。

隔天是星期六，雪乃剛好和佐知約去新宿吃飯。雪乃穿著救出的黑毛衣、牛仔褲和大衣，提著通勤包前往紀伊國屋書店。已經先到的佐知眼尖地察覺異狀：「怎麼會提上班的包包？」

兩人進入大樓地下室的餐廳吃咖哩，雪乃把昨晚發生的事告訴佐知。佐知「嗯嗯」地附和著，陳述感想：「真不得了！」「老爺爺後來怎麼了呢？」接著提議：「那麼在翻修結束之前，妳來我家住好了。」

其實雪乃也多少期待佐知能如此提議。雪乃的經濟狀況沒那麼寬裕，無法一直住旅館。朋友和公司同事也是，不是結婚有家庭，就是一個人住套房，不好開口要他們讓她暫時投靠。

但佐知家就不一樣了。庭院寬闊，好像也有多餘的房間，而且感覺住起來很舒服，甚至可以忽略屋況老舊、離車站遠這些缺點。每次雪乃去佐知家，都會忍不住浮現有些惡意的想法：「在市區內，而且是二十三區內有這樣一棟房子，當然就不必出去做牛做馬，可以在家刺繡過活囉。」雖然實際搬進來同住以後，在近處看到佐知工作的樣子，她對過去這麼想的自己感到慚愧。

雪乃立刻折回白百合莊，將瑣碎的日用品和衣物等裝箱用宅配寄到佐知家。接著直接前往阿佐谷，從星期六晚上開始，就成了牧田家二樓的住民。

一如預期，牧田家的生活很舒適。硬要挑剔的話，就只有為了躲避住在同一塊土地上的神祕老人山田的目光，只能走後門這件事。和過去每天下班回家後，在只有自己一人的公寓裡默默吃晚餐的日子天差地遠。屋裡一定都有人在。剛想到的時候，就可以去佐知房間串門子，坐在刺繡的她旁邊，一路聊到深夜。剛搬進牧田家的時候，不知道是太累還是寒夜裡淋雨導致，雪乃得了小感冒。鶴代為她煮稀飯，三更半夜還偷偷過去探望，幫她更換額頭上的退熱貼。

這要是以前的雪乃，一定會覺得跟別人一起住非常擾人。上大學以後，凡事都一個人搞定，她覺得身為大人，這是理所當然的事，但或許她錯了。經濟自主，可以獨立生活，並不是大人的證明。沒有人可以在真正的意義上獨立生活，金錢說穿了也只是身外之物，只是付出勞力的報酬。別人給予的東西，並不代表雪乃自身的價值。

彼此退讓或衝突，還是可以和別人共同生活下去，擁有這種能力的人，或許才是真正的大人——雪乃如此改觀了。

這表示我也上了年紀嗎？雪乃自嘲，想起倒在浴室裡的老爺爺。她和房東太太透過電話聯繫翻修進度，得知翻修需要兩星期左右，以及被救護車送醫的老爺爺過世的消息。

老爺爺似乎是心臟病發作，雪乃趕到的時候，好像就已經斷氣了。雪乃原本擔心，萬一是自己笨手笨腳太慢確保呼吸道暢通才害死老爺爺的，那該怎麼辦？但得知老爺爺過世的原因，在哀悼的同時，也稍微放下心來：幸好不是我害的。

忽地，老爺爺背上的刺青浮現她腦海，但因為不清楚房東太太知不知道這件事，因此什麼都沒辦法打聽。老爺爺以前到底是黑道、傳統老職人還是刺青愛好者，真相依舊是個謎。他怎麼會一個人住在和泉多摩川旁的公寓？有沒有家人？這些也都不清楚。

老爺爺的一生沒有成為故事傳遞給雪乃就結束了，僅有在公寓擦身而過時頷首微笑的記憶，化成搖曳的淡影，偶爾在腦海中復甦。

雪乃告訴房東太太她要退租，房東太太看似很捨不得，但由於是這種狀況，因此除了同意之外，還答應退還保證金，幫她出搬家的費用。

就這樣，雪乃正式從白百合莊搬進牧田家，搬家工作在漏水風波一星期後的週末進行。附帶一提，她也是這時才向鶴代和佐知取得入住的同意。

幾個月後，多惠美為了躲避變成跟蹤狂的前任，被雪乃帶進牧田家。不管是對雪乃還是多惠美，鶴代和佐知都表示歡迎。因為雪乃本來就是佐知的朋友，多惠美也是刺繡課的學生，彼此十分熟識。

開始四人同居以後，佐知偶爾會說：

「欸，妳們發現了嗎？我們跟《細雪》[4]裡面的四姊妹同名耶。」

這多半是晚上四人齊聚在客廳的時候說的。鶴代看電視劇配炸地瓜條，雪乃說自己在做伸展操，穿著睡衣擺出稻草人般的姿勢，洗完澡的多惠美下半身只穿一條內褲在拔腿毛。在餐桌上畫刺繡設計圖的佐知看到她們這副模樣，忍不住嘆道：

「反觀我們四個……」

「咦，我沒有讀過《細雪》耶。我不太看小說。」多惠美爽朗地笑道。

「我也只看過電影。我記得幸子[5]是佐久間良子演的。妳居然自比佐久間良子！臉皮也太厚了吧。」鶴代嗤之以鼻。

「有什麼好嘆氣的？我們不是過著跟《細雪》差不多的生活嗎？」雪乃維持稻草人的姿勢，歪頭納悶地說。

「哪裡差不多了？」

「鶴代阿姨不食人間煙火，佐知不諳世事又愛操心，我是男人絕緣體，多惠美是肉食女。」

「抗議！」多惠美高高舉起拿著拔毛鑷子的手。「我哪裡是肉食女了？現在也是，我每天都害怕阿宗什麼時候會冒出來，根本不敢跟其他男人約會好嗎？」

「嘴上這麼說，明明就在約會嘛。」

4《細雪》為谷崎潤一郎的長篇小說，描寫大阪船場沒落商家美麗的四姊妹的生活。
5 幸子（SACHIKO）和佐知（SACHI）部分同音。

佐知瞥了一眼變成無毛地帶的多惠美的小腿，再次嘆氣。佐知是那種進入冬天就變得懶散，疏於處理體毛的人。

「雪乃也是，現在是正氣凜然地宣告自己沒男人的時候嗎？」

「總之，」雪乃從稻草人變換成枯木的姿勢，強硬地下結論說：「我記得《細雪》裡描述的也是很活生生，或者說血淋淋的生活細節，所以沒問題的！」

雖然不知道是哪裡沒問題，但佐知老是被唬弄過去，同意道：「或許吧。」

吃完火鍋，四人分頭洗碗、刷牙並輪流洗澡完，回到各自的房間。

在房間原本要繼續刺繡的佐知就是無法抹去不安，放下針線，走上走廊。雪乃好像還沒睡，但多惠美的房間已經熄燈了，站在門前，依稀可以聽見裡頭睡著的均勻呼吸聲。明明原本銷聲匿跡了一陣子的前任又再度展開跟蹤，多惠美的神經未免也太大條了。本條也是，到底是為何忽然又想起：「這麼說來，多惠美現在怎麼了？」分手的女人快快忘掉就好了啊。

佐知走下樓梯，再次檢查一樓門窗。落地窗外附有百葉，但因為老舊不好開關，除非風雨很大，否則都是開著的。她把窗簾掀開一條縫，檢查窗鎖並查看庭院。山田好像已經睡了，守衛小屋在大門旁化成模糊的輪廓，被夜色覆蓋。

時曆上已是春天，但老房子只要一關掉暖氣，就會驟然陷入一片冰冷。與客廳相連的餐廳、旁邊的廚房，全都沒有異狀。她接著前往隔著一條走廊，客廳對面樓梯旁邊的鶴代房間。不必打開和室拉門，鶴代宛如野狼低吼般的鼾聲就響震走廊。即使有小偷意圖入侵，應該也會避開這個房間的窗戶吧。

佐知望向走廊深處，一樓剩下的唯一一個房間，就是她們俗稱的「密閉房間」。鶴代說那裡是儲藏室，塞了一堆雜物，但自從佐知懂事以來，就從未見過鶴代進出那個房間。由於房門總是鎖著，無法一探究竟。鶴代說，鑰匙早就搞丟了，裡面的雜物也用不著，所以就這樣置之不理。

換句話說，那裡是長達近四十年的「密閉房間」，光是想像房內是怎樣的一團混亂，就令人毛骨悚然。面對後院的窗戶也掛著褪了色、類似天鵝絨的紅色窗簾，因此不清楚現在裡頭的狀況。

「密閉房間」的門窗不必檢查。這個房間打開的那一天，灰塵、老鼠、蟑螂一定會搶先小偷竄遍整棟屋子，同時亦是牧田家迎來滅亡的時刻。南無阿彌陀佛，希望這一天愈晚到來愈好。

回到二樓，查看浴室。佐知每次都很想質問蓋這棟屋子的曾祖父，為什麼要把用水的地方分成一樓的廚房和二樓的浴室這兩處？二樓有三間臥室，曾祖父應該是為了不讓寶貝孫子洗完澡著涼，才把浴室安排在臥室附近吧。結果最後孫輩只有鶴代一人，而且鶴代現在都在一樓起居。不過可以說是多虧了曾祖父的貼心，讓佐知能洗完澡後暖呼呼地上床休息，而雪乃和多惠美也擁有自己的房間。

淡淡的濕氣、洗髮精的甜香，四個女人泡過澡的浴缸，現在被多惠美刷洗得十分清潔，空盪盪地曝露在夜晚的空氣裡。這並非修辭，而是浴室的窗戶真的開著一條縫，夜晚的冷風吹了進來。

就算窗外嵌著鐵欄杆，這也未免太不小心了。多惠美應該是刻意開窗，好讓蒸氣散發出去，避免發霉，但是在遭到跟蹤狂埋伏的當晚開著窗戶，她神經到底有多大條？佐知憤憤地踏進浴室，關窗上鎖。磁磚地上的殘水滲進襪子裡，教人惱怒。

佐知的隔壁，雪乃的房間還亮著燈。佐知敲門後就直接打開門問：

「妳現在有空嗎？」

「怎麼了？」

雪乃坐在床上，打開雙腳邊做伸展操邊讀雜誌。佐知覺得那是大叔才會看的雜誌，雪乃說是上司看完送給她的，她每星期都會乖乖地從頭讀到尾。雪乃說這種大叔週刊的內容，從演藝八卦到財經、健康資訊都有，可以做為在公司聊天的話題。

佐知反手關上房門，在淡粉色的地毯坐下。雪乃房裡的東西很少，無論何時來訪，都收拾得井井有條。與她上班時嚴謹的打扮相比，室內擺飾的用色很女孩子氣，床罩是高雅的玫瑰紅，梳妝台兼書桌則是貓腳古董風。

至於多惠美的房間，本人雖然十足女孩子氣，房間卻一團亂，應該掛在衣架上的衣服在椅子上堆積成山，而且搬進來都過了一年，化妝品還是從紙箱裡拿進拿出，床邊的牆上貼著外國足球選手的海報。佐知問她是那名選手的粉絲嗎？多惠美說她不知道那是誰，但身材是她的菜。

但多惠美還是很有男人緣，甚至還跟男人同居過，所以男女交往這回事真是深不可測。想到這裡，佐知總算想起自己來找雪乃的理由：「對了，我是來跟妳說多惠的事。

「欸，妳聽我說，多惠太誇張了，她清洗完浴室，窗戶居然就那樣開著沒關。」

「是喔？」雪乃把雜誌挪到旁邊，伸手抓住腳尖。「可是妳跟我說也不能怎樣啊。」

「多惠已經睡昏了嘛。」

「真拿她沒辦法。」雪乃以貓般的柔軟度伸展肌肉，「我會提醒她一聲的……呵呵。」

「怎麼了？幹嘛笑？」

「總覺得我好像爸爸。」

「是啊，妳很可靠嘛。」

佐知是心懷信賴和感謝這麼說的，雪乃一瞬間卻懷疑這是否是種諷刺，但很快就發現佐知是真心的，瞬間愣住。在佐知心中，父親到底是怎麼樣的形象？雪乃疑惑，但沒有深究。因為即使她沒聽過詳情，但牧田家顯然沒有「父親」，而且可以推測出佐知八成不知道何謂父親。

「不對。」雪乃說：「我說自己像爸爸，只是隨口敷衍『好好好，我會勸解她』，避免橫生風波的態度。」

「咦？什麼嘛，妳是在敷衍我喔？」

「不是啦，我會好好跟多惠說的。」

「嗯，麻煩妳了。」

雪乃俯視著完全放下心來的佐知，在床上盤起腿。

「佐知好像媽媽，擔心這擔心那，三更半夜在家裡四處檢查。」

「會嗎？那多惠是我們的女兒嗎？」

「我才不要那種呆女兒。」

「欸，妳很過分耶。那我媽呢？」

「就是多惠的奶奶吧。」

「把她當老太婆，我媽會殺了妳。」佐知笑道：「多惠的事確實讓人擔心，可是妳自己呢？」

「我怎麼了？」

「住在我家，要交往什麼的很不方便吧？」

牧田家有個不成文規定：男賓止步。一方面是為了防範感情糾紛，維護四個女人平靜的生活，而且從雪乃和多惠美搬進來以前，母女倆就在這個家裡過著修女般潔淨的每一天。

佐知學生時代和幾個男生交往過，但見面的地方都是對方的住處或旅館，從來不曾帶回家介紹給鶴代。就算介紹，鶴代一定也只會瞥上一眼，「哼」一聲，然後一結束，肯定就會把對方從頭到腳批評得體無完膚。天哪，太恐怖了——佐知一陣哆嗦。不用多說，母親對女兒的尖牙利齒總是媲美利劍，而且還附帶刺進去就難以拔除的尖刺。

為了避免莫名地受傷害，佐知向來採取直接讓男人遠離自家的對策，加上近年工作頗為忙碌，而且都是關在自己房間裡聚精會神地投入，根本沒機會邂逅異性。甚至這三個月來，算得上交談過的異性就只有山田，景況淒涼。不只是自家，感覺連佐知自身都快成為男性絕緣體了。

鶴代的情史不管是現在還是過去，都被一層鋼鐵簾幕所遮蔽著。佐知也不特別好奇。感覺簾幕掀開來一看，會是一片茫洋的空白，目睹這個事實，比被告知「其實媽是百人斬」更教人害怕。

「我搬出去比較好嗎？」雪乃的聲音傳來。

佐知回神，「我不是這個意思，」她急忙搖頭說：「妳在外面上班，一定會認識男生吧。我只是覺得如果有交往的對象，一個人住或許比較方便。」

「我說啊，」雪乃嘆道：「踏出門就能邂逅男人，這只是妳的幻想。」

「是嗎？」

「雖然我可以理解妳這樣想的心情，但沒有對象的人，不管是關在房間裡，還是待在一大群人裡面，終究都是一個人。」

「這個事實太殘酷了。」

「這個世界就是這樣。而且妳以為我幾歲了？就算有覺得不錯的對象，幾乎也都結婚了，不然就是比我小十歲左右。妳還有去搞不倫或者追求小鮮肉的力氣嗎？」

「沒有。」

「我也沒有。所以就算不是一個人住，也完全沒問題。」

原來如此——佐知深感同意。看到多惠美，就會覺得單身女子總是在談戀愛，或是有戀愛相關的麻煩纏身，進而擔心起完全沒有這種情形的自己是不是異類？但發現雪乃也是同類，自己並非落單孤立，這個事實讓佐知大感安心。身邊有同伴，是多麼地鼓舞人心啊！

另一方面，雪乃解讀為佐知到現在似乎都還以為「自己只要進入戀愛的狩獵場，一定就能找到對象」，對佐知的天真無邪感到驚訝。佐知這一連串發言，真意是「我也就罷了，雪乃應該還有很多機會，把妳困在這個家裡，實在過意不去」，但雪乃無從得知她這番用心，反而擔心佐知整天關在家裡刺繡，或許沒發現自己其實早就徐娘半老了。

我們在戀愛市場上，已經是賣剩的、沒人要的了，就算極罕見地出現撿剩菜的男人，也都是些有家室卻想要享受方便的戀愛遊戲，又沒有能吸引年輕女子的魅力或財力的半吊子傢伙。那麼年輕男人呢？世上有數不清的年輕可愛小姐，一樣輪不到我們去搶。雪乃猶豫是不是該把這慘烈的現實告訴佐知，但最後想想「唉，犯不著」，決定保持沉默。反正佐知只要有針線和布就足夠了，看起來也不像是真心熱切渴望和男人交往。

說穿了，雪乃心想，佐知跟我對別人都太不寬容了。不管是要求別人還是被別人要求、原諒別人還是被別人原諒，都一樣麻煩，而且會覺得自己的領域受到侵犯。這樣的人，也只好單身了。

要是還住在白百合莊，半夜突然有朋友跑來，不經同意就闖進房間自顧自地開聊，自己一定會暴躁地心想：「這傢伙搞什麼？」與當時相比，雪乃培養出寬容的心態，甚至能夠享受佐知的來訪和對話。在牧田家與他人同居的生活，對雪乃來說就像是一種復健，她想起已是二十年前，和父母及哥哥整天打打鬧鬧的每一天，那樣無法依自己的節奏、憑自己的經濟能力生活的日子。受拘束、不自由，也沒辦法選擇喜愛的室內擺設，在醬油和老柱子等各種氣味圍繞中生活著，愛恨參半、半鹹不淡的日子。

「有妳住在這裡，真是太好了。」佐知說。

「怎麼了？突然說這個。」雪乃笑道。

雪乃剛好想起夏目漱石的《心》的一段：「我們活在這個充滿自由、獨立、自我的現代，代價就是每個人都必須經歷這樣的寂寞。」但是看著直白地表達喜愛之情的佐知，她開始覺得要超越「寂寞」的唯一方法，不是男人也不是家庭制度，或許是隨時都有可能宣告結束的寬鬆關係，就像她們這樣甚至無法好好說明為何會住在一起，比刺繡線更纖細、更脆弱的連結。

寂寞地獄。不過古往今來，人類又曾在哪個時代活得像天堂？雪乃這回背著佐知暗笑起來。

後來兩人說到「如果本條繼續跟蹤，該如何處理？」、「什麼時候要告訴山田兩人搬進來同住的事」。

關於前者，佐知提議最好還是向警方求助，雪乃則認為不要隨便刺激本條。討論之後，兩人皆同意如果本條繼續出沒，就記錄下來，蒐集更多證據之後再去找警方。在那之前，身為室友的鶴代、佐知和雪乃要傾全力保護多惠美。

至於後者，雪乃說：「趕快說就好了啊！」

佐知卻面有難色：「為什麼要我說？應該要媽去說。山田伯伯就像我媽的哥哥，或是監護人。」

雪乃敏感地察覺佐知聲音裡摻雜著些許嫉妒或是彆扭，她認為母親被山田搶走了嗎？還是反過來？佐知不可能對山田懷有愛意，鶴代和山田也不像是有男女之情，但雪乃感覺其中應該有千絲萬縷的複雜情感，於是保證自己會像之前一樣走後門，盡量不被山田看見，萬一碰到山田，就假裝自己是來找佐知的。

佐知放下心來，對雪乃的體貼表達感謝。

無視四個女人的警戒，本條暫時銷聲匿跡，日子一天天過去，隨著春天正式造訪，氣候日漸溫暖。

正確地說，每個月一、兩次，本條會出現在雪乃和多惠美上班的保險公司前面。有一次，多惠美下班走出大廳，忽地在馬路對面發現混進人群中離去的本條背影。又有一次，本條躲在行道樹後面，偷看一起踏上歸途的雪乃和多惠美。

本條到底想做什麼？他沒有出聲攀談，也沒有不必要地靠近。如果是每天都現身跟蹤，就可以立刻報警，但本條似乎沒有這麼大的毅力，總是在她們快要忘掉的時候又冒出來，反倒棘手。

看著記錄本條出沒時日的本子，佐知嘆氣道：「毫無規律呢。」

二月四月，十九點左右。二月二十五日，二十點四十五分左右。三月十九日，十九點三十分左右。就像「神出鬼沒的珍奇西表山貓被目擊的時刻」般，毫無規則性，那串數字就像是在說：我想到的時候自然就會去公司看一下。

「如果我在搞樂團，絕對會立刻更換成員，在雜誌刊登廣告『急徵鼓手』。」雪乃氣呼呼地說。

因為考慮到本條已經發現兩人住在一起的可能性，連雪乃下班回家時也必須留意身後，避免遭到跟蹤。

「可是只是巧合。」都到了這個節骨眼，多惠美還是對本條很寬容。「搞不好他在我們公司附近打工之類的。」

「多惠，妳人太好了。」鶴代斷定道，「軟爛男就算遭遇天崩地裂，也絕對不會去工作的。」

這話莫名地充滿真實感，佐知和雪乃交換眼色，聰明地選擇了沉默。萬一打草驚蛇，聽到母親對連長相都不記得的父親的怨言，就麻煩了。

總之，就像沒氣了的啤酒般，或全是空包彈打不到獵物的獵槍般，本條的行徑教人無比惱怒又厭煩。反正他一定是因為被之後交往的女人拋棄，又不想找工作這類的理由，才會回頭找感覺願意扶養他的前女友——也就是多惠美來刷存在感。

四人如此下結論，決定等紀錄再累積多一點，就去找警察幫忙。若是任由本條不乾不脆的跟蹤行為繼續下去，住在牧田家的四人會陷入財務危機。因為本條在公司附近出沒的日子，多惠美和雪乃為了避免被跟蹤，必須在並非最近一站的其他站下車，再搭計程車回家。沒發現本條身影的日子，也養成了媲美通緝犯般回頭警戒的習慣。

「不過也是有一點點『好處』的。」多惠美用筷子撥開烤白味噌醃鰆魚說。這是變身為本條作戰會議的某天晚飯席上。其餘三人早已習慣多惠美非比尋常的樂天心態，內心想著「又來了」，默默催促下文。

「搭計程車的時候，不是都會跟運將聊天嗎？那還滿好玩的。」

「會嗎？從來沒有司機跟我攀談。」

被迫支出預期外的開銷，雪乃的怒火正在升級。

佐知急忙努力維持和平的對話，問：「妳都跟司機聊什麼？」

「上次搭的計程車運將啊，」多惠美對雪乃的怒意完全不在意。她把鰆魚夾入口中，悠然回應道：「告訴我他從都營公車的司機那裡聽來的事。他們好像是朋友，聽說公車也有超多怪咖乘客。」

「真的嗎？比方說？」

「我覺得最厲害的是一整天都搭公車在澀谷和池袋之間來回的老爺爺。喏，不是有那個銀髮族票卡嗎？聽說那個老爺爺就用那個票卡，日復一日，從第一班到最後一班，一直木然地坐在駕駛座後面的那個座位。」

「是太閒了嗎？」鶴代喃喃說。

「應該是吧。」雪乃回應。

「公車司機和熟悉的乘客會聊天嗎？」佐知好奇起來。

「我也問了，可是好像什麼都不會聊。到了池袋，就坐上前往澀谷的公車，到了澀谷，就換乘前往池袋的公車，好像就只是默默地在這條線上一直來來回回。」

簡直就像附身在公車上的神。

「沒有目的地，真是辛苦公車了。」「會不會是有點癡呆了？」「既然都要坐公車，可以轉乘都營公車，去更遠的地方逛逛啊。」鶴代、雪乃和多惠美針對老爺爺奇妙的行徑互道了一陣感想。

佐知沉默著。每天在公車上搖晃，卻沒有前往任何地方，也不確定是否有看著車窗外的風景，老爺爺的行徑是全然的徒勞。然而這樣的徒勞當中，卻讓人感覺到類似純粹的覺悟，為她帶來一種說不清是寂寥還是羨慕的感受。

佐知知道這是個切身的問題，等到自己老花眼、拿不動針線也無事可做的時候，母親應該已經不在人世，雪乃和多惠應該也搬出家裡了吧。沒有家人，也沒有所謂「前同事」的自己，孑然一身。沒有該做的事，也沒有可以說話的對象，唯一剩下的，就只有拿著政府發放的銀髮族票卡，不停地搭乘都營公車。

問題是，當佐知變成老太婆時，還有銀髮族票卡這項福利嗎？以及她能夠不畏周遭目光，像那個老爺爺一樣毅然占據座位嗎？

一想到老後，佐知就感覺幾乎快昏了，但也覺得搞不好自己根本活不到變老，現在就在杞人憂天，簡直像個傻子。那些身在戰亂地區，每天面臨生命威脅的人們，根本不會去想什麼老後吧。

儘管下一秒就滑倒撞破頭死掉的可能性確實存在，卻視而不見，這豈不是對死亡的想像力匱乏嗎？每當想到老後、為老後犯愁，佐知就感到如坐針氈。但試著分析這如坐針氈的原因，她覺得與其說是對寂寞老後的不安或恐懼，更像是對深信自己絕對能活到老後的安逸心情感到羞恥。

她覺得老爺爺最後會死在公車上，想像起載著老爺爺的屍體，在澀谷和池袋之間不斷往返的公車。老爺爺以外的人下車又上車，壯烈的公車運行著。

這天晚上，佐知在房裡畫刺繡草圖：行駛在夜間道路上、一身森林色彩的公車，乘客是熊、狐狸和松鼠，其中有個坐在座椅上、被花朵環繞的老人。看起來宛如可愛版的地獄圖，也像是冷寂的佛陀入滅圖。就算繡出來，應該也不會有人想要，所以作廢。可是畫得很不錯，丟掉又有點捨不得。佐知把紙收進保管草圖的水藍色資料夾裡，上床睡覺。

在夢裡，載著老爺爺的都營公車也不斷在街上行駛著。

櫻花樹梢上，飽脹的花苞就像爆米花一般，一朵又一朵盛開。

目睹此景，住在牧田家的四個女人實在是坐不住了，交互看著天氣預報和行事曆，討論何時要去賞花。

「還是下個星期日吧。等到下下個週末，花可能都謝了。」

鶴代和雪乃都同意佐知這番提議。

「早點比較好。因為櫻花季通常會下雨。」

「多惠，妳該不會已經有約了吧？」

被雪乃追問，多惠美在口罩底下辯解著。她有花粉症。

「不是約會，只是跟聯誼時覺得還不錯的人見面……」

「那不就是約會嗎？」

「我會請他改日子。」

附帶一提，佐知也有花粉症，她用面紙塞住鼻孔，外面再罩上口罩。如果不這麼做，鼻水就會像壞掉的水龍頭一樣狂流。多惠美明明一樣掛著兩條鼻涕，而且跟蹤狂問題都還沒解決，卻已經有約會對象了。這個事實讓佐知感到屈辱。對於逼迫多惠美將約會改期的雪乃的精明，以及只是飄然品茶的鶴代，都讓她感到憎恨。

不同於彷彿腦袋罩了一層霧的佐知，鶴代和雪乃完全感受不到那些黃色的花粉粒子。這天下午，佐知和鶴代也才剛為了打掃方式而爭執。鶴代要求開窗換氣，但佐知說那是自殺行為，堅持不准。最後佐知拗不過鶴代，打開了客廳和餐廳的落地窗，結果害她入夜以後在室內仍無法拿下口罩。

「那就我跟媽來準備便當。」佐知眨著刺痛的眼睛說：「雪乃和多惠準備零食跟飲料。」

去年也是四個人一起去賞花，因此職責分配已經固定下來了。四人為了星期天各自動了起來。

鶴代和佐知前往商店街採購必要的食材，雪乃和多惠美下班後去新宿的百貨公司挑選馬卡龍、米菓和白酒等等。

賞花前一晚，多惠美在客廳窗邊吊上用面紙做的晴天娃娃，接著確定買來的罐裝啤酒和白酒都在冰箱裡冰好了，從自己房間的紙箱山裡挖出銀色保冷袋。

廚房裡，鶴代和佐知正在做燉菜和豚角煮。佐知一面用棉線綁住肉塊，一面查看燉菜的鍋子。鶴代正掀起蓋子試味道。芋頭燉得很入味，逐漸染成淺琥珀色。紅蘿蔔用模具壓成花朵的形狀。

「欸，媽，我之前就想問，那不是櫻花，而是梅花的形狀吧？」

「咦，真的耶。」鶴代用料理筷夾起紅蘿蔔細看。「唉，一邊賞櫻花，一邊吃梅花，也別有一番風情啊。」

會嗎？佐知不甚同意，鶴代沒理會她，開始煎蛋，並把模具壓剩下的紅蘿蔔邊角稍微煮過，丟進蛋液裡。

「咦？要丟進去喔？」

「當然啦，丟掉不是太浪費了？感覺就像煎蛋裡有橘色的櫻花飛舞，很漂亮啊。」

「那不是櫻花，是梅花雪。」

「妳怎麼那麼愛計較小地方？天天刺繡才會變這樣。」

「妳囉嗦啦。」

雪乃在餐廳剝著烤鮭魚肉，聽著母女的對話。室內充滿燉菜甘甜溫暖的香味。牧田家的飯菜，尤其是鶴代做的，對雪乃來說大體上都偏甜，連煎蛋裡也要放砂糖。一開始她很驚訝，因為她燉東西時不用砂糖，都是用味醂調味。

看著為了芝麻小事拌嘴的鶴代和佐知，雪乃想起故鄉的母親，她們母女之間以前也是這樣嗎？感覺自己和母親之間更多隔閡。不過她搬出來以後的時間比起住在家裡的時間更長，因此也記不清楚了。即使返鄉，也總是彼此客套或者刺探，或許是這造成了壓力，兩人多半會大吵一架，雪乃憤憤不平，就這樣一直氣到回東京。

鶴代和佐知的感情很好，看在雪乃眼裡是這樣的。雖然對佐知這麼說，佐知就會擺臭臉說：「妳亂講！哪有！」她們母女倆經常為了小事而吵架，每當雪乃在一旁看得心情七上八下、擔心會不會怎樣時，兩人又在不知不覺間恢復平常。也沒看過哪一方道歉，似乎也沒什麼特別的契機，就又和好了。

好奇怪，雪乃心想。鶴代和佐知一直是兩個人一起生活，所以她們之間的關係格外獨特也說不定，或者這才是普通的母女？

和別人同居之後，雪乃才發現家人真是形形色色，就如一踏進玄關，每戶人家的氣味都不一樣，家人之間的距離、關係和習慣也都截然不同。由於一般沒什麼機會可以深入瞭解別人家，因此容易將自己體驗過的家人關係定義為「普通」，但構成家庭的成員千千萬萬，形成的家庭當然也有無數種形態。

她一直對「家庭」一詞毫無理由地感到安心，相信別人家一定也過著和自家一樣的生活，然而實際上並非如此。倘若鶴代和佐知之間的距離感才是標準的家人，那麼雪乃生長的家庭，就是彼此客套、相敬如賓，甚至可以用「見外」來形容。

就算發現有些家庭在室內都裸裎相見，或是在廁紙寫上落落長的留言彼此溝通，雪乃也不會感到驚訝了吧。她已經悟出所謂家人，是沒有定型或典型的。

鶴代將燉菜的鍋子從爐子上端走，問：「雪乃，弄好了嗎？」

雪乃用指頭挑起鮭魚的細骨，應道：「好了。」

「謝謝。好了，準備完畢。」

並肩站在廚房裡的鶴代和佐知，眼睛十分神似，兩人都面露笑容看著雪乃。

雪乃也對她們回笑，端起盛裝剝好的鮭魚肉的盤子站起來。

星期天早上，四人捏了飯糰。餡有兩種，明太子與雪乃剝好的鮭魚肉。

佐知和多惠美用怕燙的貓手，而不是怕燙的貓舌，對著蒸氣濛濛的白飯嚷著：「燙死了，燙死了，沒辦法拿啦！」

「這得戴工作手套才行呢。」

鶴代和雪乃拿她們沒轍，穩健地捏出三角形飯糰。多惠美說著「好燙好燙」，為飯糰包上海苔，放進保鮮盒裡，拿報紙搧涼。散熱的時候，鶴代和佐知將色彩繽紛的燉菜同樣盛入保鮮盒裡，雪乃則將白酒和零嘴跟野餐墊一起放進環保袋。

「多惠，啤酒呢？」

「裝在保冷袋放在玄關了。」

「好，那就出發吧！」

雪乃一聲令下，四人出發了。雪乃提環保袋，佐知提保冷袋，裝飯糰的保鮮盒沒有裝袋，由多惠美雙手捧著，鶴代則兩手空空。

走出玄關，一行人避開山田的目光，媲美特殊部隊般迅速繞過屋子，穿過後門，朝善福寺川前進。

今天沒有風，陽光也十分和煦，是個春光明媚的星期天。家家戶戶的庭院裡櫻花團團盛開，整個城鎮彷彿罩上了一層淡粉色的霧靄，是個絕佳的賞花日。

佐知和多惠美戴了口罩和眼鏡。佐知平常就會戴隱形眼鏡或眼鏡，但多惠美的眼鏡沒有度數，只在花粉症季節派上用場。

「妳們兩個這樣能吃便當嗎？」鶴代問。

「沒事沒事，酒精一下肚，症狀就會緩和一些了。」佐知回應道。

「真容易解決呢。」鶴代諷刺道。

一行人聊著，抵達了善福寺川。

河邊的公園種了許多櫻花樹，步道旁種的也是櫻花樹，已經擠滿眾多賞櫻客，相當熱鬧。這一帶的櫻花密度已經不只是霧靄，簡直就像淡粉色的積雲。人們在花下飲酒作樂，或是漫步樹下，宛如在雲朵下穿梭飛翔的燕子，輕巧地在人潮中移動，嘈雜地啼叫著。

「完全盛開呢！」

佐知開心極了，立刻和雪乃合力在公園角落鋪上野餐墊。這五天來，她不輸鶴代地緊盯著天氣預報，算是有了成果。

「大概開了八分吧。」

鶴代總是喜歡澆女兒冷水。她把保鮮盒逐一擺到墊子上，坐了下來。

「我們上司說最好不要開得太過，不管是花還是女人都一樣。」多惠美把裝白酒的紙杯分給眾人說。

「十足老頭味，這算是性騷擾了吧？」雪乃將免洗筷和罐裝啤酒發給大家。

「誰說的，岡田部長嗎？」

「唔，對。」

佐知不理會令人不安的公司八卦，用手機拍攝櫻花，準備拿來當作刺繡的參考資料。

大概每五年一次，佐知會覺得春天真是美不勝收，就是尊貴璀璨到讓人想哭的季節。但為何不是每年，這就是個謎了。今年正是「感動年」，但她從經驗知道，就算是感動年，也不會有什麼特別的好事或壞事，因此她克制激動的淚水，佯裝沒事，不停地拍攝櫻花。

拍完之後，四人先用啤酒乾杯。各自伸筷夾飯糰或配菜。多惠美交互吃著角煮和馬卡龍。

「到了這把年紀，就會忍不住想，還能再看幾回櫻花呢？」

鶴代喝著自己倒的白酒，沉浸在感慨裡。

「媽的話，再看個三十回都不成問題。」

「我從小學的時候開始，每次賞花都會想，還能再看到幾次櫻花呢？」多惠美爽朗地說。

其他三人有些驚訝。

「多惠，妳有什麼痼疾嗎？」佐知提心吊膽地問。

「沒有啊。」多惠美笑著搖搖頭，「我小學到高中都拿全勤獎。」

「這也強健到異常了吧……」佐知嚇到。

「這麼健康的小孩，真的會感傷『還能再看到幾次櫻花』嗎？」雪乃沒禮貌地問。

「小時候不是經常會思考死亡，想到夜裡都睡不著覺嗎？」

聽到多惠美這麼說，佐知心想「這麼說來也是」。

「可能是那時候的習慣留下來了，只要看到櫻花，就會反射性地想，還能再看幾次呢？過年的時候也滿常想的。奇妙的是，聖誕節就完全不會。」

「多惠意外地心思細密呢。」雪乃再次沒禮貌地說。

「我是啊，前輩都沒發現嗎？」

「妳還有別的心思細密事蹟嗎？」

「唔……現在想想，一直到小學，我都有失眠的傾向。」

什麼！佐知意外極了。明明多惠美晚上都是第一個睡著，早上也賴床到勉強來得及吃早餐的時間才起床。人真是會變化的生物。

「我睡前都要進行儀式，仰躺在被窩裡，向神明祈禱。」

「原來妳信教嗎？」

「沒有，是我自己想出來的儀式。我會在心中祈禱：『上帝啊，佛祖啊，稻荷神啊，石神啊。』」

「石神？」佐知問得比剛才更小心翼翼了。

「我家附近的一座石像。那叫做道祖神嗎？稻荷神也是我家附近的祠堂。」

「然後呢？」

「然後在心中說出具體的願望：『希望爸爸媽媽不要吵架。希望明天上課被點到能答得出來。今天有點扭到腳，希望可以早點好起來。』就像這樣，從個人事務到世界和平，把想到的願望全部說一遍。多的時候，有一百個左右。」

「一百個！」

「是的。所以完全不會想睡。擔心的事情不斷浮現，我每天晚上都拚命祈禱『拜託一定要實現』。」

這是不是腦袋有點不正常了啊？佐知這麼想，但也可以說任何時代，小孩都是瘋狂的，所以難以判斷。看看現在的多惠美，完全就是明朗健康的化身，也讓佐知懷疑起小時候沒有每天晚上祈禱的自己才是不正常。

「確實，小時候所有的一切都讓人感到害怕又不安。」雪乃不理會沉思的佐知，喃喃說道。

雪乃覺得可以瞭解多惠美小時候的心情，雖然沒有明確地化成言語祈禱，但每當入夜，雪乃就飽受神祕的恐懼感所折磨。「救救我！救救我！」她發出不成聲的哀鳴，也不曉得是在對什麼呼喊，希望對方能從什麼東西手中保護自己。

那到底是怎麼回事呢？怎麼會忘了那種感覺，變成大人，滿不在乎地過生活呢？雪乃納悶不已。當時或許是死亡或暴力的陰影想要吞噬我，自古以來一直威脅著人類的事物，一定躲藏在房間櫃子的後方，或是在隔壁起居間說話的父母背後的影子裡。

至於鶴代，她與雪乃回想起來的那種難以說明的感覺完全沾不上邊，是個非常實際，或者說理性的人。

「妳小時候真老成呢。」鶴代佩服多惠美的發言，說：「哪像我，小時候腦子裡就只有營養午餐，總是想著要是有炸鯨魚肉就好了，或者要怎樣才可以不喝脫脂牛奶。」

「菜色好有戰後廢墟的味道。」佐知陳述著感想。

「沒禮貌！」鶴代在自己的紙杯裡補上白酒。「我讀小學的時候，廢墟早就都重建了。」

「別吵了，要吃嗎？」

多惠美打開米菓的袋子遞過來。眾人同時把手伸進袋子裡。半晌之間，咀嚼米菓的聲音在野餐墊上迴響。

一片花瓣輕飄飄地落在佐知手中的紙杯裡，看起來就彷彿花瓣小舟正穿過朦朧的月亮。這種圖案的刺繡如何呢？佐知連同浮在表面的花瓣喝光了白酒，以便將靈感烙印在體內。

如同鶴代的預言，隔天星期一下起雨來，成了櫻花季寒冷的一天。

佐知上午打掃了室內公共區域，和鶴代一起吃完午飯，接著關在房裡刺繡。她接到好幾個委託，為夏季手帕及上衣刺繡，還有縫製藤包上的布鈕釦。

房裡很冷，甚至得穿上毛線襪，腿上蓋毯子。她在這樣的環境裡，默默地繡著夏季氣息的圖案，海鷗、五顏六色的冰淇淋、游泳圈、西瓜。這麼多讓人聯想到海邊的圖案，真教人不滿。山不是也很好嗎？像是積雨雲……不過就算是在白色手帕上刺繡白雲，也沒人會開心吧。

聽著敲打著屋頂的雨聲節奏，佐知靈機一動：「何不試試蟬？」她停下拿針的手，從書架上取出昆蟲圖鑑。蟬還是太素了嗎？

忽地，佐知發現雨聲的節奏裡摻了雜音，從圖鑑上抬起頭來。那是什麼聲音？很像貓喝水的聲音。豎起耳朵，除了來自天花板的雨聲外，確實還有別的聲音，是從隔壁雪乃房間傳來的。

雪乃和多惠美應該照常去上班了。除非雪乃偷偷養了妖怪貓，否則……

佐知把圖鑑放回書架，匆忙跑上走廊。二樓的房間或許是因為原本設計成兒童房的緣故，都沒有門鎖。她猛地打開雪乃的房門。

淹水了。雨水滴滴答答地從天花板滴下來，在木板地上聚成大水灘。水灘不斷地擴張，就要侵入淡粉色的地毯了。

「哇！媽！」

佐知邊喊著邊衝下一樓。不見鶴代的人影，難道是在雨中出門買東西了？雪乃的房間正下方是客廳的沙發。她查看天花板，幸好漏水似乎還沒滲透下來。佐知抓起廚房收納架上的抹布、毛巾，折回二樓，擦乾雪乃房間的地板，並從浴室拿水桶來接水。

這時漏水變嚴重了。床鋪的位置也開始有新的水滴落下來，原本就在漏水的位置則幾乎要變成蓮蓬頭了。佐知以超特急的速度從一樓抱來大小鍋具，接住兩處漏水。床上的漏水還算慢，但房間正中央處就算用大鍋子接，不到三分鐘就滿出來了。

這真的是漏水嗎？不會是屋頂在不知不覺間被颳走了吧？佐知好想哭，盯著鍋裡的水位，水滿了就火速換上小鍋子，將大鍋的水拿去浴室倒掉。接著再和大鍋交換，倒掉小鍋子的水。忙著忙著，床上的水桶也滿了。佐知不停地交換容器、倒水、移動位置，像隻倉鼠般忙碌地在雪乃房間和浴室之間來回。

忙了約一個小時，佐知開始叫苦連天，覺得這狀況再持續下去，她就要累死了。

「我回來了。」

這時鶴代回來了。

「媽，不得了了！妳快來！」

「幹嘛？吵吵鬧鬧的。」

走上二樓的鶴代，悠哉地探頭看向佐知的房間。

「不是，我在雪乃的房間！」

聽到佐知的聲音，鶴代走向隔壁。

「喔，天哪！」

女兒正以迅雷不及掩耳的速度更換著大鍋小鍋。這麼說來，這孩子明明很遲鈍，卻只有敲敲達磨[6]玩得特別好，鶴代心想。

「怎麼辦？」

佐知都快哭了，向鶴代求救，先衝去浴室倒掉大鍋的水。火速趕回雪乃的房間時，只見鶴代正環抱雙臂，站在門口仰望著天花板。

「這漏水的樣子不太對勁。」

「一直盯著鍋子太累了，我已經喘不過氣了。」

「要應急處理一下。去拜託山田先生吧。」

「雪乃她們的事會被發現的！」

「這是個好機會啊。反正也沒什麼好隱瞞的。」

「那妳幹嘛不早點跟山田伯伯說！」

拜託修理漏水的時候，發現家裡早有外人搬進來，山田會不會不高興？佐知擔心這一點。因為守衛山田總是張大眼睛，監視著牧田家有無異狀。如果他覺得自己被忽視了，可能會因此鬧脾氣。

6 敲敲達磨（だるま落とし）是一種日本童玩，為數個圓片狀疊成的達磨（不倒翁）造型，玩的時候用木槌敲出底下的木片，讓頭部順利落下而不散倒。

「說是妳的房間就好了。」

「說這個少女夢幻屋是我的房間？山田伯伯知道我睡在只有刺繡工具單調得要命的房間耶！」

母女爭執不下的期間，雪乃的房間仍不斷地在滴水。波、咚、叮、噹、噠、波、咚、叮、噹、噠。配合水滴敲出的節奏，兩人的對話也愈來愈激烈。

「都是媽啦，老是息事寧人！到時候雪乃看到房間這樣哭出來，誰要驚慌失措衝去守衛小屋求救？每次遭到池魚之殃的都是我！」

「漏水又不是我害的！妳朋友是不是有水難之相啊？既然妳非要我去講，好啊，要我去下跪、磕頭，做什麼都行。對，什麼都行，我去，我去就是了！」

兩人的對話不期然地變得宛如蹩腳的饒舌歌大賽。儘管說得口角都冒泡了，佐知和鶴代還是互助合作，把接了水的鍋子搬去浴室，不過最後依然吃不消：「這樣下去不行，我們去找山田先生吧。」

為了因累積的息事寧人主義而付出代價，鶴代在雨中撐著傘前往山田的守衛小屋。佐知牽掛著二樓的狀況，在玄關大廳雙手環抱，跺著腳等待。

片刻之後，山田來了，穿著黑色雨衣，手中提著工具箱。鶴代跟在山田身後，一個人優雅地撐著紅傘，一副這種態度：「妳看，媽在關鍵時刻還是會做事的。正大光明地叫來山田先生，對我來說是小菜一碟。」

佐知氣不過，不看一臉神氣的母親，再次打量山田。雨勢似乎更大了。從守衛小屋到主屋玄關這短短的距離，就把山田的雨衣淋得全濕。山田將黑色黏膜般濕答答的雨衣從身上褪下，宛如脫皮一般。他看起來不曉得要把雨衣往哪裡擺，佐知便從旁邊的鞋櫃兼衣櫃取出衣架，吊起雨衣掛在玄關門把上。

雨衣衣襬拖在地上，黑色水漬從底下在脫鞋處慢慢擴散開來。

鶴代和一身工作服的山田脫了鞋進到屋裡。

「是哪個房間？」山田問。

「在二樓。」佐知回應。

山田的身高和佐知差不多，但即使上了年紀，眼睛仍十分黝黑，目光帶著一股奇妙的魄力。山田的沉默寡言也是讓佐知感到畏怯的原因之一。也許是一整天悶頭刺繡的反作用力，只要碰到雪乃和多惠美，她就會忍不住東拉西扯地說上一堆。像山田這樣過著默默打理庭院，默默盯著電視吃飯、睡覺的生活，她擔心他的下巴關節不會因為少用而生鏽嗎？

不過她也無法甩掉山田的寡默會不會其實是一種姿態的念頭，是他演出來的？以前佐知在大門前偶然碰到山田，當時山田手中提著TSUTAYA的袋子。發現佐知的視線，他靦腆地說：

「佐知小姐看高倉健的電影嗎？『網走番外地』系列真的很精彩。」

佐知沒看過「網走番外地」系列，只從這個地名萌生出「主角應該是承受著北方的酷寒，堅守寡默的人吧」這種極為半吊子的認知，這若是讓瞭解高倉健那蘊含著燦爛與灑脫魅力的粉絲聽了，絕對會想朝她的肚子捅上一刀。

不過由此也可以發現一件事，山田似乎很崇拜高倉健，希望自己就像阿健一樣帥氣。

不知道究竟是下巴關節不順，還是自詡為高倉健，山田一語不發地走上樓梯，佐知和鶴代緩緩地尾隨其後。山田靠著水滴的聲音，準確地探頭看了一下雪乃的房間，隨即折返下樓。佐知和鶴代則杵在二樓的走廊上。

傳來玄關門的開關聲，山田似乎出去了，但過了一會兒，門又再次開關，白髮和肩膀都淋濕的山田回到了二樓。

「我把水管的總開關關起來了。」

這時雪乃房間的滴水量已逐漸變少。

「原來不是漏水啊。」鶴代仰望天花板說。

「雨勢沒有大到會漏成這樣。」山田答道。

聽到兩人對話的佐知驚訝地問：

「一般水管不會經過二樓的天花板上面吧？」

「這棟房子是妳曾祖父設計的，有很多奇怪的地方。」鶴代嘆氣說：「門外漢的業餘嗜好真的很可怕。」

牧田家的屋齡應該有近七十年了。這麼古怪的設計，居然能撐到現在，佐知非常難以置信。

雖然查明原因了，卻不知道該如何處理，母女一樣杵在原地。相反地，山田打開房裡的固定式衣櫥，裡面收著雪乃的衣服，上班穿的樸素套裝、挖領滾邊的私人衣物整齊地吊掛著。透明收納盒裡也整齊地捲放著內衣褲，透過收納盒可以看見繽紛的色彩，一定有許多蕾絲的內衣褲。

哇哇哇！佐知驚慌失措，這時山田消失到衣櫥上層去了。工作褲的褲腳拉起，她看見山田穿著深藍色的襪子，是質料類似絲襪的小腿襪，也就是所謂的「歐吉桑襪」。哇哇哇！佐知再次驚慌失措，她沒想到這年頭還有人穿這種襪子，是上班族時代留下來的嗎？

「佐知小姐，請給我工具箱。」

山田的聲音響起。佐知拿起放在房門角落的工具箱，遞向衣櫥上層。從上層伸下來的手抓住了工具箱，又消失在黑暗中。

片刻，傳來山田在天花板上爬來爬去的聲音。鏘、砰咚，也有像是修理水管的聲音。佐知和鶴代站在門口，看著吱嘎作響的天花板，以及紛紛灑落的水滴和灰塵。

好像〈閣樓裡的散步者〉[7]，佐知心想。如果就這樣裝作不知情，把櫥櫃關起來，會發生什麼事？想像棲息在雪乃房間上方的山田，佐知隱隱感覺到一股不懷好意的興奮。是對不知道山田潛伏其上而繼續生活的雪乃感到興奮，還是對窺看從未有人看過的「獨處的雪乃」的山田感到興奮？連她自己都說不清楚。

「小姐。」

天花板上傳來山田模糊的聲音，佐知像是剛被人叫醒那般，全身抖了一下。鶴代訝異地看向她。

「不好意思，請幫我打開總開關。這樣看不出來是哪裡漏水。」

佐知感覺自己的妄想會被鶴代識破，尷尬地下樓走出屋外，打開主屋旁邊嵌在地面的水藍色蓋子，轉動水管開關。從屋簷落下的雨水打在她蹲下的背上，這時佐知才總算想到：「為什麼是我來？」

因為山田叫了「小姐」。在這個家裡，山田會叫「小姐」的對象就是鶴代和佐知。換句話說，讓鶴代來關開關也可以，自己卻傻呼呼地跑來，真教人生氣。

回到雪乃的房間一看，床上一帶又開始漏水，上方傳來山田朝那裡爬過去的聲音。鶴代閒閒地站在門口，說了句「好慢」，努了努下巴指示佐知。佐知遵照指示，把鍋子端到床上接水。

佐知跑進跑出地開關水管，山田在天花板上爬來爬去尋找漏水的位置，反覆了好幾回。至於鶴代，只是默默地監督著兩人的工作。佐知深切地體認到鶴代「千金小姐」的性情是多麼地牢不可破，以及那「反正一定會有人幫我解決」的信心。

倘若說這世上有真正的王公貴族，應該不是法老王或蘇丹，而是像鶴代這種人吧。即使沒有奴隸或僕人，大部分的事務都有家電代勞。非人力不可的家事，當成預防老年癡呆的每日工作就行了。就算是法老王或蘇丹，也會將親自打獵或騎馬做為嗜好吧？這跟那是一樣的。而且鶴代的食衣住方面保證舒適，一點小感冒就能立刻上醫院接受治療、沒有任何會遭到暗殺的危險性，也不必為政

7〈閣樓裡的散步者〉（屋根裏の散歩者）是江戶川亂步的短篇小說，描述一名精神異常者躲在賃屋處的天花板上窺看其他租客的情節。

治或後宮的人際關係頭痛煩惱。最重要的是，不用負起王公貴族的義務，不必無論如何都非留下子嗣不可，想要橫屍街頭也是個人自由。

過得如此優渥，理應活用那大把閒暇，打造凌駕金字塔或清真寺的建築物，或是創造出不斷內省再內省之後迸發靈感的極致藝術作品，然而說到鶴代至今為止創造出來的事物，就只有佐知而已。她只是平淡地持續做著遠遠稱不上生產活動的各種行為。

太過自由錯了嗎？這麼說來，文豪夏目漱石筆下的角色，就有種硬是要苦惱的感覺，讓人想酸一句：「怎麼不去工作啊？」但高等遊民[8]也是有高等遊民自稱的苦惱，而似乎連這都沒有的鶴代，最恰當的形容詞就是「無為」。一切都是無為，也並非不能說成是因為實在太閒了，已經踏入媲美高僧的悟脫境界了。

當佐知想著這些時，修理似乎暫時結束了。漏水停止，山田從櫥櫃上方爬了下來，但身上的灰塵被水氣凝結成泥狀，宛如在南方叢林裡徬徨的士兵。佐知擔心衣櫃裡雪乃的衣服是否有被弄髒。

「這只是應急處理，我會在今天聯絡水電行。」山田士兵說。

佐知道謝，一旁的鶴代卻只是輕點了一下頭：

「你幫了大忙，山田先生。」

這與其說是道謝，更像是感想。但山田沒有不高興的樣子，反而顯得很開心。除了家電，母親還擁有忠實的守衛。鶴代那毫無根據地掌握家中大權、威嚴十足的態度，再次讓佐知感到既傻眼又戰慄。

「翻修不曉得要多大工程。」

鶴代完全沒有感受到佐知的戰慄，已經現實地盤算起來。

「壁紙、搞不好地板也得拆掉重鋪。」

山田用工作服的袖子抹了抹鼻子，問：「對了，這是哪位的房間？」

「是、是、是我的房間！」

佐知舉起手的同時，玄關門打開，多惠美開朗的聲音說：

「我回來了！」

多惠美剛回來沒多久，雪乃也回來了，目睹房間的慘況，啞口無言。

現在，住在牧田家的四個女人坐在客廳沙發上，垂頭喪氣。正確地說，雙人沙發上擁擠地坐著鶴代、佐知和雪乃，被擠出去的多惠美則抱膝坐在地上。

8「高等遊民」一詞出現於日本明治末期至昭和初期，指接受高等教育，畢業後卻沒有就業、無所事事的人。

對面沙發坐著山田，身上的泥狀污垢已經半乾，整個人變成一個褐色的老爺爺。多惠美頻頻偷瞄他那副宛如從沼澤裡爬出來的妖怪般模樣。

四個女人和山田吃完佐知草草準備的炒飯配豆腐味噌湯當晚飯，展開宛如軍法審判般沉重的討論會。

「首先必須弄清楚的是，」鶴代首先發難道：「雪乃是不是有水難之相。」

咦？問題是這個嗎？除了鶴代以外的每個人都這麼想，卻無人提出異議。山田抬頭挺胸地坐在沙發上，文風不動。

「怎麼樣，雪乃？」鶴代探出上身，隔著佐知看向雪乃。「有沒有人這樣說妳？」

誰會這樣說啦？媽又在胡言亂語了，佐知這麼想著，雪乃卻認真地回想：

「這個嘛……以前有人要我小心，不要躺在床上抽菸，但水難倒是沒有……」

「誰要妳小心？」佐知忍不住插口問。

「一個聽說很靈驗的算命師。我有個大學同學很愛算命，她帶我去的。」

「那都是騙人的啦。在床上抽菸很危險，當然不要做比較好，可是雪乃又不抽菸不是嗎？」

「是啊，不過我覺得那個算命師滿厲害的。」

「怎麼說？」

「我的曾祖父就是在床上抽菸引起火災死掉的。」

「真的假的？」多惠美插口：「真是太慘了。」

「嗯，家人發現的時候好像已經整個燒起來了。小時候去親戚家，看到曾祖父以前的房間牆壁都還是焦黑的。」

佐知想像起陰暗的日式房屋一室，砂壁上形成的黑色污漬。不過並沒有多惠美說的那種「慘」，也不是火焰所象徵的激烈或垂死掙扎的刻印，而是一幕靜謐的場景。終有一日，會將每個人都吞噬進去、每個人都曾經過那裡而誕生的漆黑洞穴，就彷彿它因緣際會地投影在了牆壁上，僅此而已。

它真的總是近在身邊。脫鞋處擴散的黑水、侵蝕著牆壁的黑色火焰，我們視而不見地過著每一天，就彷彿這些日子會永遠持續下去，彼此哭泣、憤怒、爭吵、歡笑，就只是這樣而已。

撇下浮想聯翩的佐知，雪乃繼續談論她的曾祖父：

「我的曾祖父是釀酒廠的大少爺，不過好像是個花花公子。辦喪事的時候，一堆連家人都不知道的情婦和私生子跑來，似乎為了爭遺產而鬧得雞飛狗跳。我媽經常埋怨我們家就是從那時候開始沒落的。她好像是想要表達，如果家裡一直那麼富裕，她根本不會嫁給我爸。」

「真是太慘了。」多惠美又說：「可是還有家道沒落的餘地，就該慶幸了。像我曾祖父根本不曉得是做什麼的，甚至沒有人談起過他。」

話題已經大幅偏離軌道，山田依舊默默無語，抬頭挺胸。到底為何會把「曾祖父的回憶」和「解釋為何沒有打聲招呼就讓別人搬進家裡」這兩種異世界的事情對接在一起？佐知絞盡腦汁，但論到蠻幹，鶴代可是第一把交椅。

「既然能看出雪乃和在床上抽菸的孽緣的厲害算命師都沒有提到水難之相，那應該就沒問題吧。」她劈頭如此斷定。

與其說是算命師看出來，根本就只是巧合，或只是做為泛泛之談，提醒她小心罷了吧？佐知這麼想，但這回當然也沒有吭聲。

「可是，我覺得為了慎重起見，妳最好還是盡量遠離海邊或河邊。」鶴代嚴正地忠告。

「我會避開這些地方的。」雪乃乖巧地保證。

彷彿鶴代才是算命仙。

「那麼——」

就算是高倉健也不耐煩了嗎？開始討論之後，山田第一次開口了。山田下巴的關節上一次活動是什麼時候？佐知回溯記憶，追溯到吃完炒飯的那一聲「我吃飽了」，心想他的下巴關節真的鏽得很嚴重，令人擔心。

「佐知小姐的朋友們住在這裡。」

「對……。」

佐知老早就放棄掙扎，頭垂得更深了。

「從什麼時候開始？」

「大概一年前。」

「這麼久了！」

山田仰頭望天。自詡為鶴代小姐和佐知小姐保鏢的我，居然沒發現家裡多了外人！垂垂老矣啊，山田一郎！為今之計，唯有奉還職位，歸隱山林，或負起責任，切腹謝罪！

佐知不知道山田是不是心中正在上演這樣的小劇場。畢竟山田是高倉健的劣仿品，無法用表情肌表達細緻的感情，但還是看得出他非常震驚。

「山田伯伯，對不起。」佐知道歉。她覺得姑且算是家長的鶴代應該也要道歉，斜眼瞄她，不出所料，鶴代仍一派悠閒。

雪乃和多惠美似乎也察覺到山田老人的傷心。

「我們應該要去向您打聲招呼的，真是失禮了。」雪乃行禮說。

多惠美也收攏雙腿，重新跪坐好說：

「怎麼說呢，錯過了跟伯伯您報告的時機，真對不起。」

「哪裡，請各位不必顧慮我。」

山田也許是振作起來了，雙手輕輕抹了抹臉。乾掉的泥巴剝落，撒在客廳地板上。

「其實我隱約察覺到了，只是沒想到居然是多了兩個人……」

佐知猜想，山田一定是沒有發現雪乃的存在。雪乃和多惠美都在這個家住了一年，山田應該都看過她們兩人。他一定是疑惑：「她們是來上課的學生嗎？不過也太常來了。」但雪乃發揮了她天生「難以令人留下印象」的特長，沒有在山田的腦中留下印象。山田一直覺得「好像有年輕小姐住在主屋」，但他意識到的只有多惠美一個人吧。

雪乃，妳真是太強了——佐知朝一旁送出讚嘆的眼神。雪乃也發現山田並沒有把自己算進去，儘管不樂意，但還是用眼神向佐知回禮：「謝謝喔。」

「這是有原因的。」

為了撫平山田的心傷，佐知說明兩人搬進來的來龍去脈。雪乃原本的租屋處漏水，失去住處；多惠美被前任糾纏，雖然斷斷續續，但現在仍飽受威脅。她有些誇大地縷縷細述兩人的困境。當然，她沒有說出之所以沒告訴山田她們搬進來，是因為覺得萬一山田卯起來保護大家就麻煩了。

「這樣啊！」、「喔。」山田斷續地附和，聽完說明後，背挺得更直了：

「請交給我吧。」

儼然尊聽長官命令的二等兵，幾乎要昂首挺胸起來。

「上代老爺也吩咐山田千千萬萬要照顧好小姐們。既然如此，我一定會全力監視是否有可疑人物出沒。」

看，果然卯起來了嘛——佐知大感吃不消。

「我們都靠你了，山田先生。」鶴代卻如此微笑道。

山田露出無比感動的神情。

「麻煩伯伯了！」

雪乃和多惠美也齊聲對一身褐色的山田說。

雪乃暫時睡在佐知的房間。住在作息相同的多惠美房間比較方便，但那裡是紙箱宮殿，實在挪不出空間給雪乃。

雪乃在佐知的床鋪旁邊鋪上客用棉被，穿上逃過水難之災的睡衣躺下。佐知坐在桌前刺繡，微駝著背，全神貫注地動著針。房間的大燈已經關了，只剩下桌上的檯燈照亮佐知的視野。

山田說，水電行明天就會派人來看。但翻修方面，連要找哪一家處理都還沒決定。佐知說會趁雪乃去上班的時候幫她晾乾濕掉的被子，但可能得重買才行了。衣服和家具還有小物等等，也得把濕掉的和沒事的分開來清潔……

雪乃嘆口氣。自己是不是真有水難之相？拿鏡子看面相也太誇張了，因此她舉起雙手看手相。生命線一路延伸到手腕附近。

「太亮了嗎？妳睡不著嗎？」佐知出聲道。

雪乃連忙放下手，擱到被子上。佐知伸著懶腰，只有臉面向她。

「沒事。如果我睡覺打鼾，先說聲抱歉。」

「我也是。」佐知笑道，再次轉回書桌，拿起針來。佐知的右手動著，如同規律的震動。

雪乃轉身側躺，看著她說：

「對不起喔，佐知。」

她開始覺得漏水或許是有水難之相的自己造成的了。

「道什麼歉啦，」佐知背部微微抖動，笑著說：「妳什麼都不必擔心啦。」

聽到佐知這麼說，就覺得這世上真的沒有任何不安或是威脅了，雪乃奇妙地感到安心，又看了工作的佐知背影一會兒，不知不覺間睡著了。

佐知聽著雪乃細微的呼吸聲，埋首刺繡直到午夜過後。雪乃的鼻子偶爾會發出笛聲般「嗶嗶」的細聲，很好笑。

隔天是個晴朗的好天氣，佐知洗了雪乃的被套，和被子一起晾在庭院；淡粉色的地毯則像條舌頭般吊在餐廳窗邊，這種程度的潮濕，曬曬太陽應該就會乾了。

水電工剛過中午就來了，在床鋪和書桌鋪上防塵布，爬上天花板，製造出尖銳的噪音，讓人懷疑他會不會把水管都給折斷。

佐知戴上口罩，闖入灰塵瀰漫的房間，依照雪乃拜託她的，檢查衣櫥裡面。雖然沒有衣物被弄濕，但發現幾件西裝外套和上衣沾到了污泥，應該是山田進出衣櫥上方時沾到的吧。

污垢已經乾了，西裝外套用刷子刷乾淨，上衣做為今天洗衣服第二輪丟進洗衣機。庭院的晾衣竿上，恢復潔白的上衣、四個女人的內衣褲和襯衫等等，琳琅滿目。可以不必在意山田的目光，正大光明地晾衣服，多麼神清氣爽啊！

佐知懷著爽快的心情看著晾衣竿。鶴代在客廳享受午茶時光。山田在雪乃的房裡監督工程。

水管的破損花了兩天全部堵起來了。根據水電工的評估，雖然整棟建築物的老化無可避免，但只要勤加維修，應該還可以撐上一段日子。

週三，兩家裝潢業者相繼來訪，免費估價。兩家都是雪乃用公司電腦上網搜尋附近口碑好的業者，和佐知討論之後安排的。鶴代和佐知比較了兩邊的估價，最後決定委託同一區的裝潢業者。

業者說目前只要重貼壁紙應該就行了，下次便拿來壁紙型錄。為了配合其他房間的風格，佐知挑了有些復古的壁紙樣式，業者說調貨要一星期左右。佐知對於和雪乃睡同一間房並不排斥，雪乃似乎也每天晚上都睡得很好，因此她覺得就算等上一段時間也無所謂，訂了那款壁紙。

「地板不用處理沒關係嗎？」佐知問業者：「雖然擦過了，可是擔心會不會從裡面腐爛。」

「要是地板開始浮起來，再拆開檢查就行了。」看上去三十出頭的業者穩重地回答。

他穿著灰西裝，打著不招搖的藍色系領帶。不會拚命推銷的態度雖然可說是誠懇，但也可以解讀為麻煩事就先放著不管，拖延問題，和鶴代的息事寧人主義以及毫無根據的自信有著類似之處。

也許是敏感地嗅到了同類的氣味，業者回去後，鶴代說：

「那人滿不錯的，公司也很近，妳跟那種男人交往看看如何？」

多管閒事。佐知假裝沒聽見。再說，那人是負責業務的吧？順利開始施工之後，應該就不會再過來了。

連續兩天被尖銳噪音騷擾的佐知，傍晚在自己的房裡整理鈕釦，享受著短暫的寧靜。她把慢慢地蒐集在盒子裡的鈕釦，依顏色分類到廣口瓶裡。形狀風格各異的鈕釦就像紅、藍、黃的雪結晶般，逐漸在玻璃瓶裡累積起來。

像黃寶石的小鈕釦可以做小熊的眼睛；如青空般閃耀的鈕釦是沉睡在森林湖中的公主項鍊墜子；光滑如草莓的鈕釦，可以做上面繡了一片花園的提籃零件。觸摸著鈕釦，做為刺繡點綴的用途便不斷在腦海湧現，佐知總是為此心醉神迷，連窗外落入黑夜都沒有發現。

將彷彿裝了五彩糖果般上了色的廣口瓶陳列在桌上，心滿意足的佐知，當晚向雪乃報告翻修計畫。

「一星期以後啊……」

意外的是，雪乃的表情沉了下來。

「咦，難道是我打鼾很吵嗎？」佐知有些狼狽地問。

「沒有，完全不會。雖然妳有時候鼻子會『嗶嗶』叫。」

「妳也會好嗎！嗶嗶嗶的。」

「咦，真的嗎？好丟臉。」

雪乃在客用棉被上跪坐，上身前傾，將臉埋進被子裡。她說這是一種瑜伽動作，好像叫「嬰兒式」，但佐知覺得看起來像「被訓話而過度反省的小孩子」。

「居然要花這麼久，總覺得很抱歉。」雪乃對著被子含糊地說。

「不會啦，沒關係，要不要喝一杯？也叫多惠一起來喝吧。」

佐知爽朗地提議，下樓去拿冰啤酒。她很擔心雪乃會說要搬出這個家。

又到了週末，雪乃決定把思考了幾天的事付諸實行。早上七點，她溜出被窩，小心不發出聲音，把睡衣換成家居服。其實她想穿剛買的春季洋裝，但還是克制了欲望，穿上即使弄髒也無所謂的全套運動服。

隔著依然緊閉的窗簾，可以感受到幽微的黃色春光。昨晚佐知工作到深夜，還在床上發出「嗶嗶」的鼾聲。雪乃整裝完畢時，佐知也沒有要醒來的樣子。雪乃疊好被子，推到房間角落，順帶偷看佐知的睡臉。不知為何，佐知放在臉旁的右手緊握著，表情苦悶。雪乃訝異難道她作夢也在運針嗎？

對雪乃來說，佐知給她的印象是「很像兔子」。佐知並不像兔子那樣可愛或敏捷，動作反而更偏遲鈍。但刺繡時彎起的背部弧度，讓她覺得就像隻蹲踞著的兔子。兔子總是不停地抽動如線般的鼻孔，豎起長長的耳朵，捕捉四周的資訊，這樣有些膽小的氣質，和佐知稍稍重疊在了一起。因為佐知也是微微顫抖般不停地動著針，而且總是關照著家中的人際關係。

每次看到佐知那種像兔子的地方，雪乃心裡就會同時湧上兩種相反的衝動，一方面受到莫名的煩躁驅使，想要狠狠地踐踏佐知；另一方面又想要像動物學家畑正憲那樣，把她捧在掌心裡用力撫摸：「小乖乖，好乖好乖。」

在雪乃的注視下，佐知用緊握的右拳抹了抹人中，翻了個身，面向牆壁。床鋪稍微空出位置來。鑽進那裡的話，一定可以暖呼呼地睡個好覺。雪乃感受到回籠覺的誘惑，但還是甩掉了誘惑，靜靜地離開佐知的房間。

一樓的廚房裡，睡眼惺忪的多惠美正小心地攪拌著大單柄鍋裡的粥。鶴代姿勢端正地坐在餐桌旁，吃著舀進碗裡的稀飯。桌上擺了許多小碟子，盛著海苔絲、醬煮扇貝、邊緣鑲紅的叉燒肉等配料。

「早。」雪乃打招呼，也坐到桌邊。

鶴代回禮，宣布：

「我剛也跟多惠說過了，我今天要出門。」

「去哪裡？」

「今天天氣不錯，我要去伊勢丹買東西。夏季的毛巾被有點舊了，我一直想要換一條。」

多惠美拿著單柄鍋過來，用湯勺將稀飯舀進雪乃的碗裡，順帶從圍裙口袋裡掏出生雞蛋，單用右手打到稀飯上，再自行拿起雪乃的筷子，猛地攪拌起稀飯和生蛋，在碗內以這樣有些強勢的手法完成了蛋花粥。為什麼不把蛋液倒進鍋裡煮呢？雪乃感到訝異。

「鶴代阿姨用信用卡點數買了中華粥組合。」

輪到多惠美負責早餐時，多半是吃麵包，因此雪乃還在納悶今天早上怎麼不一樣，這下總算恍然大悟。雪乃向鶴代道謝，從多惠美手中接過筷子。

「我開動了。」

「可以再續碗喔。佐知姊呢？還在睡嗎？」

「嗯，感覺暫時還不會起來。」

「那鍋子先離火好了。要一直攪拌，不然會結塊。為什麼呢？」

多惠美也許是右手痠了，甩著手在桌旁坐下來。她從鍋裡把稀飯舀進自己的碗，從口袋掏出雞蛋打進去。雪乃推測，或許是為了避免結塊，所以單柄鍋裡只放清粥。

多惠美極度害怕結塊。用熱水溶化可可粉或玉米濃湯粉時，總是硬要攪拌到天荒地老。雪乃都擔心會攪到涼了，但多惠美說喝的時候如果舌頭碰到結塊，會感到噁心無比。這麼說來，多惠美也討厭需要稀釋的可爾必思和有果肉的果汁。

鶴代吃完稀飯，起身把碗盤放進洗碗槽。雪乃有話要跟鶴代說，但這下錯失時機了。

打算要上街時，鶴代就會莫名起勁。大概是因為她平日幾乎都待在家，頂多只會去車站附近買東西。感覺總是丟給佐知的洗衣工作，也只有要上街前鶴代會主動去洗。也許不先洗個衣服釋放一下，會沒辦法承受上街的期待和能量吧。洗衣機運轉的期間，鶴代會仔細化妝，接著飛快地在庭院裡晾好衣服，然後再颯爽地出門，這是她慣常的模式。

鶴代在準備出門時，不可以找她說話。她會不高興。尤其是在畫眉毛的時候，絕對不可以吵她。那似乎是需要極度專心的工作。即使出聲叫她，她也只會回以低沉的呻吟：「嗚咕嗚咕嗚咕……」雪乃看過即使如此，佐知仍果敢地嘗試對話，但鶴代只是應道：「夯，夯。」心不在焉得太誇張了。當時的對話是：「那妳回來的時候買一下長棍麵包喔！」「嗚咕嗚咕嗚咕……」「就是長得像法國麵包的那個。」「夯。」「妳真的知道喔？」「夯。」最後鶴代沒有買長棍麵包回來。佐知質問她怎麼沒買，鶴代大動肝火：「出門前忙得要死，妳還在那裡囉哩囉唆交代一堆事，我不可能記住啊！」雪乃覺得這就是所謂的惱羞成怒。當然，她沒有介入母女吵架。

因為知道這種狀況，雪乃乖乖地吃稀飯，幫忙多惠美洗碗。鶴代關在二樓的洗衣間裡。

「前輩呢？」洗完碗盤的多惠美問：「有要去哪裡嗎？」

「沒有。」

雪乃用水壺燒水沖咖啡，邀多惠美一起在客廳沙發坐下。「今天我打算來打掃那間『密閉房間』。」

「咦？」多惠美驚叫。

雪乃連忙制止：「噓！」二樓傳來洗衣機進入脫水程序的聲音，是一種宣告「即將進入高潮了」、撩撥焦躁感的轟隆聲。明明也不是多舊的機型，牧田家的家電噪音卻都很大。

「怎麼會突然想要打掃那裡？」多惠美壓低聲音說：「那個房間一直都沒有人進去過吧？裡面不曉得已經變得怎樣了……」

即使看見多惠美被自己的想像嚇到發抖，雪乃的決心也沒有動搖。

「我們不是用超便宜的房租住在這裡嗎？可是卻發生漏水，這讓我感覺有責任。」

「那又不是妳害的。」

「不，我開始覺得我真的有水難之相了。」

「怎麼會？」

「翻修好像也很花時間，佐知工作那麼忙，我一直賴在她房間，她應該也很不方便，所以我想搬到『密閉房間』住。」

「唔……可是可以嗎？擅自打掃那裡。」

樓上傳來洗衣機「嗶嗶」通知洗衣完成的聲音，鶴代匆匆忙忙下樓來。她化妝完畢，也換好外出服了，一頭銀髮整齊地梳成髮髻，口紅是不至於俗氣的紅。她穿著深藍色長裙，外罩同樣深藍色的針織衫，看上去就像個嚴肅的女校長。

雪乃和多惠美停止交談，啜飲咖啡。鶴代探頭看向客廳，一邊戴上人造珍珠耳環一邊說：

「不好意思，衣服可以麻煩妳們晾一下嗎？」

「交給我們。」雪乃打包票說。

「謝謝，太好了。」

話說到一半，鶴代已經從客廳門口消失了，看來心思已經飛去伊勢丹百貨了。回房拿了皮包，鶴代穿著類似銀灰色的春季大衣，前往玄關。

那件大衣到底是在哪裡買的？該形容它充滿太空氣息，還是歷經沙塵暴的古代遺跡？高齡婦女的衣物購買地點，實在充滿了神祕。新宿伊勢丹應該沒賣這種衣服。雪乃和多惠美想著這些，手裡端著咖啡杯，起身目送鶴代出門。

「那就麻煩妳們了。」

鶴代用力把腳塞進米黃色的平底包鞋，春風滿面地走出玄關。兩人還是來不及提出打掃計畫。

「伊勢丹幾點開門？」

「我記得是十點半。」

「現在還不到九點欸……」

鶴代起勁的模樣超乎尋常。兩人放棄替她擔心要如何消磨等待開門的時間。

雪乃和多惠美回到客廳，繼續討論。

「說起來，屋裡難得有個空房，卻只因為上了鎖打不開，就一直放著不用，實在太可惜了。打掃乾淨的話，也可以拿來當客房，鶴代阿姨一定會開心的。」

「現在還需要客房嗎？這個家除了刺繡的學生和山田伯伯以外，根本沒有客人啊。」

「是這樣沒錯啦。今天的課幾點開始？」

「一點。對了，我的作業還沒做完。」

多惠美好像都在她堆滿了紙箱的房間裡乖乖做她的刺繡作業。

兩人合力在院子晾好衣服後，多惠美回去自己房間，雪乃站在一樓走廊深處的「密閉房間」前面。

門是木門，附有黃銅圓形門把。門把下方的鑰匙孔，居然是古典的上圓下方形狀。這種鎖的話——雪乃拿定主意，蹲到門前，用髮針和鐵絲插進鑰匙孔，亂挖了約十分鐘左右，鐵絲似乎順利地勾到內部突出的部分，有了開鎖的反應。

輕輕轉動門把，門真的開了條縫。雪乃飛快戴上事先準備好的口罩和工作手套，圍裙也穿戴好了，是早餐時多惠美圍的那條。

開始！雪乃做了個深呼吸，把門整個打開來。

「哇……！」

就算戴著口罩，也感覺得出室內灰塵瀰漫。面對後院的窗戶掛著紅色天鵝絨窗簾。隔著褪了色的窗簾，射進一點微光，但室內依舊陰陰暗暗。雪乃伸手摸索，按下牆邊的開關，燈泡也許已經燒壞了，燈沒有亮。

雪乃腳上趿著拖鞋，躡手躡腳地踏進室內。地板上鋪著深紅色地毯，雜亂地堆著雜誌和桐箱等等。因為是西式房間，不清楚正確大小，但應該有十張榻榻米大。雪乃張大眼睛，避免踩到東西，小心地循著地上空出來的空間走到窗邊。

打開窗簾，她試著也把窗戶打開。窗框是木製的，附有螺旋式的鎖，好像也是黃銅製的。鎖非常緊，轉不開，雪乃脫下工作手套，捏住冷冰冰的鎖頭，一陣木頭磨擦的觸感之後，鎖被拉了出來。窗戶卡得很緊，雪乃再次戴上工作手套，使盡吃奶的力氣往旁邊扳，便發出吱嘎聲響打開來了。外頭沒有紗窗，不曉得是否老早就腐朽殆盡。

清爽的風與直射陽光時隔幾十年再次進入室內。雪乃的鼻子黏膜受到飛揚的塵埃刺激，一邊打著噴嚏，一邊用綁帶將窗簾固定起來。原本似乎是金色的繩狀綁帶已經褪色成暗淡的土黃色，感覺隨時都會斷裂。

總算開好窗戶，雪乃重新轉向室內。

「哇……！」

她再次驚呼。因為在明亮的陽光底下，房間展露出它的全貌了。

一側的牆邊有一張雙人床，而且是附頂蓋的。那應該是頂蓋。至於為何說應該，因為沿著四角支柱垂下來的物體，已經無法辨別是紗、蜘蛛網還是結塊的灰塵。雪乃祈禱那是布，把臉靠上去，膽戰心驚地窺看內部。床上鋪著像是戈布蘭掛毯的厚重床罩。

另一側的牆邊是直達天花板的大型書架。雖然因為罩了一層灰塵而泛白，但原本應該是淺琥珀色的，一座珍品木書架。摻雜在百科全書和馬克思全集當中，也有日本的小說。不過從書名來看，時間似乎停留在一九七〇年代中期。

雪乃在書中發現三島由紀夫的《金閣寺》，「會不會是初版？」她忍不住想翻開版權頁確定，卻無法如願，因為書架前堆積了許多神祕的桐箱。

桐箱的尺寸與形狀各異，有似乎裝著和服的薄型盒子，也有像是裝茶道用品或壺的立方體，還有像小型行李箱大小的大型直方體，總共約莫有二、三十個。旁邊堆著，或者說崩塌著平凡社出版的《太陽》、《朝日俱樂部》、《生活手帖》等雜誌。

也就是說，雪乃正站在床鋪、書架、桐箱、雜誌等物品之間所空出的，從門口通往窗戶的細小通道上。

這裡會不會是——雪乃心想——鶴代和她丈夫以前的主臥室？不，其實雪乃早就隱約猜到了。鶴代現在住的是一樓鄰近玄關的三坪房間。那是一間氛圍沉穩的和室，原本應該是鶴代的祖父或父親的房間吧。

那麼，新婚時的鶴代夫妻是睡在哪個房間呢？雪乃覺得「密閉房間」很有可能。漏水給佐知添了麻煩，雪乃深感自責，這是事實，但之所以會想要去打掃「密閉房間」，是因為她推測這裡應該留有佐知父親的痕跡。

佐知好像不記得父親的臉，幾乎不曾提起過這個人。但若要說她從來沒有緬懷過父親，也不太可能。一直以來，雪乃都在某些時機，忽然感覺到佐知似乎在想念父親。因此，儘管覺得或許是多管閒事，但是打掃「密閉房間」除了能解決自己必須賴在佐知房間的現狀之外，若是能掌握到佐知父親形象的線索，就等於一石二鳥——雪乃如此盤算。

就算是這樣，房間荒廢的程度也超乎預期。桐箱山的山腳邊，掉落著掌心大的團團綿絮。如果那不是灰塵而是北海道綠球藻，就稱得上雄偉了。雪乃猜想綠球藻是在阿寒湖的底部被水流推來推去而滾成了圓球狀，那麼這間房裡的灰塵是如何變成一團的？是在窗戶和門都關得緊緊的空間內，自行滾動並巨大化的嗎？真是：「離奇！成長的綿絮團之謎！」

天花板上的燈具也宛如庶民式的歌德恐怖作品。雪乃一開始以為那是水晶燈，但是在明亮的光線底下定眼一看，原來只是灰塵和蜘蛛網像簾子一樣從燈罩垂吊下來罷了。真是：「離奇！蜘蛛侵入密室之謎！」幸好蜘蛛似乎老早就死透了，或是搬走了，只剩下蜘蛛網，沒看見本尊。

荒廢到極點的房間景象讓雪乃有些卻步，然而如果不想甘於「有水難之相的人」這個身分，就必須展現出做為牧田家「有用的室友」的存在。這同時也是扮演臨時偵探，讓佐知開心的好機會。雪乃鼓起勇氣，著手清掃。

爬到工作梯上，首先拂去天花板和燈具上的灰塵與蜘蛛網。大量的灰塵立刻灑進眼睛裡，雪乃像盲人般摸索著前往廚房，沖洗眼睛，接著借用了擺在客廳五斗櫃上的鶴代的墨鏡。

鶴代覺得陽光一年比一年刺眼，所以去年夏天買了墨鏡。但佐知的說法是，「刺眼」只是藉口，鶴代是在雜誌或電視上看到年老的女星們都在衣服胸前掛上墨鏡，所以想要模仿。因為是一時興起而買回家的，鶴代完全忘了它的存在，像今天明明是個大晴天，眼睛卻毫無防備地就出門去了。墨鏡做為只為追求流行而買的「時尚裝飾品」也實在少見。

雪乃戴上墨鏡，用毛巾包住頭，再次挑戰「密閉房間」的天花板。她慢慢地移動工作梯，拂去灰塵和蜘蛛網。開始清掃不到三十分鐘，雪乃的脖子血流便開始堵塞，漸漸不舒服起來。她陷入輕微的貧血，必須蹲在工作梯上間歇地休息。在西斯汀禮拜堂畫天花板壁畫的米開朗基羅，脖子也一定僵硬得像石頭。雪乃深為同情這名文藝復興時代的偉大藝術家。

大致拂去灰塵後，再用濕毛巾擦拭燈具。燈罩果然不是什麼歌德式水晶燈，而是四朵鈴蘭花相連的造型，這是典型正統的昭和時代燈具。雪乃懷念地看著那燈具，接著挑戰附頂蓋的床。從頂蓋垂下來的布，以和窗簾相同的方式裝設在上面。把布拆下來，順便把床罩也拆下來，床罩底下沒有寢具，是一張雙人床尺寸的巨大床墊，一個人不可能搬得動。雪乃暫時把頂蓋的布和床罩搬到庭院。布一抖動，陽光底下便揚起漫天灰塵，宛如細雪紛飛。

歲月讓頂蓋的布變得宛如將破的漁網，像是戈布蘭掛毯的床罩，也讓人難以判斷是否承受得住洗滌。雪乃將這兩條破布小心地折好，放在「密閉房間」的門口。

到了這個階段，雪乃已經陷入絕望，因為她覺得不管再怎麼奮力打掃，都不可能除去積年累月的塵埃。巨大的床墊一看就是塵蟎的巢穴，地上又沒有足夠讓她鋪一床被褥的空間。要把「密閉房間」當成臨時臥室，不管怎麼想都不可能了。

但雪乃已經未經鶴代的許可打開了「密閉房間」，既然頭都洗下去了，身為臨時偵探，至少也要做出一番成果，否則會蒙上「不僅有水難之相，還隨便製造一堆灰塵的麻煩精」的污名。

雪乃將通道部分的地毯用吸塵器大略吸過，整理崩塌的雜誌。她發現以前的雜誌封面都沒有上膜，所以用濕抹布一擦，除了灰塵以外，連上面的彩墨也都一起被擦下來了。沒辦法，她只好稍微拂去灰塵，用繩子把雜誌綁起來。地上稍微空出了空間，她再次出動吸塵器，接著挑戰堆積如山的桐箱。

拭去箱上的積塵，逐一打開箱蓋查看。內容物是和服、和服腰帶，或者漆器餐具、陶瓷花瓶，也有豪華的長袖和服，但她不想攤開來看。因為這些衣物感覺濕氣很重，一定都被蛀出洞來了。裝著花瓶的箱子，箱蓋內似乎寫了某些毛筆字，一定是頗有身價的物品。為何不善加管理，幾十年間就這樣丟在「密閉房間」裡？雪乃再次深刻感受到鶴代和佐知的漫不經心。不管是和服、花瓶還是漆器，既然不用，可以拿去典當或是放到二手市場上，有太多方法可以把它們變換成現金。

這就是所謂的經濟無虞嗎？雪乃嘆氣。鶴代和佐知的生活絕對稱不上奢侈，她們的現金收入有限，因此反而可以說是儉樸度日。然而滲透在骨子裡的「武藏野的千金小姐心態」，或者說「富家招贅女的心態」無從擺脫，從未有過「這個月家計有點緊呢！」、「那就把『密閉房間』裡的花瓶賣了吧！」這類發想，而是「鑰匙弄丟了」、「那就算了」，這間房裡的物品就這樣封藏長達數十年。

雪乃不由得聯想到以前讀過的契訶夫的《櫻桃園》。她覺得拉涅夫斯卡雅夫人對現狀匱乏的認知，堅決不肯面對現實的執拗態度，從某個意義來說，是「船到橋頭自然直」的精神顯露，也可以說是終極的樂天主義，而鶴代完全就是拉涅夫斯卡雅夫人再世。堅定如山的樂天主義，有時會讓身邊的人不知所措或者不耐煩，這也是鶴代身上類似拉涅夫斯卡雅的部分。

那麼，她的女兒佐知是安妮亞嗎？雪乃想著這些，不斷地打開桐箱，並將內容物寫在便利貼上，貼在箱子側面。「漆碗組」、「鐵瓶」、「女兒節人偶（？）」，如此這般。女兒節人偶之所以加了問號，是因為小盒子裡面只有一個直立的女娃娃，像是三人官女之一。也有些箱子裡裝著園藝剪刀和鏟子，雪乃實在難以理解為何什麼東西都要往桐箱裡收？唯一的可能就是過去牧田家的某人是桐箱收納狂，然而卻尚未從任何箱子裡找到信件或照片這類可以瞭解佐知父親的線索。

檢查完約一半的箱子內容物時，碰到了一個長方形衣箱尺寸的桐箱。這個箱子似乎格外陳舊，整體褪成了褐色。尺寸不小，如果是小孩子，收起四肢便可以輕鬆躲進裡頭。整套女兒節人偶是否就收在這個箱子裡？三人官女的立像或許可以睽違數十年和同伴再會了。

雪乃抱著期待打開箱蓋。裡面塞著許多揉成團的薄紙，應該是緩衝材料。逐一將這些取出後，樟腦香氣逐漸變濃，很快地露出了黑色的物體，以女兒節人偶的頭髮而言，似乎有點太乾燥了……雪乃覺得訝異，撥開泛黃的薄紙查看箱內，頓時整個人定住。

她嚇到了，但她大概花了三秒才意識到自己是被什麼嚇到。

黑色的東西果然是頭髮，但不是女兒節人偶那類可愛物品的頭髮。褐色的皮膚如柴魚般乾燥，布滿皺紋，然而眼睛卻維持著玻璃般的光輝與透明感，仰望著雪乃。

蜷曲著細瘦的手腳，以仰躺姿勢收在箱子裡的，是一具木乃伊。

雪乃一屁股跌坐在地毯上。接著膝蓋像毛毛蟲般伸縮著後退，好不容易從「密閉房間」退到走廊上，這時慘叫聲總算從喉嚨衝口而出：

「哇啊啊啊啊啊！」

「怎麼了？」

「出了什麼事？前輩！」

佐知和多惠美從二樓衝下來。佐知眼睛半張，一頭剛睡醒的亂髮。多惠美因為太驚慌，手上還拿著插了刺繡針的布。

「有老鼠嗎？」多惠美問。

雪乃雙腿發軟地搖頭：

「是更可怕的東西。」

「咦，『密閉房間』開著。」

佐知總算發現，想要把頭探進門裡。

「等、等一下！」雪乃連忙抱住佐知的腳。「在妳看之前，我有事要問妳。」

「什麼事？妳是怎麼啦，雪乃？」

佐知停下腳步，在雪乃面前蹲下。雪乃整個人蒼白得像具蠟像，讓她也忍不住擔心起來。多惠美也蹲到佐知身旁，遞出手上的刺繡布說：

「佐知姊，我有問題！這裡是捲線繡嗎？」

「不是，我覺得德國結粒繡比較好。」

「喂，現在不是聊刺繡的時候！」雪乃插進悠哉的老師和學生之間。「佐知，妳爸已經過世了嗎？」

「幹嘛突然問這個？」

「抱歉，可是這很重要。」

「……聽說我一出生他就離開這個家了。我也不知道他後來怎麼樣了。」

「妳一出生就離開，表示妳也不是直接知道妳父親離開的原因囉？」

「嗯，我是後來才聽我媽說的。」

聽到佐知的回答，雪乃硬生生嚥了口口水。那麼，鶴代也有可能撒謊，說佐知父親是離開這個家，其實根本已經死了……不，更進一步說，甚至有可能是被殺害的。然後，如果屍體藏在那個桐箱裡的話？

「妳先冷靜下來。」雪乃說，但這話有一半以上是在對自己說。「我去打掃『密閉房間』，結果發現一具木乃伊。」

「咦咦咦？」佐知和多惠美大叫。

「是人的木乃伊嗎？像圖坦卡門那樣？」

多惠美很興奮，不曉得是不是期待黃金面具或詛咒警告文字。

「妳是說，那具木乃伊是我爸？」佐知表情僵硬地問。

雪乃急忙辯解：

「那個桐箱很大，所以啊，搞不好是在玩捉迷藏的時候蓋子蓋下來，妳爸就被關在裡面了。」

連自己都覺得這說法太牽強。一把年紀的大人應該不會玩什麼捉迷藏，而且木乃伊被仔細地包裝起來，絕不可能是意外事故。最有可能的推測是遭到某人殺害，藏屍在那個桐箱裡，變成了木乃伊，後來為了保存而在縫隙間塞進揉成團的薄紙。

遭到「某人」殺害，那個「某人」是誰？只有一個可能——鶴代。該怎麼辦才好呢？雪乃不僅嚇軟了腿，連胃都痛起來了。她原本是想尋找瞭解佐知父親的線索，沒想到竟然揭露了佐知母親過去的殺人罪行。

「給我看。」佐知說，以堅毅的態度站起來。多惠美也跟著起身。

「那東西很震撼……」

「沒關係。在哪裡？」

雪乃領悟無法讓佐知改變心意，但因為還站不起來，只能用爬的引導兩人進入「密閉房間」。

「那個褐色的桐箱。」

佐知和多惠美躡手躡腳地靠近雪乃指示的箱子。兩人依偎著，握著彼此的手，探頭看向箱內。

「嗄……！」

多惠美發出分不出是嘆息還是尖叫的聲音。

佐知則默默注視著木乃伊，喃喃道：

「真糟糕，沒有任何想法。」

這時門鈴「叮咚」響起，佐知和多惠美當場跳了起來。雪乃也被嚇個措手不及，不知不覺間站了起來。

「刺繡課的上課時間到了！」多惠美倉皇失措地說。

「不會吧，已經要上課了？」

佐知手忙腳亂，按住亂翹的頭髮，低頭看向身上皺巴巴的家居服。

「這個木乃伊……」雪乃說到一半，覺得失禮，換了個措詞說：「佐知的父親萬一被人發現，會很不妙。」

「那該怎麼辦？」

多惠美的眉毛垂成了八字型。

「我媽呢？」佐知忽然想起地問。

「去伊勢丹血拚了。」

「好。我上課的時候，妳們把這裡恢復成原本的『密閉房間』吧。雪乃，我不知道妳是怎麼弄的，但既然妳開得了鎖，就可以鎖回去吧？」

「我試試看。」

雪乃從圍裙口袋裡取出髮夾和鐵絲。木乃伊要如何處置，只能等刺繡課結束，鶴代回來之前思考了。

三人火速離開房間。雪乃為了鎖上「密閉房間」，把髮夾和鐵絲插進上圓下方狀的鎖孔，佐知則回去二樓更衣梳洗，多惠美擠出笑容打開玄關門：

「歡迎！佐知老師剛起床，正在換衣服。我來泡茶，請先進來吧。」

「打擾了。」

刺繡課學生們洪亮的聲音在牧田家裡迴響。

接下來的兩個小時充滿了緊張感。

今天刺繡課的學生，加上多惠美總共五人。全是女性，除了多惠美以外，都是五十到七十多歲。這些學生原本就喜愛手工藝，趁著孩子離巢後，為了充實日常生活，開始刺繡當興趣。

不管是時間或經濟都綽有餘裕，因此必然有許多人挑戰大作品。多惠美喜歡在枕頭套或手帕上畫龍點睛式地刺繡，但其他四人就不同了。她們在預定要做成手提包的整塊布上刺繡、在深藍色洋裝的衣領和袖子及裙襬密密麻麻地刺繡、在預定要裱框掛在牆上的五十乘三十公分見方的布上刺繡。至於七十六歲最高齡的中村奶奶，甚至要把整件床罩繡滿花朵圖案，讓人忍不住為她擔心，會是她先壽終正寢，還是作品先完成？而且一直繡相同的圖案不會膩嗎？多惠美總是感到匪夷所思。

喜歡刺繡的人，或許都有點空間恐懼症。這邊繡一點，那邊繡一點，用色線逐漸填滿布塊，最後變成媲美鎧甲般厚重堅硬的作品。佐知不愧是專家，針腳疏密安排得宜，多惠美發現能否留下餘白，就是職業與業餘人士的差別所在。

但佐知身為老師，似乎採取讓學生自由發展的做法，連對於看上去像是能反彈子彈的過度刺繡也不會制止，因此中村奶奶和其他同學今天也快樂地填滿空白。

喜歡刺繡的人，另一個特徵是超級聒噪。也許是平日都關在家裡默默地對布刺繡，一聚集在教室裡，就像脫韁野馬般嘴巴動個不停——同時穩紮穩打地動著拿針線的手，幾乎讓人懷疑她們的手是否寄生了大腦指令控制不了的未知生物，是那些未知生物在把刺繡線縫到布上。

陽光灑入的客廳裡，學生們如機關槍般大聊特聊。

「我家那口子啊，打死都不碰隔夜菜。」

「咦？放到隔天就不吃的意思嗎？」

「對，不管是馬鈴薯燉肉或燉菜，只要隔天再加熱上桌，他就抱怨連連。」

「那咖哩怎麼辦？」

「對咖哩也一樣擺臭臉。」

「咦，明明咖哩隔天之後才好吃啊。」

「就是說吧，真是有夠麻煩的。」

「那是妳太寵先生了啦。」

「不是說凡事起頭最重要嗎？真是一點也沒錯。」

女人們嘰嘰呱呱地說著，之中還穿插著：

「老師，這邊要怎麼收針？」

「我可以再要一杯紅茶嗎？」

「紅茶超級利尿的呢。我已經想上廁所了。我借用一下洗手間。上了年紀就會頻尿，真討厭。」

一刻也不得閒。

佐知和多惠美迅速交換眼神，分配角色：

「這裡要像這樣收針，就看不出來……」

「啊！我來泡茶，請坐請坐。中村奶奶，要不要我陪妳去洗手間？」

她們希望學生能安安分分地坐在沙發上。若是她們不小心進去「密閉房間」裡就糟糕了。

「我還沒老到要人帶路啦。」

笑著婉拒的中村奶奶後來歪著頭納悶地回到客廳，說：

「我看到住在府上的小姐坐在走廊上耶。」

她說的是雪乃。也許是太急了，雪乃怎樣都無法鎖上「密閉房間」的門。

因此她背靠著門，盤腿坐在地上，儼然地獄的獄卒，監視有無入侵者。

「請別管她。」多惠美將冒著氤氳蒸氣的茶杯端給每個人，微笑道：「前輩假日的時候，有時候會坐在那邊。說那樣可以讓她心情平靜。」

「可是那裡是走廊耶？我看她一身要大掃除的打扮，瞪著半空中。」

「她是在冥想。」

冥想！疑惑就像漣漪般擴散開來。顯然婆婆媽媽們都覺得她們碰上一個怪租客了，但多惠美想不到更好的藉口，在內心道歉：「前輩，對不起！」佐知已經進入超脫的境界，決定不管是對疑惑的漣漪，還是似乎盤踞在「密閉房間」前面的雪乃，都擺出一副事不關己的神情應對。

「說到冥想，我姪子跑去鎌倉的寺院坐禪了呢。」

「那個妳說有點叛逆的姪子嗎？」

「對對對，好像是他爸把他丟進寺院，要他去修行，可是沒用呢。就算是佛祖，也是有些事情做得到，有些事情無能為力啊。嬌生慣養成那樣，不叛逆才怪。」

「這麼說來，我家的貓居然發情了。」

「不是已經結紮了嗎？」

「是啊，可是突然變得很兇，整天喵喵叫個不停。還是那不是發情，是叛逆期啊？」

「剛好遇到季節變化，妳家的貓正值難搞的年紀吧。」

對話漫無邊際地再次流動起來，眾人的意識從雪乃這名獄卒身上移開，佐知和多惠美都安心地鬆了口氣。附帶一提，多惠美對於婆婆媽媽們任何事情都可以歸咎到「季節變化」，平日便感到不可思議極了。

接下來也一樣，一下是上廁所，一下是最好補一下盤子裡的餅乾，學生們沒有片刻停止躍動，讓佐知和多惠美完全無法放下懸著的心。至於雪乃，則是一動也不動地在走廊上持續監視著。

總算到了下課時間，中村奶奶等四名學生離開了牧田家。宛如尋找歸巢的鳥群般，啁啾聲在路上逐漸遠離。

繃緊神經的疲勞一口氣竄上身來，佐知和多惠美搖搖晃晃地走向「密閉房間」。雪乃似乎也累了，扶著門板艱辛地站起來。

「密閉房間」的門再次開啟。佐知、雪乃、多惠美三人扶持著彼此，踏進充滿霉臭味的室內。那個桐箱的蓋子依然敞開著。

即使鎮定下來觀察，那模樣依然醜怪至極。皮膚皺縮，顏色和質感就像E

T，暴睜的雙眼倒映出天花板上鈴蘭造型的燈具。

雪乃決心將塞在箱內的紙全部拿出來。木乃伊全身徹底曝露出來，因為手腳蜷曲，姿勢就像抱膝而坐，因此看起來只有幼兒那麼大。身上包著質地粗糙的布，看上去像和服，但因為布已經破破爛爛，看不出究竟是什麼，總之是一副淡褐色的模樣。

掀開布塊檢查肚子一帶，沒有發現外傷，所以不是被殺害後才變成木乃伊的？不對，如果是被勒斃或是摀住口鼻悶死，或許就不會留下明確的殺人痕跡。

「妳居然敢摸。」

多惠美的表情就像踩到狗屎。她躲在雪乃身後，越過雪乃的肩膀看向桐箱裡的木乃伊。

「怎樣，佐知姊？那看起來像妳爸爸嗎？」

「像嗎？可是我也不知道我爸爸長什麼樣子，而且這看起來有點像牛肉乾……」

佐知困惑地在雪乃旁邊跪下，趴上去抱住桐箱喊道：「爸！」又說：「……不行，認不出來。」

「我想也是。」

佐知和雪乃在一旁瞪大眼睛俯視著木乃伊。知道這個物體的真實身分與真相的，大概只有鶴代一人了。透過彼此的體溫，她們察覺到心中「這下麻煩了」的想法。

多惠美站在兩人背後，努力用冷靜的目光觀察木乃伊。

「欸，這是不是河童啊？」

這麼說來，木乃伊的頭頂確實禿了一塊圓形。

「妳是說，我爸是河童？」

然而不管再怎麼回想，佐知的記憶裡都沒有任何線索能夠證明父親是否禿頭，更甭說是不是河童了。

「冷靜一下，佐知，這還不一定就是妳爸啊。」雪乃說。

「但妳不是說這具木乃伊可能是我爸嗎？這麼說來，我有點雨女體質，搞不好是因為我有河童的血統？」

「不不不，妳先冷靜一下啦。」

「佐知姊，我們先喝個茶吧。」

雪乃和多惠美拉起陷入混亂的佐知的手，把她牽到客廳。讓她在沙發坐下之後，為了避免更多的刺激，沖了無咖啡因的蒲公英咖啡。

都怪我不該擅自打掃的——雪乃後悔莫及。小時候讀白鶴報恩的故事不就有教了嗎？關著的門不可以隨便打開。像我這種有水難之相的人，就應該乖乖住在像蓮蓬頭一樣漏水的房間裡，像河童一樣溺水[9]才對——但河童溺水好像不是這個意思？如魚得水——似乎也不對？

佐知將咖啡從右手換到左手，檢查自己的手，指間沒有明顯的蹼狀。

「欸，多惠，幫我看一下，我頭頂的頭髮有沒有特別稀疏？」

「沒有，很茂密。」

多惠美當然不相信世上真有河童，但親眼看見木乃伊，一想到佐知可能是河童的女兒，雖然滿不莊重的，但不可否認，她感到非常興奮。牧田家鄰近善福寺川，她覺得這一點也提高了「佐知的父親是河童」的可能性。

善福寺川的河畔有一座公園，裡面有河童雕像。雖然距離牧田家有點遠，但以前多惠美假日在河邊散步時發現了那座公園。「怎麼會有河童？」她感到訝異，讀了園內的說明，上面寫著「善福寺川古時住著河童」的傳說。當時她只覺得：「這樣喔？」如今回想起來，實在耐人尋味。

某天夜晚，濕答答的腳步聲從河邊走來，有誰敲了年輕的鶴代睡覺的閨房窗戶。鶴代的家人、守衛小屋的山田都沒有發現來訪者，只有鶴代從床上起身，靜靜地打開了窗。雙方一見鍾情，鶴代朝來訪者伸出手，將牠請入了自己的香閨……

就算對方是河童，還是很浪漫啊！啊，真教人嚮往！

也就是說，佐知、雪乃和多惠美，都因牧田家有一具疑似河童的木乃伊而大受震撼，失去了平常心，連蒲公英咖啡都沒有幫助。

這時鶴代回來了。

從玄關門打開的聲音響起的瞬間，佐知、雪乃和多惠美都屏住呼吸，關注著鶴代的動靜。鶴代哼著歌，拖鞋踩得劈啪響，打開客廳的門：

「我回來了。」

鶴代雙手掛滿伊勢丹百貨的格紋紙袋，看似買了一堆衣服和熟食。室內三個女人的目光全部集中在她身上。

「妳們是怎麼啦？」鶴代納悶地問：「忘記我是誰了嗎？」

鶴代戲謔地開玩笑說，發現沒有任何反應，便丟下女兒和房客，去洗手把熟食放進冰箱。

9「河童溺水」（河童の川流れ）是日文的一句俗諺，有「人有失手，馬有亂蹄」之意。

「我提不動毛巾被，所以要他們用寄的，應該後天會到。佐知，到時候幫我收一下，反正妳很閒。」

「媽。」

「對了，原來伊勢丹十點半才開門，妳們知道嗎？我還以為是十點，到了那裡都不曉得要幹嘛。雪乃和多惠也是，怎麼不跟我說一聲呢？不過我去喝了維也納咖啡，所以還好，那個真的好好喝。」

「媽！」

「幹嘛啦？」

鶴代回應佐知的呼喚，總算在沙發坐了下來。

「那個……我們打開了『密閉房間』。」佐知宣告道。

鶴代緩緩地眨了兩下眼睛：

「怎麼開的？鑰匙在哪裡找到的？」

「對不起，是我用髮夾撬開的，因為我想要打掃裡面……」

「真的嗎？原來打得開喔。」

除了鶴代以外的三人，腦中都被木乃伊給占據，心想也許是鶴代痛下毒手殺害了親夫，因此都仔細地觀察著她的表情變化。但鶴代的態度相當悠哉，看不出絲毫心虛的樣子。

「然後，」多惠美發動質問攻勢，「我們在裡面找到了木——」

開鎖犯雪乃伸手摀住冷不妨就要殺入敵人陣營的多惠美的嘴巴。

「木？木偶嗎？」鶴代反問，似乎是想說「裡面有木偶嗎？」。

多惠美甩開雪乃的手：

「不是的。請問，鶴代阿姨的先生是河——」

雪乃的手再次摀上來，多惠美閃了開來，將話說完：

「是河童嗎？」

單刀直入。三個女人緊張萬分地看向鶴代。

「我有慘到要嫁給河童不可嗎？」鶴代愣愣地說。

一點都沒錯。

「那爸是個禿子嗎？」

「我早就忘了。」鶴代冷漠地回答佐知的問題，依序看向三人。「到底怎麼了？妳們怪怪的。」

瞬間，尷尬的沉默籠罩客廳。就在下一秒，佐知從沙發上跌落似的坐到地上，雙手扶住鶴代的膝蓋說：

「媽，妳沒有殺人吧？」

話一出口，驚駭與荒唐同時在佐知心中如狂嵐大作，她幾乎是聲淚俱下，又繼續說：「爸真的是離開這個家了，對吧？」

突來的質問嚇了鶴代一大跳，她嘴巴徒勞地一張一合，總算設法平定心緒，斬釘截鐵地說：

「不是。」

「那麼，果然那具木、木……」

不祥感讓佐知怎麼也說不出「木乃伊」三個字。她激動到不行，用額頭抵著鶴代的膝蓋。

「所以到底是木什麼啦？」

鶴代一頭霧水，開始不耐煩起來。但又不能兇女兒，她撫摸佐知的肩膀說：「妳從剛才就一直木木木的，到底是要說什麼？而且怎麼會問妳媽是不是殺過人？莫名其妙。」

鶴代火冒三丈，佐知只是淚眼汪汪，悲不成語地望著鶴代。這樣下去不是辦法。對這場風波感到有責任的雪乃插口：

「請問……鶴代阿姨，妳說妳先生不是離開這個家，那麼他現在在哪裡？是不是在箱子裡？」

「箱子？」

鶴代一臉詫異，這次換多惠美給了雪乃的側腹一記肘擊。鶴代不理會呻吟的雪乃，毅然宣言：

「他不是自己離開，是我把他掃地出門的。」

「為什麼？」佐知問。

討厭拐彎抹角的多惠美打斷她，從沙發上站起來，順帶抓住癱坐在地的佐知的手臂，把她拉了起來。

「直接看比較快。鶴代阿姨，請到『密閉房間』來。」

四個女人宛如送葬隊伍般肅穆地走過走廊，莊嚴地在『密閉房間』的桐箱前一字排開，彷彿那是石室裡的棺材。

看到木乃伊，鶴代開口：

「啊，好懷念！」

「這不是爸吧？不是吧？」佐知滿臉悲愴地問。

「我有慘到要跟這種妖怪乾結婚的地步嗎？」鶴代應道。

到了這時，鶴代總算悟出自己蒙上了什麼樣的嫌疑。她目不轉睛地打量時隔幾十年再度相會的褐色乾貨狀物體。佐知她們似乎懷疑這具乾貨是她的丈夫，並且害怕是她殺夫再藏屍在箱子裡。

有夠沒禮貌！鶴代憤慨，我幹嘛非得跟河童結婚，還殺了那河童不可？我也是有美感和知性的好嗎？再說，都幾歲的人了，對河童大驚小怪，成何體統。佐知也是，成天沉迷在刺繡這種脫離現實的東西裡，才會交到滿腦子全是幻想的朋友。

鶴代想著若是被佐知、雪乃和多惠美聽到這些話，她們一定會異口同聲地反駁「脫離現實的人是妳才對」而嘆了一口氣。

「這不是佐知的父親。說起來，這河童是公的嗎？」

聽到這話，眾人決定再次仔細檢查木乃伊。她們戰戰兢兢地抱起那僵硬的軀體。木乃伊的背部附有像龜殼的東西，不過邊緣缺了一小塊，這讓它感覺更像河童了。掀開破布，眾人怯怯地查看胯下。剛才只看肚子而沒注意，但胯下沒有男女生殖器官，連肛門都沒有，就像布偶熊一樣，沒有任何性徵或生物的痕跡。

「什麼嘛，原來是假的。」

雪乃對先前嚇得魂飛魄散的自己感到羞恥。

「做得超逼真的。那眼睛，完全就是活的。」

多惠美用指尖去觸摸木乃伊的眼球。對於那衝擊性十足的外觀，眾人已漸漸習慣，但用手去戳「完全就是活的」的眼珠到底是什麼心態？雪乃驚駭。

「這世上沒有胯下光溜溜的生物吧？」

「前輩知道河童是怎麼交配的嗎？也有可能是把頭上的盤子對接在一起交配的啊。」

「若是那樣，排泄要怎麼辦？難道大便也是突然從頭上的盤子冒出來嗎？」

雪乃和多惠美不斷地讓話題偏離軌道，佐知焦急起來。

「現在那些不是重點！」她大喝一聲：「媽，為什麼我們家的『密閉房間』裡會有什麼木乃伊？」

「是他故意跟我作對吧。」

鶴代如此低喃後，便不願啟齒了。

這樣下去，真相遲遲難以揭曉，因此要請新人物登場。但也不算人物，而是烏鴉，這烏鴉並非尋常鳥類。

距離牧田家恰到好處的善福寺川，河畔有一棵大櫸樹。應該有讀者知道這棵樹吧，最粗的部分，樹幹直徑足足有一．五公尺。這棵枝葉壯闊的巨樹，據說樹齡高達兩百年之譜。

以這棵樹為巢的，就是烏鴉「善福丸」。善福丸是一隻雙翅展開長達一公尺寬的大烏鴉，羽毛烏亮如漆，在太陽照射下，有時呈現深綠色，有時呈現青色，是一隻俊美的烏鴉。粗大的烏喙也漆黑雄偉，閃耀的眼睛散發著睿智的光芒。

這也是當然的，從當地人們的生活、飼養的寵物、花圃裡開著什麼花、有幾戶人家開豐田PRIUS到河中鯉魚的愛恨情仇，一切大小事都逃不過善福丸的法眼，牠是一隻非凡的烏鴉。

因此理所當然，善福丸也熟知牧田家的歷史。從鶴代小時候到她的婚姻生活，全都瞭若指掌。

「烏鴉的壽命比人類還要短，這根本說不過去。」或許讀者會有這樣的疑問，但善福丸並非一般意義上的單隻烏鴉，而是一個「完全」的烏鴉，或者可說是烏鴉這種生物的集合體、烏鴉這個名詞的概念。牠具有實體，人類看得見牠，但牠同時也是超越時空的存在，是「烏鴉本身」。

所以不管是過去、未來或今天這一刻，善福丸都站在大櫸樹的樹頂上，用那雙黝黑的雙眼眺望著鎮上發生的所有事情。

這裡我們請善福丸來代替鶴代，說明「密閉房間」裡為何會有沉睡的河童木乃伊，以及鶴代與其夫之間究竟有過怎樣的一段恩怨。

吾等乃善福丸。從古至今，在善福寺川周邊生老病死的所有烏鴉，及此後將在善福寺川周邊生老病死的所有烏鴉，牠們的智慧與經驗的聚合體，即是善福丸，故以「吾等」之複數形自稱，尚祈理解。

牧田家裡，以鶴代為首的四女子正聚在客廳，神情嚴肅地說著什麼。佐知和雪乃花招百出，旁敲側擊，鶴代卻顧左右而言他，回避道出真相。多惠美似乎在吃刺繡課招待的剩下的餅乾。這女孩實在太安逸了。

如此這般，待鶴代坦承一切，恐怕時鐘的指針都已走到半夜十二點了。就由吾等來簡單俐落地交代始末吧！

鶴代自幼便是個清純可人的美麗女孩。時牧田家頗為富裕，鶴代把將來招贅繼承家業奉為義務地成長。換句話說，她成天學習茶道、花道、日本舞踊等千金小姐的才藝，為將來結婚做準備，過著與柴米油鹽醬醋茶的「生活」隔絕的日子。

但吾等早已洞悉，鶴代心中有著岩漿般滾滾沸騰的熱情，有著總有一日會爆發，將一切吞噬殆盡的危險湍流在湧動。

鶴代進入四年制的大學就讀，這在當時的女子中應數罕見。鶴代的父親是個大草包，似乎想要女兒快點找個優秀的女婿入贅，自己便可早早隱居享福，因此反對她讀大學。但當時還在世的鶴代的祖父主張依順鶴代的心意。因為說起來，比起懦弱不可靠的父親，鶴代與剛毅的祖父更加親近，而且祖父也像寵溺小貓一樣地寵愛鶴代。

唔，不好，吾等居然一個不小心說出貓這種可怕殘忍之輩的名字來了。

總之，鶴代和祖父站在同一陣線，駁回了父親的意見。但是在這件事情上，或許父親的主張才是對的。在當時，大學學生運動方興未艾，呈現出一九七〇年代安保鬥爭[10]前哨戰的樣貌。你們知道安保鬥爭嗎？啊，是喔，其實吾等也不太清楚，畢竟示威隊伍沒有跑來善福寺川這裡。不管累積再多智慧與經驗，也只知道發生在附近一帶的事，這就是烏鴉的悲哀。

不過當時整個社會動盪不安，新宿發生暴動事件，也有許多烏鴉勉強保住一命，一路飛到杉並區這裡避難。吾等同胞真正是狼狽萬分，羽毛黯然失色，疲勞困頓，但仍語氣興奮地告訴吾等種種狀況。比如新宿（雖然吾等沒有去過）大街上汽油彈亂飛，想想那裡現在充斥著宛如被閹割的馬爾濟斯般的年輕人，簡直教人難以想像。

不，吾等其實也很清楚，不光是扔扔汽油彈就行，年輕人的內心總是懷抱著無法徹底閹割的熱情和純情，這一點在任何時代皆如是。就如同外表是個大家閨秀的鶴代，內心也有著意想不到的湍流一般。

鶴代在大學和男同學墜入了愛河。記得好像聽說她加入了所謂「同盟[11]」，但吾等不知道那是什麼。那名男同學丟擲汽油彈，衝進機動隊，折斷了門牙。真是血氣方剛啊！

與身邊從沒見過的類型的男人邂逅，漲滿滾滾熔岩的鶴代火山終於噴發了。她眼中完全容不下其他男人，意中人偶爾出席大學課堂，鶴代便在他身邊依偎而坐，不曉得是在聽課，還是在桌子底下小手亂纏打情罵悄。

吾等怎麼會連鶴代在大學裡的行動都知道？這是因為鶴代會在自家窗邊寫日記，吾等偷看到的。鶴代就讀的大學，就算憑吾等的千里眼亦望不見。再度重申，吾等的能力範圍，只限於善福寺川一帶。

附帶一提，那所大學收的都是家境較為富裕的子弟，這與左翼運動豈不是互相矛盾嗎？儘管身為烏鴉，吾等亦不禁納悶。不出所料，政治冷感的學生似乎占了多數（這是從附近居民的八卦聽來的），鶴代的情人因為熱衷政治活動，

10 安保鬥爭為一九五九年開始的一連串反對日美安全保障條約修定的民眾運動。
11 日文為ブント，來自德文BUND，指共產主義者同盟，在一九六〇年指揮全學連，發動反安保鬥爭。

因此在校內顯得格格不入（這是從鶴代的日記裡偷看到的）。

據吾等猜想，鶴代的情人應該也是政治冷感，但騎虎難下吧？因為清純美麗的鶴代對身為政治活動家的自己投以熾烈的尊敬與愛慕的眼神，即便他心底根本不想丟什麼汽油彈、也不想折斷門牙，卻因為害怕情人失望與輕蔑，只好硬著頭皮啃馬克思、衝進機動隊。這也是人之常情，愛情使人虛榮。如此想來，那男人真是既愚昧又可憐。

就在大學即將畢業之際，男人曝露出他半吊子的一面了。

鶴代自詡為恪守常識的明理人，但其實相當難搞，感性異於常人，只要是與她稍微親近過的人，應該都吃過苦頭，深切感受到這一點。

吾等總是明確掌握丟廚餘的日子，為了大飽口福而翻撿垃圾袋，但萬一當場被鶴代逮到，那就不得了了。鶴代會揮舞著竹掃帚朝吾等衝來。吾等也清楚許多人類厭惡吾等一族，但都幾歲的大人了，有必要這樣張牙舞爪、趕盡殺絕嗎？連目擊這一幕的附近住戶岡本嫂（六十多歲女性）看了都倒彈三尺（吾等也熟悉流行詞彙）。

如此這般，鶴代自詡為正常人，其實內心自由奔放，吾等也欣賞她的這種性格，才會偷看她的日記。但另一方面，鶴代卻也有莫名嚴肅、或者說教條式的性格，保守拘謹，這就是鶴代特別古怪的地方了。

升上大四的鶴代，著手撰寫畢業論文。至於斷了門牙的男人，似乎確定留級了。當時遭受學運衝擊，有時似乎無法正常上課，也有一股將出席課堂者視為軟弱膿包的風潮。這些背景吾等也都是透過鶴代的日記所知悉，但鶴代本人仍然繼續上學，規矩地出席聽課，不為時局所動的態度說堅強是堅強，但也讓人懷疑她是否過度規訓自己要謹嚴耿直，結果搞得自己騎虎難下。

時至今日，吾等依然感受到鶴代這樣危險的性格，雖然這也是鶴代的魅力所在。

鶴代坐在窗邊的桌前，對著稿紙爬格子直到深夜，資料也在桌上堆積如山。就讀日本文學系的鶴代，選擇了三島由紀夫做為畢業論文的主題，校方居然同意學生拿這種「現代暢銷作家」來寫論文，實在令吾等匪夷所思。吾等沒有閱讀的習慣，因此不太清楚，但這表示三島由紀夫的作品在他還在世的時候，就已經被認可為文學研究的對象了嗎？

三島由紀夫在鶴代大學畢業的隔年切腹自殺。得知這個消息，鶴代喃喃道：「我就覺得會這樣。」這也令吾等印象深刻。至於為何會「我就覺得會這樣」，就不是吾等所能知曉的了，是因為三島的作品中帶有危險的影子嗎？

總之，鶴代逐步完成畢業論文，有時會請研究室的教授指導。然而這時出現了問題，校內似乎悄悄傳出教授與鶴代關係匪淺的流言。只能以傳聞體談論，令吾等有些難堪，因為這些事鶴代並未明確地寫在日記中。

「接受A老師的指導」、「A老師的聰慧，對我來說如同上帝，讓我深切體認到學識之路對自己果然太難了」、「請A老師指導後，共進晚餐」、「從B那裡聽到我和A老師之間的可笑傳聞。想碎嘴的人，就讓他們去說吧。」

日記中只有這種程度的描述，讓吾等恨得牙癢癢（雖然吾等沒有牙齒）：「欸，怎麼不寫得更具體一點！」不過A老師的登場率確實頗高。

吾等顫抖著羽毛，膽戰心驚地觀察著究竟會如何發展，不出所料，鬧出大事了。畢業論文的面試當天，折斷門牙的男人（不過折斷的門牙後來黏回去了）拎著棍棒闖進教室，教授驚慌起身，以面試教授身分列席的其他教師都不知道是什麼狀況，交互看著門牙折斷的男子和教授，坐在面試教授對面的鶴代則回頭看著教室門口。

門牙折斷的男人揮舞著棍棒，大吼道：

「妳知道我為什麼來吧！」

教授嚇到幾乎腿軟。

「鬼才知道！」鶴代吼了回去：「你到底在想什麼，神田同學！」

忘了說，折斷門牙的男人姓神田。

「小鶴，妳明明都已經有我了，居然、居然……」

神田老弟拿著棍棒指著教授控訴。

「傻瓜！」

鶴代站起身，走近神田老弟。她握手似的抓住對方拿著的棍棒，上下輕輕晃了晃，就像小朋友玩遊戲那樣。

「我喜歡的就只有神田同學一個人。」

「真的嗎……？」

「你明明知道是真的。」

看見嬌羞地紅了臉的鶴代，神田老弟向教授們行禮說：「打擾了。」便灰頭土臉地離開了教室。吾等之所以說神田同學「半吊子」，就是源自他這些地方。

教室裡恢復平靜，鶴代轉向教授們說：

「好了，請繼續吧，老師。」

這天的事，吾等一如往常是透過鶴代的日記得知的，但該篇末尾如此記述：「啊，多麼荒唐！所有的一切都是！」

羞紅著臉安撫著神田同學，是鶴代出自真心的行為嗎？她和A老師之間真的什麼都沒有嗎？真相宛如羅生門。

鶴代的畢業論文拿到了「優等」。

大學畢業後，鶴代沒有出去工作，而是成為所謂的「家管」。現代人或許會感到不解，但當時許多女生都這樣。尤其是鶴代，她的祖父和父親都沒什麼工作經驗，因為他們沒有必要工作。除了房屋土地，還有許多房屋田地出租，靠這些不動產收入和股票等等的投資，就完全足以支應日常開銷了。

但如今回想，吾等也猜疑，這是否就是牧田家沒落的開端？人類真的很不可思議，擁有愈多，就愈害怕失去。相較之下，過一天是一天的咱們可逍遙自在了。所以極有可能享用到大餐的日子，吾等才會使出渾身解數啄破垃圾袋，如此罷了，鶴代卻要衝過來將吾等趕盡殺絕，真是太不成體統。

不談這個，鶴代周到地照顧著祖父和父親，一手打理家中瑣碎大小事。

啊，對了，現在住在守衛小屋的山田老弟，當時也住在牧田家的土地上，每天早上準時出門去公司上班，準時下班回家。山田老弟的父母當時已經離世，他從來不和同事們喝酒，更遑論沉浸溫柔鄉，不曉得他過日子有何樂趣，是個奇妙的傢伙。假日他就像個業務員似的到主屋報到，偶爾會和鶴代一起在庭院裡忙活，就是在花圃裡種花，修剪庭院樹木。兩人之間似乎沒什麼交談，但這是因為自小就彼此瞭解吧，就像一對兄妹，冷淡之中有種靈犀相通的親暱溫度。

鶴代繼續和神田老弟交往。神田老弟留級了兩年，仍畢業無望，就在這當中，七〇年第二次安保鬥爭的狂熱氛圍也如過眼雲煙，他似乎終於走投無路了。鶴代的日記裡愈來愈多憂慮神田老弟的未來、怨恨他沒出息的字句。吾等皆提心吊膽地吞著口水關注發展，雖然吾等什麼都愛往肚裡吞啦。

鶴代生來就注定必須招個賢婿，繼承牧田家，管理土地資產。似乎也有許多人上門提親，但都被鶴代閃躲拒絕了。理所當然的，鶴代的祖父質問孫女為何不肯結婚，而吃糧不管事的鶴代父親當時則出門去善福寺川散步不在家。

「妳母親早逝，爺爺實在是可憐妳，自認相當疼妳了。但妳這樣倔強不聽話，讓爺爺很沒立場。妳到底有什麼不滿，不能只告訴爺爺一個人嗎？來提親的對象，每一個看起來都是正經人啊。」

「爺爺，對不起。」

然而鶴代啜泣不止。但吾等知道內情。因為當晚鶴代在日記中如此寫道：

「世上再也沒有比正經人更無聊的男人了。」

對了，或許會有讀者疑惑，吾等不是烏鴉嗎？怎麼能在夜間活動，隔著窗戶偷讀到日記？但可別忘了，吾等是烏鴉中的烏鴉。吾等的翅膀，就是夜晚的黑暗；吾等的眼睛，就是漆黑夜空中閃爍的星辰。同時，太陽照射下所形成的一切陰影，即是吾等的顏色。吾等司掌著善福寺川一帶的夜晚和白晝。

鶴代千方百計躲避婚事，一晃眼幾年過去，神田老弟別說找工作了，連畢業都沒辦法，似乎在做領日薪的粗工。然而為何仍是一副面黃肌瘦的病鬼樣？這是附近一帶的烏鴉口耳相傳的七大不可思議之一。

那時候，鶴代的祖父經常生病臥床，睡在一樓的和室。鶴代勤勞地照料著祖父，但應該也更強烈地感受到結婚的壓力了。

鶴代和神田老弟談了什麼，吾等不知道，唯一知道的，就只有兩人鞏固了結婚的決心。其中是否真有愛情，吾等無法判斷，那也不是吾等可以說三道四的範疇。或許其中有著交往多年的惰性，也或許在只為了守護財產而和「正經人」結婚的選項當中，鶴代找不到美感。此外，或許神田老弟也對終於能和不惜拎著棍棒與教授對幹的心愛女人結為連理，感受到浪漫情懷；也有可能是做粗工太累了，見好就收，早早入贅給有土地的女人，這樣的選擇也不能說壞——裡頭包含了各種算計。

真相同樣是羅生門。但吾等很清楚，人類心中是一道又一道的羅生門，沒有一塊開闊清明的土地。這就是人類，所以吾等才喜愛人類。即使被冠上偷窺狂的污名，也要飛到你們的窗邊，觀察你們的行為舉止，偷讀你們的日記。

某個冬季午後，神田老弟第一次拜訪牧田家。這天是個陰天，中午下起了絲絲細雨，但神田老弟走出車站時雨已經停了，開始灑下淡淡的陽光。神田老弟收起黑傘拿在手中，另一手拎著用僅有的錢買來的虎屋的羊羹，從車站走上不算短的路程來到牧田家。

吾等在大櫸樹的樹蔭下休息躲雨，興味盎然地看著他那副模樣。神田老弟穿著唯一一套像樣的西裝，但深藍色的西裝布料極為輕薄，讓吾等猜疑是不是紙做的？忍不住伸長了身體細看。仔細觀察，確實是布製的沒錯啦。話說回來，那麼不適合穿西裝的男人實在少見，乾巴巴的，胸膛單薄，肩膀窄小，一言以蔽之，即是窮酸相。不過那雙眼睛很棒。這不是在說他視力好，他的眼神很溫柔，充滿了相信未來的光采。

過去握著棍棒、被機動隊打斷門牙的神田老弟若說是天真傻氣，確實是天真傻氣，但也可以解釋為是對未來的希望促使他做出這些行為。鶴代或許就是欣賞這種年輕人特有的純粹，未經扭曲或彎折地成長的明朗。

你問，這不就叫做「正經」？唔，確實如此。如此一想，也許鶴代就是無法正確地理解何謂正經，才會導致婚姻失敗也說不定。

神田老弟確實有正經的部分，但鶴代討厭正經，所以無法在生活中持續去愛這項優點。正經與無趣的確是一體兩面，但原本說來，正經應該是非常重要的特質才對。

此外，神田老弟不愧是鶴代青睞的對象，也具備了許多不正經的性格。兩人的婚姻有部分是因此而破裂，但不管如何，可以說正是因為鶴代輕視了正經，才會慘烈地自食惡果。

好了，提著羊羹的神田老弟正朝牧田家走去。他偶爾把雨傘夾在腋下，從輕薄的西裝口袋裡掏出鶴代事先交給他的手繪地圖，確定路線。鶴代畫的地圖不清不楚，讓神田老弟拐錯了好幾次彎，一下折返，一下向附近住戶問路，比約定好的下午兩點遲到了一些才抵達牧田家。

牧田家為了迎接客人，已經準備萬全。鶴代的祖父只有這天離開病榻，收拾床褥，一早就入浴，鬍子也刮乾淨了。鶴代的父親也放棄去雨停的善福寺川散步，乖乖待在家裡。兩個男人穿著質料厚實的西裝，坐在餐桌旁。

招呼客人的話，客廳沙發比較適合，鶴代當然也在沙發前的桌上準備了紅茶和點心。那麼，為何祖父和父親會坐在餐桌旁？為何連準備好茶點的鶴代都匆匆趕到餐桌旁？

其實這一天，前日本士兵橫井庄一[12]從關島的叢林返國了。NHK下午兩點開始播放特別節目，全日本的國民都透過映像管電視機，目不轉睛地盯著在羽田機場降落歸國的橫井。

來得多麼不湊巧啊！這當然不是在說橫井，而是神田老弟。

神田老弟按下玄關門旁邊的門鈴，由應門的鶴代領至牧田家客廳。

神田老弟在沙發坐下前，先向鶴代的祖父和父親寒暄道：

「兩位好，我是神田幸夫。」

兩名關鍵人物嘴上應著「喔，你好你好」，卻沒有移動到沙發，眼睛也緊盯著電視。就連跪在客廳地毯上，以茶壺將紅茶注入神田老弟杯裡的鶴代，臉都對著電視機，導致褐色的茶水都流到碟子上了。

換句話說，明明是來請求家長同意結婚的，神田老弟卻幾乎遭到漠視。這也是無可厚非之事。長年潛伏在叢林裡的橫井，和面黃肌瘦的神田老弟；說出

12 橫井庄一（一九一五～一九九七），二戰時派到關島的日本士兵，不知道戰爭已結束，躲藏在關島的叢林二十八年，直到一九四七年被島民發現。

「我回來了，真慚愧」這樣的殺手鐧台詞，和結巴著「我我我……想和令令令嬡結結結結……」不得要領的神田老弟。在場的人會把注意力放在哪邊，不言可喻。

最後連神田老弟都坐到餐桌旁，四個人一起看起電視。一個小時的節目結束後，各自發表感想，像是「那人真是太厲害了」、「戰爭根本沒有結束呢」。

據吾等觀察，說話的主要是鶴代和祖父，父親和神田老弟幾乎都是微笑點頭，這景象似乎象徵了後來的什麼。老實說，只會點頭的話，跟紅牛搖頭玩具說話也沒兩樣。紅牛玩具還不會多話，但神田老弟有時會發言觸怒鶴代，因此更糟糕。

但吾等也明白，世上沒有不會觸怒女人的男人，也沒有不會觸怒男人的女人。人類會說話，因此萌生出可以相互理解的幻想，但男女之間的對話真正溝通到的狀況，根本少之又少，簡直奇蹟。現在吾等配合你們說著人話，但高貴的吾等一族平時根本不需要言語，因為吾等能以翅膀和嘴喙的色澤、振翅激起的細微風量來傳達感受和意圖。儘管如此，吾等仍偶爾會遭到可愛的母烏鴉啄刺攻擊，有時也會被俊美的公烏鴉啄刺攻擊，因為吾等沒有性別。即便是對烏鴉中的烏鴉的吾等來說，意志的溝通仍是難上加難，更遑論（擁有語言這種多餘工具的）人類。

看完電視、結束感想大會之後，總算恢復正常的牧田家各人，這時終於將注意力放到神田老弟這名稀客身上。

「然後呢？」鶴代的祖父極為鄭重其事地開口：「你說你想跟鶴代結婚，是嗎？」

「是的。」

明明剛才對著電視看得都傻了，神田老弟現在卻想起來似的變得緊張兮兮。吾等在一旁焦急萬分：「快說句『我會讓鶴代小姐幸福』啊！」

「你叫神田是嗎？你有兄弟姊妹嗎？」

「我有一個哥哥、一個弟弟。」

「那好吧。」鶴代的祖父點了點頭，乾脆得教人跌破眼鏡，「鶴代應該跟你說過，只要你願意入贅，我就會同意你們結婚。是吧？」

祖父徵求同意的對象是鶴代的父親。父親原本就生性安分，或者說缺少霸氣和骨氣，順從地呵呵笑道：

「嗯。」

他一定是打定主意只要有了女婿，自己就樂得輕鬆，什麼都好。他的心思似乎早已飛向善福寺川沿岸的散步路線了。

如此這般，鶴代的婚事以和蒟蒻差不多的口感順暢地定下，也可以說是因為大家的注意力都被橫井吸走，才會在糊里糊塗之中同意了婚事。神田老弟最好感謝一下橫井。

不，如果橫井返國的日子不是那天，鶴代的祖父和父親或許會更仔細地觀察一下神田老弟這個人，如此一來，或許兩人就不會結婚，也可以避免日後的悲劇。不過木已成舟，即便是吾等，也無法洞悉一切的命運；縱然洞悉，也無法介入人類的選擇。因為就如同吾等可以自由展翅，人類亦只能在旋轉的命運之輪中，恣意生活。

鶴代和神田老弟沒有舉辦婚禮，兩人開始在牧田家中生活。之所以沒有舉辦婚禮，吾等推測是基於神田老弟棍棒式的矯情，因為左翼份子和婚禮實在太不相搭了。鶴代似乎也沒有抗議，因為她自小就與眾不同，不會嚮往具有少女情懷的事物，畢竟鶴代的夢想是「萬無一失地將不動產維持下去」。吾等知道，新年參拜時，她每年都在附近的神社如此祈禱。

婚姻生活起初平平順順，成為牧田幸夫的神田老弟，得到牧田家名下房子的管理員這個頭銜，從牧田家的不動產收入當中領取薪資；但實際上就是沒工作，小白臉一個。不過神田老弟骨子裡是個正經人，因此還是會頻繁前往房子，規規矩矩地修繕排水管或清理庭院雜草。

鶴代每天忙著照顧生病的祖父和做家事。現在鶴代的肩上，扛著祖父、興趣是散步的父親、以及無限接近小白臉的丈夫三個人的生活。鶴代就像隻小家鼠，一整天在屋子裡轉來轉去、忙上忙下，煮飯洗衣打掃，同時還要為不動產收支記帳。她實在無暇顧及自家廣大的庭院，因此每到週末，山田老弟便會來幫忙打理。

關於鶴代的婚姻以及神田老弟，山田老弟做何感想，吾等無從得知。山田老弟不僅沉默寡言，內心經常也都是空白的。不過鶴代和山田老弟會一起種花苗、修剪樹枝，和樂地忙碌。看在吾等眼中，就像是一對兄妹，但對神田老弟來說，又是另一番滋味吧。他有時會含沙射影地對鶴代說：「我看你們感情很好嘛？」甚至有些責備鶴代。

但這對於夫妻之間的感情來說，也是一種調劑。鶴代笑著不把神田老弟的嫉妒當一回事。至少白天是這樣。就像讀者也知道的，到了夜晚，又有夜晚的另一個世界。後來化為「密閉房間」的夫妻主臥室，在那裡，鶴代和神田老弟打得火熱。交往多年，似乎已經化為惰性的兩人關係，在山田老弟這個觸媒的刺激下，再次燃起熊熊烈火。

不過，都過了許久，兩人之間還是沒有孩子。這當中似乎是鶴代的意志在影響。畢竟除了祖父、父親和神田老弟，如果再加上一個嗷嗷待哺的嬰兒，實在超越了鶴代的能力。鶴代好像是活用荻野式避孕法，周全地掌握排卵日，只在極不可能懷孕的時期接受神田老弟；而神田老弟又是個面黃肌瘦的糊塗蟲，對排卵日那些完全懵懂，因此悠哉地認為「應該很快就會有孩子了」。

就在這段期間，鶴代的祖父離世了。祖父是鶴代幾乎可說是唯一一個能談論有內容的話題的對象，因此她的悲痛非比尋常。

鶴代的祖父是個公平的人，不分性別年齡，願意平等與人對話。不覺得女生一般都特別重視公平嗎？也可以說是一種潔癖，或者不知通融。但為何女生會傾向於重視公平，其實吾等曾經對此做過一番深思。畢竟吾等最多的就是時間，總是勤奮地擬定求偶策略，免得遭到可愛的母烏鴉不必要的啄刺。

吾等的結論是，女生對公平特別敏感，因為女生經常覺得遭受不公平的待遇。對於那些看對方是女生或是年輕小姐，就做出侮辱言行的人，女生都會面不改色、但仔細地看在眼裡，銘記在心。因此吾等有時候才會被氣不過的可愛母烏鴉給啄刺。

但鶴代的祖父完全不會如此。對於祖父，鶴代可以毫無顧忌，無話不談。鶴代坐在祖父的遺體前，靜靜地淚流不止。神田老弟溫柔地摟住鶴代的肩膀，鶴代的父親則是想著：「葬禮結束前，還是暫時別去散步比較好嗎？」

沒錯，鶴代的祖父這個重鎮一離開，牧田家的男人們便出現了變化，鶴代的父親和神田老弟都突然生龍活虎起來。對男人來說，鶴代祖父這種人，會讓他們感到侷促，難以應付。因為公平，所以不容許人際關係中敷衍搪塞的部分，他每次都想要進行一對一的嚴肅對話，也難怪男人們覺得吃不消。因為大部分的男人最痛恨的，就是撇開社會地位或角色對話。

鶴代的父親出門散步，就這樣花天酒地去了，更加荒廢管理不動產的責任。神田老弟也是，修繕房子的頻率下降，相反地開始蒐集起骨董。當然，鶴代苦勸父親和丈夫，但壓在頭上的石頭消失、得以自由翱翔的男人們，幾乎把她的話當成耳邊風。鶴代在庭院裡拔著草，口中埋怨不休。一旁的山田老弟也在忙碌，但他生性寡默，只是聆聽，沒有附和。

鶴代的怨言成了自言自語。每當拔起雜草，埋怨便脫口而出。據說有種植物叫曼德拉草，呈人型外觀，被拔出的時候就會發出慘叫，而且聽說聽到那慘叫的人就會死掉。當時吾等甚至懷疑牧田家的庭院是不是也長滿了一拔起來就會埋怨的曼德拉草，同時亦深切地希望有人隨口敷衍幾句。只要有人對那些怨言附和上幾句就好，否則埋怨的音色會變得極為驚悚。

神田老弟開始出門探尋骨董，有時一星期、甚至一個月都沒回家。許多莫名其妙的書畫和陶器從他旅行的地方寄回來，幾乎都是假貨——連不諳骨董的我們都能一眼分辨出來的假貨。夫妻主臥室裡充斥著假骨董，相對地，牧田家的財產與日俱減。不曉得從哪裡打聽到消息，也開始有可疑的骨董商頻繁找上門。

真虧鶴代忍得下來。神田老弟不在的時候，她禮貌地婉拒骨董商。神田老弟在外地買了古怪的東西寄回家時，她會好好地把裡面的東西通風之後，把箱子整齊地堆在夫妻主臥室裡。鶴代應該早就明白，神田已經厭倦牧田家的生活了。

具備正經精神的神田老弟，對於在妻子家裡靠著不勞而獲維持生計的每一天感受不到任何意義。但話又說回來，神田老弟也沒有勝任勞務的體力、精神與實力，這就是他的失衡之處。可以說是他天生的正經精神在折磨著他，他將這份痛苦發洩在只能以無為來形容的蒐購骨董上。

鶴代之所以容許神田老弟這樣的舉動，還是因為對他有感情吧。神田老弟的正經，換個說法就是謹小慎微，令她感到無趣，但另一方面，卻又愛著他過剩且偏激地蒐集假骨董的不平衡。鶴代會與旅行歸來的神田老弟交歡，那激烈甚至讓沉睡在大欅樹的吾等的翅膀震動。至於睡在同一屋簷下的鶴代的父親，散步與遊樂讓他累到睡得不省人事。

神田老弟耽溺於骨董過了約一年之後，鶴代有了身孕。吾等認為，鶴代是期待著若孩子出生，神田老弟或許會稍微定下來一些。

然而神田老弟一點也沒有變，就連鶴代分娩的那天，他也跑去出羽地區買骨董，然後說是為了祝賀孩子誕生，寄了河童木乃伊回家。

鶴代就像平常一樣打開箱子，準備讓內容物通風，看到那東西卻倒抽了一口氣。附在箱子上的神田老弟的信上寫著：「孩子順利出生，我很欣慰。這是賀禮。我很快就回去了。」然而箱子裡裝的，卻是一具不祥又恐怖的乾貨。

這是在跟我作對嗎？鶴代一定是如此解讀。好死不死，偏偏寄這種鬼東西回來？確實，送河童木乃伊當新生兒賀禮太罕見了。會不會是身為入贅女婿的神田老弟經年累月的積鬱爆發，讓他選擇了這具乾貨？或者其中充滿了挖苦與嘲諷：「往後我也要繼續追求浪漫，自由旅行。妳就汲汲於營利，守著那些不動產，努力照顧嬰兒吧，哈哈！」雖然鶴代並未實際如此說出口，但吾等推測她內心八成想著如上的內容。

鶴代抱著呱呱啼哭起來的嬰兒，一面哺乳，一面決心要離婚。

「有什麼斷掉了。」那天晚上，鶴代在日記中寫道：「我不知道那是忍耐的極限、神經還是愛情的細絲，但有什麼在我的心中『啪』的一聲斷掉了。」

吾等隔著窗戶，哆嗦地看著那些被粗魯地寫下的文字。

立下決心後，鶴代的行動十分迅速。她抱著才剛出生、連脖子都還沒長硬的嬰兒到區公所去，在要來的離婚申請書上蓋了章。把嬰兒放到嬰兒床後，將夫妻主臥室裡堆積如山的骨董箱搬到祖父死後空下來的一樓和室。才剛生產完沒幾天，鶴代就一個人不停地在走廊上來來回回搬運物品，也不擦拭全身淋漓的大汗，那模樣鬼氣森然，就像要甩掉一切留戀與猶豫。至於鶴代的父親，絲毫沒有察覺到女兒的轉變，依然在善福寺川沿岸散步。

河童木乃伊寄到家裡的一星期後，神田老弟一臉充實地在深夜歸來了。初次見到女兒的神田老弟眉開眼笑，對著小指頭上精巧無比的指甲發出讚嘆。

鶴代為丈夫重新熱好洗澡水，精心準備了豐盛的宵夜，然後對著津津有味地喝著蝌仔味噌湯的丈夫說：

「我要離婚。」

神田老弟手中的湯碗掉到桌上，但由於湯幾乎已經見底了，因此只滾出兩、三顆含著湯汁的蝌仔殼。

「怎麼了？沒頭沒腦的。」

「你覺得沒頭沒腦？真的？」

感受到鶴代冰冷的怒氣，神田含著湯汁的嘴只能沉默。因為他心裡有數，太有數了。另一方面，鶴代也感覺到他正在埋怨：「有什麼不滿，幹嘛不當下跟我說？」但聰明的是，神田老弟努力克制住了這樣的怨言，八成是他清楚就算說出口，也只會招來反駁：「我說過多少次了！你根本沒聽進去！」在餐廳落地窗外悄悄觀察著發展的吾等都忍不住送上讚賞：「忍耐得好，神田老弟！」

但仔細想想，或許神田老弟並非是勉強吞下這些話的，畢竟他連向家長請求同意結婚時都無法積極，此後也一樣，除了蒐集骨董外，不曾表達絲毫自己的意志。神田老弟生性溫柔平和，這應該是事實，卻也無法抹去這樣的疑問：他這個人是否根本沒有什麼可以表達的意志？

吾等在窗外繼續觀察。

「總之我受夠了。受夠成天往外跑的丈夫、受夠偶爾在家也沒幾句話的丈夫、受夠好不容易女兒都出生了居然寄河童木乃伊回家的丈夫！」鶴代連珠炮似的說。

神田老弟把翻倒的碗放正，用筷子把滾出來的殼夾回碗中。

「好。」

神田老弟順馴地接受了鶴代的要求。敞開的臥室房門裡傳來在嬰兒床上啼哭的嬰兒哭聲。鶴代去幫嬰兒換尿布，留在餐桌的神田老弟低頭坐著。

也許神田老弟早有預感會有這麼一天。他看起來也像是鬆了一口氣，終於解脫了。

這天晚上，神田老弟被拒絕進入臥室，睡在被骨董盒子淹沒的和室裡。隔天他自己打電話給貨運行，安排搬家卡車。

「那麼，」神田老弟在離婚申請書上簽名蓋章，說：「妳要保重。」

「你也是。」鶴代說，輕輕捏起就像套了橡皮筋的嬰兒手腕，做出「掰掰」的手勢。神田老弟連同鶴代的手裹住女兒的手，閉目片刻，接著轉過身去，沒有回頭，走出牧田家的正門，不知去了何方。

總算起床的鶴代父親從二樓下來說：

「咦，神田又出門了嗎？」

「對。」鶴代應道。

神田老弟與牧田家的關係就此斷絕。但吾等看見了，神田老弟從被搬進和室的骨董當中，偷偷挑出河童的箱子，藏進臥室裡存放和服、花瓶及日用品等的桐箱裡。

對神田老弟來說，贈送河童木乃伊完全沒有存心作對的意思，那是他真心為了剛出生的女兒、以及為自己生下女兒的妻子，精心挑選的珍貴物品。要如何精心挑選才會選到河童木乃伊做為新生兒賀禮，身為烏鴉中的烏鴉的吾等也不明白，神田老弟自己應該也無法好好解釋吧。也許他覺得河童木乃伊有些神力，可以保祐平安；又或是被河童木乃伊挑起了旅思，從中感受到對異地的浪漫情懷。不管怎樣，其中都有著他對妻女的心意，因此才會偷偷把它留在牧田家。

神田老弟在月山山腳下一家冷清的骨董店看到河童木乃伊，瞬間感應到：「就是它了！」吾等聽見神田老弟在牧田家和室裡度過最後一晚時，喃喃自語：「我覺得非它莫屬，這麼好的東西吶……」所以錯不了。

據說出羽三山是修驗道[13]的靈山，與吾等烏鴉的老大八咫烏淵源深厚，因此吾等偶爾也會透過一族的情報網得知那邊的情況，不過出羽三山雖然有天狗，卻也沒聽說過有河童啊。那裡現在似乎仍保留著好幾具即身成佛的僧侶木乃伊，但不可能有哪個遭天譴的不肖之徒膽敢在月山山腳販賣那種尊貴的高僧木乃伊，不

13 日本古來的山岳信仰受外來的佛教等影響成立的宗教，也稱作「修驗宗」。

管在宗教或社會上，那都是犯罪。

說穿了，宣稱是「河童木乃伊」的玩意極有可能是假貨，但也沒必要刻意追根究柢、摘除浪漫的秧苗吧。神田老弟感應到「就是它了」，重要的只有這個事實。

鶴代應該和神田老弟好好談一談，應該要問出神田老弟的真意，彼此推心置腹、開誠布公。但如今說這些都已於事無補，畢竟古往今來，從來沒有人能夠將內心完全訴諸言語，也沒有人能從對方身上問出一切想知道的話。

和神田老弟離婚的鶴代，將一路寫來的日記全部在庭院裡燒掉了。她把嬰兒床從主臥室移出來，和女兒一起搬進一樓的和室。日記化成白煙消失在雲間，充滿夫妻回憶的臥室被上了鎖，成為「密閉房間」。

鶴代養育女兒，為父親送終，變賣並管理不動產，漸漸地年增歲長。鶴代的喜樂悲苦是什麼，吾等亦未詳細掌握，因為她的性情原本就屬淡漠。鶴代熾烈地燃燒熱情，畢生之中大概就只有某一段時期、只對持棍棒闖進畢業論文面試教室之前的神田老弟一個人付出過吧。

終究未能說出口的話、未能表明的心思，最後去了哪裡？觀察著人類，吾等不禁要思考那些消散在虛空、再也不會復甦的情感和話語。

人類有著古怪的風俗，抑或說習慣，比方說，你們會說離世的人「成了星星」，或是看著花、海、山、月就想起再也見不到的人。每當吾等看到這樣的你們，就不禁要忠告「星星就是星星，花就是花，海就是海（以下省略）」，但這確實是耐人尋味的心理活動，竟然會把重要的人或回憶寄託在感覺美麗的事物上。

如此一想，那些消散在虛空中的話語和感情，或者也不必為它們悲嘆。這些事物其實並未消失，或許就如同在黑暗中閃爍的銀星，散發著微弱的電波，不斷地在你們的心中一隅散發光輝。等待著在遙遠的未來、相隔幾億光年外的地方，真正傳達到某人內心的那瞬間。

關於牧田家收藏的河童木乃伊，以及當時牧田家發生的種種，這些就是吾等所知的全部。或許讀者會覺得這烏鴉也太聒噪，但這是誤會，吾等乃烏鴉中的烏鴉善福丸。只要有意，這點程度的資訊，也可以在一瞬之間傳送至你們腦中，但你們不熟悉這樣的行為，一定會陷入恐慌，因此吾等才特意為你們轉變成語言。

平日的吾等，信奉沉默是金。

那麼，告辭。

暢所欲言的善福丸回去鳥巢所在的大欅樹了。不過住在牧田家的四個女人，當然聽不到善福丸的話。

「都已經晚上了，烏鴉怎麼這麼吵？」鶴代皺眉說。

「天氣變溫暖的關係吧。」佐知用這樣一句話帶過。

時間已近深夜。從伊勢丹回來後，立刻遭到佐知、雪乃和多惠美包圍的鶴代，雖然閃爍其詞，但還是一點一滴地透露出過去與丈夫的生活，以及河童木乃伊來到牧田家的經過。

之中四人喝茶，以鶴代買回來的熟食當晚餐，還因為屁股坐痛而從餐廳移動到客廳沙發，因此花了相當久的時間，才從鶴代那裡聽完全部有用的資訊。

而且鶴代還動不動就起身上廁所，問：「妳們幫我收衣服了嗎？那要先折一下才行。」想要溜去二樓，多次找機會脫身。每次佐知、雪乃或多惠美其中一人都必須緊跟著鶴代，滴水不漏地監視著她。周旋鬥法的四個女人，現在已經精疲力盡了。

「那……」

佐知捧著裝粗茶的茶杯，進入結論。由於耐著性子聆聽鶴代漫無章法的敘述，從下午到現在不斷地攝取紅茶、咖啡、綠茶、昆布茶等各種水分，佐知的肚子已經脹得像顆水球了。

「河童木乃伊是我爸買回來的假貨嗎？」

「當然啦。」鶴代點了點頭道：「要是真的河童木乃伊，早就送去博物館了。」

「可是，」吃光一整罐餅乾的多惠美插口說：「鶴代阿姨不知道河童在『密閉房間』裡，對吧？」

「不知道，我一直以為他帶走了。不過那應該百分之百是假貨，放心吧，因為他沒有半點鑑識骨董的眼光。」

「佐知的父親為什麼要買河童木乃伊回來？」

對於雪乃這個疑問，鶴代側了側頭說：

「我也不曉得，當時我覺得他是故意要讓我噁心……不過我也沒問出個究竟就把他趕走了。」

「媽知道爸現在在哪裡做什麼嗎？」佐知嚴肅萬分地問。

「不知道。很久以前聽說他過世了，但我完全沒有接到通知，所以不清楚究竟怎麼了。」

在沙發上正襟危坐的鶴代輕握身旁女兒的手。

「對不起。只要去查一下戶籍，應該就知道他是生是死。」

「不用了，沒關係。」

即使得知連長相都不記得的父親或許早已不在世上，佐知內心也沒有半點起伏，平靜到甚至古怪。比起父親的生死，佐知內心最想知道的，是即使為期短暫，父母真的相愛過嗎？自己是兩人相愛的結晶嗎？

佐知內心一直有種徬徨無依的感受。拋下剛出生的孩子、從容離家的父親就不說了，把父親掃地出門的母親也實在可議。但她沒辦法深入質問鶴代這些事，長大之後，更難以問出口。因為就像吞下石頭、用以磨碎堆積在胃裡的食物的雞一樣，一直以來，佐知都是用那種石頭般的徬惶無依來消化種種情感。

雪乃敏感地察覺到佐知這般感受。但現在當著鶴代的面，她決定什麼都別說。

「差不多該睡了。」說累了的鶴代提議道：「真是的，這河童到底要給我惹出多少麻煩才甘心。」

眾人收拾杯盤，檢查門窗，關掉廚房的燈。鶴代說她明天早上再洗澡，搥著肩膀回去一樓和室了。佐知、雪乃和多惠美排成一排走上樓梯。

最後一個泡澡的雪乃清理完浴室後，前往佐知房間，發現多惠美也在。她坐在雪乃鋪在地上的被子上，仰望坐在床上的佐知說話。她好像沒在浴室確實把頭髮吹乾，披在肩上的毛巾都濕了。

「啊，前輩。」

多惠美回頭，雪乃抓住她的頭扳正，跪在她身後，用手中的浴巾幫她擦頭髮。佐知笑咪咪地看著這一幕。

多惠美任由雪乃擺布，開口說：

「我剛才在跟佐知姊說，送河童當禮物，佐知姊的爸爸真是太棒了。」

會嗎？雪乃訝異。

「會嗎？」佐知出聲反駁。

「我覺得不怎麼棒耶，而且還在幾十年後引起這樣的風波。」

「不是充滿了夢想嗎？」

多惠美微微仰頭，似乎正陶醉地看著空中，但隨即抗議道：「好痛！前輩，小力一點，好痛！咬到舌頭了！」雪乃把浴巾掛上衣架，把多惠美亂成一團的頭髮撫平，順帶替沉默不語的佐知規勸多惠美的天真無邪說：

「光有夢想也沒用啊。」

「會嗎？為什麼？」

「還問為什麼，因為要一起生活啊。」

「我就完全無所謂呢。」多惠美搖搖頭說，還帶有濕氣的頭髮就像剛淋完水的狗毛般甩動著。

這孩子有沒有好好潤絲啊？雪乃擔心起來。

「沒有夢想的生活，不就像沒有貼紙的紙門嗎？」

「呃……不好意思，那是什麼意思？」

「就是只有門框，空空洞洞的，一眼就被人看穿，讓人坐立不安，路人也可以把家裡一覽無遺，批評：『那家人的生活真是無趣呢。』而且風跟蚊蟲那些也會如入無人之境，超不方便！這種生活一下子就會完蛋的。」

「雖然妳的比喻超級難懂，不過妳是想說『夢想是一層阻隔外界目光和冷風的膜，就像紙門上的紙』，是嗎？」

「沒錯。」多惠美挺胸說：「因為很容易破，所以要小心保護，也得夠勤勞、夠有錢，才能在破掉的時候立即修補。可是，能維持住夢想這道紙門，生活才會充實！」

被這樣強而有力地斷定，雪乃差點信服「原來如此」，但立刻轉念說：

「不，等等，就算妳這樣說，跟空有夢想的人，還是過不下去吧？生活還需要紙門的紙以外的東西啊。」

「那些地方就由我來彌補，所以沒關係。」多惠美用手梳著凌亂的頭髮，微微嘛起嘴說：「前輩也知道吧？我這人很勤奮，孜孜不倦地工作也不覺得痛苦，最近也累積了不少存款，我覺得自己很擅長實務工作。」

「是嗎……？」佐知提心吊膽地插口問。因為她想起了多惠美被紙箱占據的房間。

「是啊。」知道多惠美在公司表現的雪乃為後輩的名譽掛保證說：「雖然在整理方面很那個，但多惠算是工作表現很不錯的。行政能力強，待人又圓融。」

「討厭啦，前輩，妳這樣說我好害羞喔。」多惠美說著，又再次挺胸，「可是我唯一不擅長的就是作夢。這樣不是很乏味嗎？不管存再多錢、工作再努力，也沒有任何想做的事情，所以我喜歡會作夢的男人！生活我可以一肩扛起，希望我的他能帶我一起作夢！」

妳就是這樣，才會老是吸引到小白臉——佐知和雪乃內心同時這麼吐槽，但都沒有說出來。俗話說，人各有所好，不管他人如何忠告，喜好並不是那麼容易改變的，因此兩人只能為多惠美的幸福祈禱。

「多惠真是太能幹了。」佐知佩服地說。

「啊，我這不是在貶低鶴代阿姨喔。」多惠美慌忙地搖手說。

佐知點點頭道：

「我知道，或許我內心還是有『男人就應該要賺錢回家』的心態。搞不好我媽也是。」

「這樣啊……我只是單純覺得既然我擅長賺錢，就由我來負責賺錢好了。」多惠美真的十分闊達，「那麼，晚安。」

「妳已經要睡了？」

「明天是星期天，再多聊一會兒嘛。」

佐知和雪乃挽留多惠美。

「我明天早上要跟朋友去多摩川烤肉，希望是晴天。」

多惠美開開心心地回去自己房間了。

「天氣這麼冷，還要去烤肉？」

「她真會享受人生。」

留下的兩人被多惠美的年輕和燦爛閃得眼睛都快睜不開了。

雪乃掀開被子，在墊被上擺出瑜伽動作，今天做的是「犁鋤式」。仰躺下來，腰部以下朝天花板直立，再慢慢將雙腳朝頭部傾倒，兩腳腳尖抵到頭上的床墊後靜止，緩慢地持續呼吸。從旁邊看去，身體呈現「つ」的形狀。

雪乃維持著姿勢說：

「我都不知道原來多惠是那樣想的。」

「嗯。」佐知盤腿坐在床上，一如往常地對雪乃的柔軟度讚嘆不已，「她看起來是個傻妹，沒想到意外地能幹。」

「因為自己沒有作夢的能力，所以才會挑選活在夢裡的男人啊，有道理。這樣的話，我們要多惠和跟蹤狂小白臉分手，或許是多管閒事。」

「不不不，如果多惠自己願意，跟小白臉在一起也沒關係。可是肢體暴力不行啊，他們分了才是對的。」

雪乃對於引發河童風波感到自責，正在反省，覺得「我就是愛多管閒事，多此一舉」，所以聽到佐知肯定她做得對，心理上稍微輕鬆了一些。

「再說，」佐知接著說：「我覺得男人也是有自尊心的。」

「什麼意思？」

「妳那個姿勢不難受嗎……？」

「還可以，妳繼續說。」

「『男人就是要養家糊口』的觀念，還是相當根深蒂固吧？當然，像多惠那樣認為『擅長賺錢的人來養家就好了』的人愈來愈多，但應該還是有很多女人期待『就算這樣，還是希望男人要有出息』，最重要的是，男人自己應該會感到相當大的壓力，覺得『我是男人，應該要養家糊口』。」

「或許是吧。」

雪乃回想起眾男同事的臉，搖了搖腳，表示同意。

「這麼一來，『女人在外賺錢，男人追逐夢想，有空打理一下家務』的生活，就算一開始順利，男方心裡還是漸漸會焦急起來，或是感到自卑，女人也會忍不住埋怨：『家事能不能再做好一點？』應該也有人因此產生磨擦衝突。多惠前任那個小白臉會動手打人，最關鍵的當然是因為他的個性或是說惡習，但也許是內心的焦急轉化成暴力表現出來了。雖然也不是這樣就可以為他開脫。」

「就是啊。」由於漸漸快撐不住了，雪乃解除「犁鋤式」，放下雙腳，在床墊上攤成大字形，「可是，那男女之間到底該追求怎樣的關係才是最好的？」

「當然，彼此拋開『非怎麼做不可』或『希望對方做什麼』的成見，對自己和對方都抱持寬闊的心胸，那是最好的吧。」

「這不會太困難了嗎？」

「呵呵呵。唉，不過我賺的錢還沒多到會讓男人感到焦急，說到底就只是在打如意算盤而已啦。」

不太對嗎？這種情況該說「杞人憂天」才適合嗎？佐知喃喃自語著，雪乃躺在床墊上，側著臉看她。

「還有一個維持適當距離感和關係的方法。」雪乃說：「就是不和任何人上床，不建立情侶或夫婦這種私人的一對一伴侶關係。如此一來，就不會過度期待，遭到背叛，也不會因為無法接受對方的要求而痛苦。」

佐知嚇了一跳，俯視橫躺的雪乃。雪乃雙手像翅膀一樣張開，視線望著天花板。

「可是，那樣不會有點寂寞嗎？」

聽到佐知的細語，雪乃輕笑道：

「或許吧，可是不可能全部都要啊。要選擇什麼，就看每個人自己。而且即使沒有做選擇的自覺，有時突然醒悟，手上就只剩下那個選擇了。從這個意義來說，每個人都是寂寞的。不管有沒有情人、有沒有結婚，都一樣寂寞。」

有多少人，就有多少種寂寞，所以雪乃在其中選擇了不和任何人牽手的寂寞嗎？這不會相當特殊嗎？佐知這麼想，但仔細想想，自己也已經好多年沒有和任何人在一起了。

哎呀，原來這是常有的事嗎？或者只是「物以類聚」，特殊例子剛好都聚在這裡罷了？

「我們的對話好像青春期少女喔。」佐知說。

「我早就忘了青春期少女的對話是什麼樣了。都聊些什麼啊？」

「『做愛要花多久的時間？』、『沒有任何人瞭解我，好空虛。』也就是說，我覺得談論人生就是青春期。」

「咦，是嗎？我從來沒有跟朋友聊過性愛耶，因為是鄉下地方的學校嗎？」

「跟哪個地方沒關係啦，只是妳忘記了而已啦，絕對是的。」

佐知和雪乃四目相交，同時噗嗤一聲笑出來。到了被人說是中年歐巴桑都不太能反駁的年紀，居然還有可以聊這種話題的對象，雖然雙方都沒有說出口，但總覺得相當幸福。

「我們一定是遇到第二次青春期了。」雪乃說。

「不是更年期喔？」佐知笑道。

「沒什麼不一樣吧。欸，佐知。」

「什麼？」

「剛才我聽到鶴代阿姨的話就想到，妳的名字是從妳父親的『幸夫』來的呢[14]。」

佐知沒有回應，躺了下來，拉起被子：

「燈給妳關。」

雪乃依言起身，按下門旁的開關，輕手輕腳地回到黑暗的房內，摸索著鑽進地上的被窩裡。

眼睛熟悉黑暗之後，雪乃看出佐知背對著她。她生氣了嗎？該不會在哭吧？雖然擔心，但今天一整天身心都疲倦到底了，雪乃的眼皮漸漸沉重起來。睡魔的尾巴向她逼近，準備纏住她的脖子，就在這時——

「雪乃。」佐知輕聲呼喚。

「嗯？」

「謝謝妳。」

佐知和雪乃都心滿意足，分別踏進各自的睡夢中。

裝潢業者來了，開始更換壁紙。

佐知原以為來估價的先生是業務員，但實際施工好像也是他來做。男子從

14「佐知」(sachi) 的發音與「幸夫」(sachino) 的「幸」相同。

前些日子的西裝筆挺搖身一變，換上米黃色的工作服，在早上八點拜訪牧田家。胸前的口袋上以橘色的線繡著姓氏「梶」。佐知拚命回想估價時拿到的名片上的姓名，判斷果然是同一個人。

「估價和貼壁紙都是你負責嗎？」佐知問。

梶的臉部表情肌不動地說：

「因為我們是家族經營的小店。」接著又說：「這是小姪，今天由我們兩個為府上服務。」

站在梶身後的年輕男子微微行禮。或許還不到二十歲。體型瘦長，五官端正，和梶十分相似。這家裝潢店一家人不曉得是不是信奉避免操勞表情肌的方針，姪子一樣冷冷的不熱情。不過長得這麼帥，又不聒噪，又是專業師傅，佐知覺得這兩人一定很有女人緣。

姪子在梶的指示下，從停在門前的廂型車將捲成筒狀的壁紙，以及佐知完全看不出來要用在哪裡的各式工具搬進屋內。這段期間，梶將雪乃房間的貓腳書桌抬到走廊，地毯和床鋪移到房間中央。走廊地板預先鋪上舊毛毯，以免刮傷，保護得相當周全。

佐知發現挪開床鋪後的地上積滿了灰塵與頭髮，連忙拿吸塵器來吸。梶等佐知清理完畢，在木板地鋪上保護墊。

梶和姪子開始從邊緣撕下壁紙。隔壁有人在工作令人分心，佐知便拿著刺繡工具下去一樓餐廳，在看電視的鶴代旁邊著手今天的工作。

「好像還來了個年輕人呢。」鶴代看著晨間新聞節目說。

「嗯，那是來估價的先生的姪子。」

二樓偶爾傳來用力刮擦的聲音，是在刮掉黏在牆上的漿糊嗎？這樣的噪音還在容許範圍內。佐知用水藍色的線刺繡旋轉木馬的馬。

「十點跟三點的休息時間怎麼辦？」鶴代問。

「昨天我已經買好茶點了，沒問題，我端上去。」

「是啊，人家小鮮肉帥哥嘛。」

聽到這話，佐知斜眼瞟過去，看見鶴代面露賊笑。都已經快年近古稀了，居然還說什麼小鮮肉帥哥，害不害臊啊？佐知一陣煩躁。鶴代只要佐知在身邊，不管她是不是在工作，都會丟些無聊話題煩她。

鶴代是真心以為女兒想要親近小鮮肉帥哥，而且或許還可能順利發展嗎？明明佐知早已到了即使有這份存心，也不可能實現的年紀了。不管是不是帥哥，大部分的男人都喜歡年輕貌美的嫩妹。帥哥就更不用說，沒有人會刻意去挑選其貌不揚又四十好幾的大嬸。

面對無法拋棄對女兒的期待和希望的母親鶴代，佐知總覺得既可憐又可愛。

撇開這件事，鶴代果然不停地找她攀談：「欸，幫我拿一下那邊的仙貝。」「這主持人怎麼愈曬愈黑，是不是打太多高爾夫球了？」都是些人類史上罕見的無聊事。

耳朵曝露在工程的噪音下，與奉陪鶴代的無聊話，哪邊比較可以忍受？佐知口中「哼嗯」地應著，但終究還是按捺不住，發難說：

「妳可以不要吵嗎？人家在工作欸。」

鶴代愣了一下：

「工作？妳是說繡那個嗎？」她指著佐知拿著針與布的手說：「繡那個只要動手，邊聊天也可以邊做吧？我很無聊耶。」

多麼自私的理論啊！細心運針、收針、挑選顏色，都需要高度的專注力，可沒有閒到可以奉陪無聊老人消遣時間。

佐知想要這麼抗議，但她知道說了對方也不會懂，死心認命地繼續「嗯哼」地應著。

說到底，要怪就怪自己選擇了刺繡這種可以在家做的工作。

鶴代也許是因為自己的父親和離婚的丈夫都不是上班族，成天遊手好閒，因此對於「在自家以及自家周圍遊手好閒」的行為極度感冒，似乎頑固地認定「每天早上準時出門上班，才叫做工作」。佐知是認真鑽研刺繡，並且實際靠這門手藝賺取酬勞，但鶴代似乎把它看做「只不過是進階一點的手工藝嗜好」。因此不管佐知如何主張「我在工作」，她也完全不理會，現在也一樣使喚著女兒：「我想喝茶，去燒水。」

佐知嘆氣，放下針線去廚房滿足鶴代的要求，把水壺放到爐上開火。或許還是待在二樓房裡比較好，起碼工程噪音不會向自己攀談。

佐代再次「唉」地大嘆一口氣，但鶴代當然完全不為所動。她不停地按著電視遙控器說：「妳不覺得那些新聞節目的主持人，每一個都愈來愈獐頭鼠目嗎？」干我屁事！佐知想要吶喊，但說到底，她因為平平順順地長大，絲毫沒有世故油滑之處，一時之間竟無法口出穢言或張牙舞爪。從這個層面來說，她們母女倆非常相似。

玄關傳來有人敲門的聲音。是誰？也只有可能是山田了，如果是訪客或宅配業者，就會按門旁牆上的門鈴。山田不曉得是不是沒看見門鈴，不知為何，每次都直接敲門。

「佐知，去應門，我很忙。」

妳不是很無聊嗎！佐知埋怨著，但還是把燒好水的水壺和茶具用托盤端到餐桌上，順道乖乖地走去玄關。

開門一看，不出所料，山田站在那裡。一身灰色工作服的山田今天也抬頭挺胸。

「佐知小姐，早安。為什麼不叫我來？」

「為什麼……咦，什麼為什麼？」佐知感到混亂，反問回去。

山田以有些怨恨的眼神看著她說：

「不是有人來施工嗎？我來監視。」

「為什麼？要監視什麼？」

「萬一業者以換壁紙做藉口，偷裝竊聽器或針孔怎麼辦？」

「怎麼可能！」

這是什麼離譜的想像？佐知笑了出來，山田露出彷彿要嘆息「已矣乎」的表情說：

「府上住了四位小姐，沒有半個男丁，再怎麼提防都不為過。失禮了。」

山田脫了鞋，逕自走上二樓。隔了幾拍，佐知也躡手躡腳地上樓去。她躲在樓梯上層，只露出眼睛以上，窺看著二樓走廊上的動靜。

山田叉開雙腳，站在雪乃房間前面。

「哇，嚇我一跳！」

室內傳來梶的姪子的驚呼。應該是忽然感覺有人，回頭一看，赫然發現山田站在門口吧。

「我來監工的。」山田直挺挺地站著，眼神銳利地宣告。

「請。」梶的聲音回應道。也許是在攤開壁紙，傳來東西磨擦的咻咻聲。

佐知不想被山田發現，靜靜地下了樓。梶和他的姪子會把山田當成什麼人呢？目前梶和姪子在牧田家只看過佐知和山田。父親和女兒？祖父和孫女？總不可能把他們當成夫妻吧？佐知不寒而慄。

然而山田其實只是住在牧田家的土地上，沒有什麼值得一提的理由，就只是不知不覺間變成這樣而已。就像過年就要吃年糕、聖誕節就會感到樂陶陶，和這些習俗一樣，注意到的時候，山田已經住在那裡了。對於這樣的人，不可能用一句話向外人說明「我們是怎樣的關係」。因為山田究竟是什麼身分，就連佐知都不明白，是個謎團。

山田也是，佐知心想，突然板著臉冒出來，站在工地監工，對業者不是太沒禮貌了嗎？還是這年頭都對個資很小心，提防外人才是一般做法？雖然不清楚換壁紙跟個資有什麼關聯。

佐知當然也透過電視節目知道有時插座或室內盆栽會被人裝設竊聽器，但她不認為扎根當地的裝潢業者會傻到在營業地區內四處亂裝竊聽器。再說了，就算在牧田家裝竊聽器，也聽不到任何趣事。

佐知回到餐廳，隨手拿了紙寫下數字計算。住在牧田家裡的四個女人，平均年齡是四十二歲。唯一一個二十多歲的多惠美為拉低平均年齡做出了貢獻。多惠，謝謝妳，佐知在內心感謝。但就算有多惠美幫忙，平均年齡還是高達四十二歲。

當山田說「住了四位小姐」的時候，佐知內心湧出一股不知是羞恥還是憤恨的情感，換言之，她是在害怕被梶和他姪子解讀為她自我意識過剩。山田或許和鶴代一樣，永遠把佐知當成年輕小姐，是必須加以保護、免得被壞男人盯上的深閨千金，但是站在被提防的男士角度，一定會覺得「誰要勾搭那種歐巴桑啊」，真的拜託不要守在旁邊，把人家當賊監視——佐知深切地祈求。

話說回來，如果梶他們把佐知和山田當成夫妻，她難以克制心裡務必要解開這番誤會的虛榮——不對，野心，因此她拜託從年齡上來看適合擔任山田妻子候選人的鶴代，端十點的茶點上去給梶他們。

「不要，我要看電視劇重播。」

鶴代冷冰冰地拒絕了。

佐知無可奈何，將個別包裝的仙貝和豆沙包盛到盤子上，和茶器一起放上托盤，手上勾著熱水壺，端上二樓。山田還是一樣叉腳站在走廊上。

佐知探頭看進雪乃的房間，對梶和姪子說：

「請休息一下吧。」

為了強調對方不是丈夫，也沒有血緣及姻親關係，她順帶邀請道：「山田先生也來吃吧。」

「謝謝。」梶、梶的姪子和山田應道。

「我把茶也端上來了。」佐知稍微抬起托盤和熱水壺示意，「不過方便的話，下來一樓吃吧。一樓有沙發。」

「不，弄髒就不好了，在這裡就行了。」梶禮貌地推辭說：「我們就不客氣了。」

接過托盤的時候，梶的指尖稍微碰到了佐知的手。他的肌膚又乾又硬，冰冰涼涼的。梶的姪子行了個禮，接過熱水壺。

梶和姪子在房間的保護墊上席地而坐，開始喝茶吃點心。佐知站在門口張望室內。

也許是清除牆壁上凝固的漿糊很費事，新的壁紙才貼了一部分而已。只有那裡彷彿復活了一般，小花圖案低調但生動活潑地呼吸著。窗戶敞開，有點濕悶的春風吹進房裡。

等佐知注意到的時候，山田已經不見了。應該是覺得她接下了監視的責任，就下去一樓了吧。

「太太。」梶出聲喚道。

正回頭看向走廊的佐知一時反應不過來。

太太？是在叫我嗎？

奇妙的是，佐知內心萌發的不是「我才不是什麼太太」的抗拒，也不是「他該不會把我跟山田伯伯當成夫妻了吧」的絕望，而是歡喜：「原來我看起來像個結婚的女人！」在梶先生的眼中，我是「就算已婚也不奇怪的女人！」，對佐知來說，比起被梶認為「這女人這副德行，不可能結婚吧」，這是好上千萬倍的救贖。

「什麼？」

佐知僵硬地轉過頭，再次望向室內。梶輕鬆地盤著腿，以男人味十足的動作拿起茶杯往嘴邊送。

「我聽山田先生說，太太是刺繡老師。」

山田伯伯跟人家說我是誰的太太？佐知怨恨著不好好說話又沉默寡言的山田，但梶找她聊天，還是令她感到開心。

「哪裡，什麼老師，太誇張了。」佐知揮手道：「您對刺繡有興趣嗎？」

梶有些害臊地應道：「呃，是啊。」

梶的姪子插口說：「叔叔超喜歡的喔。每次有掛毯展覽那些，叔叔都一定會去。」

「你閉嘴。」梶嚴令道：「掛毯不是刺繡，是織品。」

姪子安靜了。他剛好咬了一大口佐知準備的豆沙包，所以或許就算想說話也沒辦法。

難道、難道！佐知一反常態，胸口一陣小鹿亂撞。或許可以和梶先生聊刺繡的話題！

畢竟，就連親生母親都只把刺繡當成興趣的延伸，再沒有比這更沒意思的事了。就算亮出作品，雪乃的感想也只是「感覺眼睛好累」，多惠美的感想則是：「哇！好厲害！好漂亮！」

我想聽的不是這些！佐知真是急死了，應該還有什麼陳腔濫調之外的感想吧，像是「原來如此，這作品配合布料的厚度，調整了線的密度呢！」、「這裡用的是什麼技法？」、「這線難道是限定色嗎？」但她也明白，世上絕大多數的人對刺繡都沒什麼興趣，因此已經進入闊達的境界，每天一心一意孤獨地投入不斷繡繡繡的工作之中。

簡而言之，佐知很寂寞。正因為她幾乎是付出全心全力在刺繡，因此總是不安地想：「我的刺繡真的有人懂嗎？」手帕、上衣、包包上點綴的刺繡作品被人用一句「啊，好可愛」就帶過，有時會讓佐知感到難以忍受。有沒有任何一個人思考過，這樣一個點綴，花了我多少時間、心血和熱情？

當然，大部分的情況，佐知都為了趕上交期而拚命完成作品，輕鬆地想：「希望有人會喜歡。」但是偶爾——比如內心變得軟弱的時候——還是會想要吶喊。我拋開遊玩和戀愛，每天都這樣拚命地刺繡！而你們這些人絲毫不去察覺我注入其中的精力和毅力，「哎呀，好可愛」、「好有品味」地輕鬆消費刺繡，甚至用我的刺繡裝飾自己去享受逛街和約會！好想將每一針注入我的情感，直接繡到你們這些人的靈魂上！用你們的靈魂噴出來的鮮血將白線染紅，繡出再逼真不過的骷髏！

就算內心這麼想，也不可能真的說出口，更遑論喊出來。這就是佐知。

佐知渴望得到別人的肯定，希望有人肯定說：「妳的刺繡就是妳的靈魂。」然後，她還想要和別人盡情談論刺繡的苦樂。

過去佐知交往過的男人，似乎都和鶴代一樣，把佐知的刺繡當成「嗜好的延伸」。佐知住在家裡，或許也造成了不良作用。只要住在家裡，不知為何就會被人視為「不是自食其力」，而且佐知關在家裡進行的活動是「刺繡」，更容易被人認為是「千金小姐用刺繡嗜好完成的作品賺取零用錢」。

明明就不是！佐知好幾次深陷悲傷與不甘，怎樣都趕不完工作因而取消約會時，對方就會質疑：「為什麼？」都已經說出理由道歉了，但對方似乎就是無法理解怎麼會為了刺繡而無法約會。

「結婚以後，在做家事的空檔刺繡也完全沒關係喔。」也有男人這麼說。這句話她可以原話奉還：「結婚以後，在做家事的空檔去上班也完全沒關係喔。」可是，佐知當然僅止於默默微笑，在內心大大地給對方畫個叉：「不行，爛人一個。」

由於這樣的經驗，佐知多年來都過著只是專注於刺繡的生活，但時隔多年，她終於也有春天造訪的預感了嗎？

佐知不著痕跡地把因期待和緊張而冒出的手汗抹在身側的裙子上。梶喝光茶水，清了一下喉嚨說：

「喔，沒有啦，我知道很格格不入，可是就是喜歡。」

怎麼會？一點都不會格格不入啊！我也喜歡，我喜歡喜歡刺繡的男士。內心的聲音幾乎要從口邊滿溢而出，但佐知當然謹慎地靜觀其變。因為她從經驗知道，自己沒有那麼大的魅力，可以讓男人接受她突來的表白。

不出所料，梶接著說：「我喜歡織品和刺繡。」啊，果然，他不是喜歡我。這還用說嗎？哈哈哈，佐知在內心吐槽，幸好沒有多嘴。這回掌心冒出冷汗來，她再次用裙子抹乾。

「壁紙有時候也會加入織品或刺繡元素嘛。」佐知刻意緩和道。

然而梶從盤腿變成跪坐姿勢，表現出積極的態度：

「對，沒錯。掛毯和有刺繡的布製壁貼，應該只有貴族才會使用，所以我沒有經手過；但是印刷了刺繡風格圖案的壁紙，每次有展覽會之類的，我都會忍不住跑去看。」

本來以為梶是個話少的人，沒想到一談起壁紙，竟能如此侃侃而談。壁紙阿宅。平常的話，可能會被認為「可惜了」，但是刺繡阿宅程度不落人後的佐知卻覺得好感度破表。做為絕對稱不上是主流愛好的同志，是不是可以和梶暢談一番呢？

「那個，您願意的話，等下要不要看一下我的刺繡？」

「當然好。」梶露出笑容說。

十點的休息時間結束，佐知心花怒放地在廚房清洗用過的茶具。一樓餐廳裡，山田和鶴代並坐在餐桌前，看著重播的愛情劇。椅子上的兩人維持著合宜的距離，上身直挺挺地面對眼前的電視，默默無語。

為什麼旁邊是山田伯伯，媽就不會跟他攀談？佐知納悶不已，用抹布擦乾手。鶴代那種態度，與其說是愛戀的含蓄，更像是沒有人會對著空氣說話，比起過去和正牌丈夫在一起的時候，和山田相處時，看起來更像是真正的夫妻。

佐知不想引起鶴代的注意，靜靜地回到二樓。但山田注意到了，想要跟上來，佐知婉轉地打發他說：「我會待在雪乃的房間，山田伯伯請繼續看電視吧。」

佐知回到自己的房間，喘了一口氣。隔壁房傳來貼壁紙的聲響。梶低聲做出指示，姪子應答，接著是按上尺規畫線，一口氣割開壁紙的聲音。

佐知翻挖房裡的工作桌抽屜，尋找適合向梶展示的刺繡。完成的作品多半都立刻交給委託人了，因此她手上保留的幾乎都是習作，但總算成功挖掘到一些作品。

威廉・莫里斯風格的葉子圖案、繡上叼著小花的鳥兒的水藍色布鈕釦、以白色絹絲在整面素色手帕繡上蕾絲般纖細圖樣的作品，佐知記得這是好幾年前，剛和最後一任男友分手時繡的。這條手帕充滿了複雜的情感，因為感覺會被詛咒，丟進抽屜後就此封印，一次也沒有拿出來用。

其中也有以掛毯風格繡著擊退惡龍的中世紀騎士和被囚禁在塔中的公主並加以裱框的作品，這是因為她受不了刺繡課的學生不知為何老愛挑戰大作——而且全是插在花瓶裡的玫瑰這類油畫風格題材，進而心想：「既然要繡，選擇容易製作的尺寸，營造出奇幻風格，不是很好嗎？」於是在深夜偷偷做的。素雅的色澤，宛如會出現在北歐繪本裡的惡龍、騎士和公主，連自己都覺得出色不凡，卻也沒有掛在牆上，一樣收在抽屜裡。因為如果被鶴代看到，一定會奚落道：「原來如此，妳到現在都還在期待會有騎士把妳從塔裡救出來啊。」

要是被梶這樣誤會，她一定會羞憤而死。佐知猶豫了一下，可是不該像這樣動不動就自我意識過剩，她已經答應要給人家看，而且難得都完成了——她這麼告訴自己，抱著裱框的作品和手帕等走上走廊。

佐知探頭看向雪乃的房間，裡面沒有人。

看來自己埋首挖掘作品意外地花了很久的時間，梶和姪子好像離開去吃午飯了。

梶說想看佐知的刺繡，或許只是客套話。興奮期待的自己既可恥又可悲，佐知回到房裡，把裱框的作品和手帕等放到工作桌上。她覺得自己成了全世界最孤伶伶、最笨重的生物，宛如冬眠失敗的嚕嚕米。

空手下去一樓，見鶴代和山田在餐廳吃鰻魚丼，好像是把調理包的鰻魚和白飯微波解凍裝進碗公而成的。

「我的份呢？」

「沒妳的份，只有兩包。」

「小姐，真抱歉。」

佐知無奈，只好吃了厚吐司配起司片。

「妳在二樓做什麼？都中午了，也沒端茶給師傅。」

「我在整理房間。外面有自動販賣機，要喝東西他們自己會想辦法。」因為有些心虛，佐知口中答著，自覺到眼神飄忽不定。「他們不在雪乃的房間，是出去吃飯了嗎？」

「他們在車子裡。」山田搶著回答：「我去看了一下，他們坐在駕駛座和副駕駛座，抱著大便當盒在扒飯。」

山田說完，眼睛半閉，品味著鰻魚丼。他用筷子把鰻魚夾成長條狀，往下挖出與長條鰻魚肉面積完全相等的白飯，一起送進口中。真不知該說是一板一眼還是小家子氣，佐知在一旁觀察，都覺得厭惡起來了。山田敬愛的高倉健應該不會這樣吃鰻魚飯。筷子用力插下去，才不會管鰻魚大塊了點兒，還是只挖到白飯，全都豪邁地咀嚼，送進胃裡就是了。

話說回來，他們自己帶便當啊？是誰做的呢？佐知完全沒有考慮到梶已婚的可能性。因為自己單身，也沒有急如燃眉的結婚欲望，亦無結婚的具體規劃，因此佐知經常忘記這世上絕大多數的人至少都結過一次婚的事實。

吐司五分鐘就吃完了，佐知洗完手和餐具，坐在餐桌角落繼續工作。梶和姪子似乎也結束午休，上去二樓了。沉浸在鰻魚餘韻的山田立刻上樓監視。

三點再給梶看刺繡吧。便當的事，有機會也打聽一下吧。一切都要若無其事地進行，不露半點非分之想。佐知在腦中狂風暴雨式地打著算盤，宛如滿口鮮血仍不停嚼食松葉的嚕嚕米，但很快地便沉浸在運針之中，化成了「無」。

佐知不管對人際往來還是家事那些都無法感受到熱情，一切都不上不下且不合本意地結束，這都要歸咎於她的專注力只能發揮在刺繡上的這個毛病。一旦開始刺繡，就彷彿針腳中釋放出霧狀粒子一般，將佐知的腦袋抹成一片霧白，視野縮小，也聽不到聲音了。她的眼中只看得到布料細微的織眼、穿梭其中的銀針，以及如細蛇般扭動的線。

但再怎麼說都是「無」的狀態，因此她本人並沒有發現這整個人化為「無」的毛病。雖然鶴代不停地向她搭話時，她自以為覺得煩而隨口回應，但其實許多時候，她連「哼嗯」都沒有，就只是運著針。即使如此，鶴代仍毫不在乎地向佐知拋出話題。

現在鶴代也看著新聞節目，儘管對於化身為「針線活地藏石像」的女兒心想：「唉，又來了。」但注意到電視畫面角落的時間顯示為三點，便伸手搖晃地藏石像的肩膀說：

「喂，佐知，端點心過去。」

專注力被打斷的佐知，唯獨這一次感謝鶴代的凡事求人，著手準備茶點。媽真的一整天都在看電視耶，她一邊走上二樓，再次對這個事實感到驚愕。看電視，偶爾蒔花弄草，每隔幾天去車站附近買東西，感覺鶴代的生活簡直是老年癡呆直達車，讓佐知一陣戰慄。是不是該給她一點什麼刺激比較好？能不能發生些衝擊性十足、連河童都相形失色的驚爆狀況？

比方說我結婚？想到這裡，佐知傻笑起來。但這毫無現實性的幻想立刻煙消雲散，取而代之的是「像爸回家之類的」。

佐知在樓梯中段停下腳步，端著托盤搖搖頭。爸不可能回來。畢竟都將近四十年沒消息了，一定是在別處另有家庭了，或者，雖然聽說他死了，但這訊息連真假都不確定，唯一明白的，就是我對爸來說可有可無。否則他至少也會來探望我一次，最起碼寫個信、打通電話也好吧？

佐知有些難過起來。但那是素未謀面的父親，無從萌生太多感情，悲傷很快地就被憤怒取代：「我之所以對戀愛、與人交往沒什麼興趣，就這樣活到現在，會不會是父親害的？」我一定是從不負責任的父親身上學到教訓，所以沒辦法對男人抱有期待或希望，絕對是這樣。

佐知繼續邁出步伐，把自己沒有男人緣的理由賴到別人身上，非常有助於維持精神穩定。佐知重拾笑容，招待梶和姪子茶水點心。在場的山田也分了一杯羹。

雪乃的房間裡，大部分的壁紙都已經貼好了。低調中帶點可愛的壁紙，雪乃應該會喜歡。天花板上殘留著漏水造成的詭異污漬，但除此之外沒有任何發生過慘劇的痕跡，變回了寧靜的空間。

「真的貼得好漂亮。」

佐知佩服地環顧室內。壁紙貼得天衣無縫，甚至看不出接縫在哪裡。

梶啃著蝦子仙貝，客氣地提起：

「您的刺繡……」

原來那不是客套話！佐知開心起來，連忙從隔壁自己的房間拿來作品。

梶用濕紙巾仔細地把手擦乾淨，聚精會神地欣賞佐知遞給他的裱框作品和手帕等，發出「哦！」、「嗯嗯……」等感嘆的聲音。這似乎是無意識的反應，讓佐知既開心又驕傲。山田也探頭看向刺繡，回想著說：

「小姐從小手就特別巧。」

梶的姪子默默地賊笑著。他一定是在想，明明就是個歐巴桑，什麼「小姐」？

佐知如此解讀，但不以為意。不，正確地說，她又開始擔心起對於居住在這棟古老洋樓裡的成員之間的關係，梶究竟是怎麼想的？穿著灰色工作服的粗獷老人、耽溺於精美刺繡的老小姐（死語）、彷彿生了根似的釘在電視機前的神祕氣息，看在外人眼中，只能說是一群古怪的住民。然而現在這瞬間，佐知對專注欣賞著刺繡的梶看得出神，甚至完全不在乎這些了，胸口澎湃得令她喘不過氣。

「這是用不同的刺繡手法讓厚度呈現變化呢。」梶說：「摸了就知道。」關節明顯、但意外修長的手指撫過布面。指甲規矩地修剪得短短的。

再多摸一點！佐知想要吶喊，但當然不可能出聲。取而代之，她拚命說明作品運用的各種技法。她小心避開梶的手指，指示著布面，逐一說明刺繡法的名稱等等。講這麼專門的事要做什麼？瞬間自省和自制浮現佐知心頭，但梶興味盎然地點著頭，因此她開心得又滔滔不絕起來。

平時她只會對鶴代「嗯哼」漫應，白天幾乎不會和任何人聊天，都是這樣的生活把人悶出病來了。而且對於佐知最為傾注心血的刺繡，絕大多數的人也只有一句簡單的感想：「好漂亮喔！」也就是說，幾乎沒有人願意聆聽佐知說話，佐知一直渴望有機會展現自己的愛與熱情。這次對梶訴說，讓她重新發覺自己有多飢渴。

原來我想要有人聆聽，想要有人聽我談論刺繡這多麼美好而博大精深的世界。

佐知感動萬分，但表面上仍勉力保持平靜，不停地給梶上課。山田和梶的姪子在一旁吃蝦子仙貝。梶的姪子像栗鼠一樣用門牙一點一點地囓咬著仙貝，對山田說：

「很難呢。喏，夜市攤子不是都有用模子裁切糖果的遊戲嗎？我總是想要像那樣完整地留下仙貝裡的蝦子。」

「含軟之後再把蝦子剝下來如何？」

山田舔著自己的蝦子仙貝的表面說。

真是受夠這些人了，佐知心想。不，這世上幾乎所有人都對刺繡之美漠不關心，他們這輩子連一次都沒有想過這一針一線，裡面蘊藏了多少技術、傳統和在錯誤中的反覆摸索，就這樣無知地死去，只知道沉迷於蝦子仙貝。

蝦子仙貝當然也很厲害。設計和顏色很可愛，最重要的是很好吃。可是，《聖經》不是說「人活著，不是單靠食物」嗎？用那種「刺繡又不能吃」的態度大啖蝦子仙貝，在佐知眼中是一種難以原諒的惡行。

實際上，現場並沒有人貶低刺繡，也沒有拿刺繡和蝦子仙貝相比。儘管如此，佐知卻陷入「應該更進一步提升刺繡地位」的義憤填膺。

只有梶看也不看蝦子仙貝，沉穩地對佐知的解說點頭，維持著對刺繡的好奇。點心時間快結束時，他甚至說：

「一次就好，真想經手一次有這種刺繡的布貼壁紙。」

梶將作品還給佐知時，兩人的手再次輕觸了。那專注工作誠懇認真的男人的眼神，讓佐知整個人神魂顛倒。

工程持續到傍晚，佐知在隔壁房裡豎耳關注動靜。梶和姪子偶爾會低聲交談。他是不是提到我的刺繡、提到我什麼？佐知的耳朵放大到幾乎吸滿整片牆壁，然而兩人的對話都很短，可以推測出應該只是在指示貼壁紙的工具罷了。

途中佐知離開房間去上廁所，山田還是一樣叉開雙腿站在二樓走廊上。他暫時中止監工，瞥了佐知一眼。佐知覺得內心的怦然心動似乎被看透了，難堪不已，一股不明所以的氣憤湧上心頭，想著：「不要管我！我早就是大人了！」就算心想「那人感覺真不錯」，一邊在內心飼養愛情的小鳥，賞玩牠拍動翅膀的模樣，也是我的自由吧？

山田未發一語。他不會多嘴。這是老樣子了。儘管佐知完全不知道山田對佐知或他人的戀愛是否感興趣、甚至他是否談過戀愛，卻陷入自我意識過剩及被害的妄想，忍不住擺出拒人於千里之外的態度。

心裡的鳥籠太久沒有戀愛的小鳥造訪，因此佐知完全忘了，這隻小鳥看似只會可愛地啄食亞麻籽，其實卻是一隻猛禽，對於任何會稍微阻礙牠成長的事物都殘暴無情。牠會以銳利的爪子按住生肉，以尖銳的鳥喙活生生地撕下來吃。山田就是成了小鳥的餌食，落得被佐知冷眼看待的下場。他只是出於好意來監工而已，實在是無妄之災。

「我這樣是不是太壞了？」佐知立刻就後悔了，為自己感到羞愧，但沒有道歉。因為對佐知來說，山田形同家人，有一份恃寵而驕的心態。可是佐知本人又認定「山田先生又不是我們家的人，怎麼會住在同一塊土地上」，實在天真。被佐知隨意地打發，山田真是好心被雷劈。

然而山田也沒有鬧脾氣，心平氣和地來通知：「佐知小姐，工程結束了。」這就是他人好之處。佐知和山田一起去雪乃的房間驗收成果。

低調的小花圖案壁紙完全融入房間，彷彿從這個家蓋好的時候就貼在那裡。窗外已然暗下，房間裡亮著燈。在柔和的燈光照耀下，被壁紙溫暖環繞的室內相當安寧，宛如只存在於腦海中的夢幻故鄉，或是建在那裡但未曾實際住過的家，更進一步地說，就像這個家裡的兒童房。

佐知滿意極了，鄭重地向梶和他姪子道謝。金額剛好如同估價，因此雙方約定日後寄請款單來，再匯款過去。看見對成品感動不已的佐知，梶也只是內斂地微笑，反倒應該是梶的徒弟或學徒的姪子一副驕傲萬分的模樣，教人覺得好笑。

佐知送梶和姪子去玄關。梶抱著剩下的壁紙，臨別之際說：

「那個房間很適合掛上太太的刺繡作品呢。喏，就是那幅裱框的惡龍和騎士。」

佐知又整個人融化了。她再也無法克制，匆匆辯解道：

「我不是什麼太太，我是這家的女兒……」

慚愧的是，還是單身——她本來想這麼說，卻支吾起來。因為奇妙的是，她聯想到說著「我回來了，真慚愧」的橫井庄一——那個點綴了鶴代與丈夫不光彩的紀念日的橫井。佐知心想：「不，我單身這件事，不可以和度過重重苦難歲月的橫井相提並論，不能用一樣的形容詞來表達。」同時也萌生疑惑：「單身是令人慚愧的事情嗎？」

不知道梶會如何解讀佐知這突然的沉默，他耳尖微紅地說：

「真是太抱歉了。那麼，如果日後有什麼問題，請隨時跟我們聯絡。」

梶行了個禮，往正門走去。佐知以水汪汪的眼睛看著消失在凝聚於庭院黑暗中的梶，心境宛如守望著拯救自己之後，沒有留下名字便瀟灑離去的騎士的公主。

從玄關出來的梶的姪子經過這樣的佐知身邊。佐知叫住雙手提著工具箱的姪子。梶的姪子和幫他搬運保護用毛毯的山田同時回頭。

山田的眼神很凝事，但佐知硬著頭皮開口：

「中午真不好意思，沒有端茶給你們。」

「哪裡，不會。」

一整天待在同一個屋簷下，姪子似乎也稍微習慣佐知了。和一開始的寡默不同，雖然帶著適齡的靦腆，但可以正常應答了。

當然，佐知並不是想要和姪子閒聊，而是想要刺探。

「你們中午的便當看起來很好吃。」

佐知說得彷彿親眼目睹。

「咦，會嗎？」

姪子害羞地笑了。真正的目擊者山田訝異地看向佐知，但佐知沒空理會他。她像是為了逼近大本營而摸黑前進的步兵，謹慎地提出問題：

「便當是誰準備的呢？」

梶的姪子愣了一下，接著彷彿恍然大悟般的點了一下頭說：

「嬸嬸啦，啊，我叔叔的太太做的。」

嗶！比賽結束！

宣告聲在佐知內心響起。梶果然已經有老婆了，一定有老婆的嘛……

接下來自己和梶的姪子寒暄了什麼、如何和山田道別回到屋內，佐知都不記得了。再次回神的時候，她正悄然坐在客廳沙發上。

「喂，快點準備晚飯啊！」鶴代生氣地催促道。

佐知慢吞吞地繫上圍裙，從架上拿出番茄罐頭做義大利麵醬，不小心就弄得太鹹了。

她並不是癡心妄想要跟人家交往什麼的，當然，最好是能夠啦。佐知只是覺得遇到話題投機的人，感到開心罷了，只是希望可以再相處久一點罷了。

可是對方已婚的話，就什麼都不用談了。或許有人可以不在乎，但佐知不一樣。她認為只要自己有「樂意和對方發展成男女關係」的心態，就不該不必要地和已婚男人親近，或是積極追求。在這部分，佐知是個極為傳統保守的女性。

如同彗星般闖入佐知世界的梶，被「妻子」這顆行星的重力彈飛，變更軌道，唐突地消失在太空的彼方了。與其嚐到這種苦，早知道就找別家業者了，佐知懊悔著。

然而佐知並不知道，其實梶也是單身。那麼，為何梶的姪子要說得彷彿梶是有婦之夫一樣？這並非出於對佐知的惡意。因為梶每次前往客戶家裡，都極受太太們的歡迎，如果只是為女兒或親戚的女兒說親還好，但也經常遇到太太本人追求的情況。身為裝潢業者，這種狀況實在令人頭疼。

因此「梶裝潢有限公司」的老闆——梶的父親心生一計，四處向人宣傳梶已經結婚了。當然，梶自己並未明確知悉這部分的狀況，因為他本是職人性情，沉默寡言，對於太太們頻送的秋波渾然不覺，即使發現，也會敷衍閃躲，默默地全心投入工作。

梶的姪子被老闆囑咐：「只要遇到一看就像是對叔叔有意思的女客戶時，你要積極暗示你叔叔已經結婚了。」因此姪子只是忠實地聽從祖父的交代而已。

佐知不該當個小卒，而該堂而皇之地直闖城門才對。換句話說，她應該開門見山地問梶：「你已經結婚，或是有對象了嗎？」或是邀約：「我們還可以再見面嗎？」戀愛是否能展開、是否能開花結果，全是由這些旁枝末節在決定的吧，時機、當下的感受和狀況、在中間撮合的人等這些細節。

所謂的「邂逅」或是「命運」，不是相識的事實，而是時機、感覺、狀況夠不夠湊巧、邱比特夠不夠機靈。這天，佐知被命運拋棄，邂逅失敗了。

話雖如此，這也不是她第一次失敗。而且佐知並未發覺自己遭到重大挫敗，只是自顧自地失望：「什麼嘛，原來梶先生有家室了，我就知道。」自己對梶的戀慕，在還不清楚是否為愛意的秧苗前就被摘除了，吃完太鹹的義大利麵時，佐知已經轉換心情了。累積經驗與無知看似南轅北轍，但是在「變得遲鈍」這一點上極為相似。習慣失戀、且被蒙在鼓裡的佐知，淋漓盡致地發揮了「遲鈍戰法」，反而神清氣爽地回房間了。至於橫遭牽連而吃下太鹹的義大利麵的鶴代、雪乃和多惠美，只能令人掬一把同情淚了。

雪乃看到換了新壁紙的房間，那可愛又沉穩的風格，讓她難得心兒怦怦跳。對於無比鍾愛貓腳書桌和滾邊上衣的雪乃來說，房間等於變身為她理想中的空間，只要不去看因漏水而在天花板上形成的詭異水漬，就沒有任何問題。

雪乃總是以冷靜自許。因此自己的房間能否營造出品味高雅的可愛氛圍，對她來說非常重要。

雪乃有著一張毫無特色的臉，經常被誤認為別人，在公司也被視為能幹的員工，當成牛馬任意使喚。「受依靠但沒有人要」的雪乃，藉由穿戴上冷酷的鎧甲來提高自己的價值，期許至少在工作等社會角色上是受人需要的。可是一直穿戴著鎧甲，教人喘不過氣。雪乃唯有在自己的房裡，才能解放不管再怎麼壓抑，仍自內在泉湧而出的「追求可愛的欲望」。包括壁紙在內的室內裝潢，在營造解放的氛圍當中扮演了重要的角色。

雪乃換上有緞帶的睡衣，去佐知的房間收拾客用寢具。佐知正木然地坐在工作桌前，雖然面前放著布，但繡針文風不動。

「佐知。」

雪乃小心翼翼地出聲，就像要捕捉停在野花上的蝴蝶一般。佐知好像這才發現雪乃站在門口。「嗯，怎麼了？」她放下針轉過頭來。我才想問怎麼了，雪乃心想，走到佐知身旁。

「謝謝妳挑的壁紙，真的好可愛。」

「妳喜歡嗎？」

「嗯，還有那幅裱框的刺繡。」

雪乃的床鋪旁邊的牆上，掛著中世紀騎士故事風格的刺繡作品。雪乃發現之後，一直仔細欣賞到剛才。以纖細的用色和質感呈現出噴火的惡龍、身穿鎖子甲高舉利劍的騎士、金髮隨風飄揚的公主。高塔聳立的山丘上結著紅色蘋果，天空上有如生物般的雲飄過。

這是一幅彷彿在繪本上看過、溫暖得教人懷念又寂寥的場景。想像佐知一個人默默地繡出這樣的世界，雪乃覺得百感交集。

然而不同於雪乃的感慨，佐知說著：「哦，那個啊！」沒什麼地笑了。

「我都忘了自己繡過那幅作品，不過被人說應該跟這壁紙的風格很相搭，所以就掛上去看看。」

雪乃覺得這話中似乎有蹊蹺，便問：

「誰說的？」

「嗯？室內裝潢的業者。」

「是喔？」

雪乃在一旁俯視並觀察著坐在椅子上的佐知。佐知摘下中指上銀色的頂針[15]又戴回去，拿起剪刀又再度放下。

「長得帥嗎？」

「嗯，啊，長怎樣我沒仔細看，但技術是很不錯啦。」

「是喔？」

雪乃把原本打算收起來的客用寢具在地上鋪開，趴臥下來。接著調整呼吸，擺出「眼鏡蛇式」，這是下半身雙腳併攏伸直，腰部以上垂直撐起的動作。

雪乃就這樣靜止地盯著佐知的背影。應該是感覺到了視線，佐知提心吊膽地回頭「哇！」了一聲。因為從佐知的角度看過去，雪乃只有上半身在床墊上。
「嚇死人了，不要擺那種怪姿勢啦。」
「妳給我從實招來，一定發生了什麼事情對吧？」
「什麼都沒有啊。」
「那我就這樣盯著妳工作。」
「好啦，我說就是了！妳快點恢復正常姿勢，拜託！」
雪乃接受佐知的要求，解除「眼鏡蛇式」，在墊被上擺出「蓮花坐式」，也就是一般的打坐姿勢。佐知離開桌子，來到雪乃旁邊抱膝而坐。
佐知向雪乃報告梶是個怎樣的人：他對刺繡感興趣；就像個專業師傅，認真且正確地施工，休息的時候則認真地聆聽佐知講話。佐知度過了快樂的時光，但她得知梶是已婚男子。
雪乃禁不住一陣頭暈目眩。
「我在公司上班的期間，妳居然萌生了淡淡的情愫，然後立刻就粉碎了？」
「的確是這樣呢。」

15 一種裁縫時戴於某個手指，用來保護手指免遭針刺傷的殼狀物。

「簡直是光速發展。」

「或許會成為流芳萬世的『一日失戀事件』。」佐知說著，無力地哈哈笑。

雪乃做著腹式呼吸，分析剛才聽到的內容：

「唔，就算只有短短一天，但畢竟是嚐到了戀愛怦然心動的感覺，也算是賺到了吧？」

「是嗎？感覺還沒來得及享受就被鎮壓了，不管是怦然心動還是大失所望，全都很半吊子耶。」

「說起來，妳怎麼會覺得那個……梶先生是嗎？妳怎麼會覺得那個師傅不錯？」

「我不是說了嗎？感覺我們談話很投機啊。我覺得如果是他的話，或許可以彼此理解。」

「咦咦！」

雪乃維持著蓮花坐姿勢往後仰。

「咦什麼啦？」

嘔氣的佐知瞥了雪乃一眼，表示不服。

「談戀愛哪需要彼此理解？」

這回輪到佐知「咦咦！」地驚叫了。

「當然需要啊！那妳交男朋友的時候，都重視什麼？」

「呃，也沒有特別重視的點。倒不如說，我對男人從不期待，所以根本不會和男人交往。」

佐知沉默了，把手放到雪乃肩上。雪乃抓住佐知的手，鄭重地從肩上拉下來說：

「妳可以不要用那種憐憫的眼神『嗯嗯』地點頭嗎？」

「可是，妳不會很寂寞嗎？談戀愛還是很棒的。」

「都還沒開始談就失戀的人沒資格跟我說這些。」

「也是啦。」

「仔細想想，妳那也不能叫做『失戀』吧？應該是『不戀』。」

「妳不必這樣落井下石好嗎？」佐知的新傷痛了起來，按住心臟上方。「可是，妳對男人都不期待嗎？真的嗎？」

「我活了近四十年，瞭解到男女之間不可能有真正的理解。」雪乃沉重地宣告。

「是嗎？」

「就是啊。比方說，男人都自以為很會看地圖。可是就我觀察，有不少男人根本就是路癡，如果不用地圖，而是以文字說明路線，部分男性和絕大多數的女性都可以輕易抵達目的地，男人卻沒有發現這個事實。換句話說，他們沒有發現地圖並非人人適用的工具，也沒發現有人是用和他們不同的觀點在看世界。男人缺乏想像力啊！就算試圖去理解這種人，也只是讓自己更空虛。」

「是嗎……」佐知又說：「我倒覺得不分男女，都有一定數量是缺乏想像力的人耶。」

這回換成雪乃把手搭在佐知肩上，點著頭就像在說：「哎，妳還太嫩了。」

「以前我也夢想過：『就算這麼說，這世上一定還是有能夠與我彼此理解的男人。』可是沒有！就算有，這麼棒的男人也都已經結婚了！妳今天也認清這個事實了吧？」

「妳說的沒錯。」

「戀愛不是理解，是一廂情願的認定。所謂愛情，就是這股認定遭到粉碎之後，仍然和不可能彼此理解的對象維持關係的毅力和達觀。」

「一點夢想和希望都沒有呢。」佐知嘆氣道：「可是，妳已經拋棄對男人的期待了吧？既然這樣，就算沒辦法談戀愛，還是可以建立類似親情的關係吧？

少了期待和認定，我倒覺得更容易發揮毅力和達觀。」

「我從小學到高中，成績單幾乎每一次都被老師寫：『雖然平和冷靜，但缺乏毅力。』」

「沒救了呢。」佐知把拳頭握成麥克風遞到雪乃嘴邊，「那麼，雪乃小姐以後要撇開那些風花雪月，專心為事業衝刺嗎？」

「沒錯。」

雪乃還是一樣維持著蓮花坐，以媲美上師的莊嚴點點頭。

「可是，有時候還是會想要放聲吶喊。因為薪水已經差不多到頂了，而且萬一搞壞身體就完了，雖然是在大保險公司上班，但沒人知道什麼時候會破產或是被併購，然後到處都可以看到『孤獨死』的字眼，我的人生這樣下去真的可以嗎？每天工作，每天晚上做瑜伽，徒勞地讓身體變柔軟，就這樣老死嗎？」

「妳冷靜一下。看看我，沒有離職金也沒有年假，完全不知道要如何應付日漸逼近的『老老介護[16]』、『老花眼』、『老屋子倒塌』等危機，根本已經是半死不活了。」

16 指高齡者照護高齡者的狀況。

「啊，壁紙多少錢？」

「不用啦，反而是因為我們家太破。弄髒了妳的衣服，真不好意思。」

絕對不是因為不用付錢，但雪乃不知為何突然一陣感激，說：

「佐知，搞不好我老了以後還是住在這裡。」

「妳愛住到什麼時候都可以。等到過不下去了，我們就一起去死吧！」

佐知和雪乃摟住彼此，緊緊地擁抱在一起。

「好棒的體悟！」

「我的朋友……！」

兩人立刻放開彼此，互笑道：「我們在耍什麼白癡啦！」「真是白癡。」雪乃鬆開打坐的腿，躺下來蓋上被子。

「雖然終於換好壁紙了，不過今晚我還是要睡這裡。」

「我也要來睡了，反正刺繡也沒進展。」

佐知關掉房裡的燈，跨過雪乃的身體上床。「這樣好像集訓還是畢業旅行喔。睡同一間房也滿好玩的呢。」

「嗯，不過真的不想再遇到漏水了。」

「以後也偶爾一起睡吧，也找多惠一起。講女生悄悄話。」

「剛才的算是女生悄悄話嗎？我覺得比較像『淚如泉湧，在河邊對著夕陽大吼的柔道社夥伴』耶。」

雪乃說著，一旁傳來躺進被窩裡的佐知笑出來的聲息。

「這種白癡對話，真的要女生跟女生才有辦法，所以更不需要男人了，不是嗎？」

「確實沒錯。」雪乃說。

兩人沉默片刻，仰望陰暗的天花板。春季夜晚的牧田家坐落於寂靜之中。

雪乃正猜想佐知是否已經睡著的時候，佐知突然小聲說：

「可是我還是想要彼此理解，也不是只限於男人啦。」

因為妳相信夢想和希望只存在於彼此理解之中，對吧？雪乃回想起從佐知手中誕生的美麗刺繡，在內心喃喃道：我也希望自己是如此，祈禱可以是如此。不分性別，世界上應該還有許多擁有相同感受和願望的人。然而理解的時刻就宛如電光石火，稍縱即逝，幾乎所有的時間都只是一片黑暗。只能在黑暗中摸索，夢想著能與某人的手相觸。

或許正因為長夜漫漫，人才能毫不厭倦地追求光明、理解和愛情也說不定。若是這樣的話，人這種生物的靈魂實在是既寂寞又可愛。

直接向梶先生表達愛意如何？或許他正和妻子分居，準備離婚，即使夫妻關係良好，也有可能說出情意就爽快了，進而帶來新的邂逅也說不定。

雪乃想要這麼向佐知提議，卻敗給了襲來的睡魔。當然，這時雪乃完全沒有發現未能說出口的建議意外地中肯。

佐知的房裡，兩人睡著的呼吸聲此起彼伏。

進入五月，鶴代開始卯起來耕種家庭菜園。往年她都直接買菜苗回來種，但今年她幹勁十足，要從播種開始。

當然，佐知也比往年更密集地被鶴代抓去幫忙。為菜園翻土，拌入肥料和石灰，將泥土裝進材質薄軟的黑色小缽，撒進數粒番茄和小黃瓜等等的種子。待種子順利發芽，長到一定程度後，再移植到菜園裡。

有夠麻煩。佐知大呼吃不消。鶴代不是個有耐性的人，絕對會讓小缽裡長滿雜草。也許是預感到這樣的風險，鶴代也買來毛豆、青椒、茄子等菜苗，直接種進菜園。馬鈴薯的種薯已經埋進土裡了，因此土中的人口（？）密度相當驚人。不考慮植物的生長狀況，種得密密麻麻，這是鶴代的壞毛病。

佐知和鶴代頭上戴著麥桿帽，脖子上圍著毛巾，連日在庭院裡忙上好幾個小時。山田在菜園周圍以相等間隔插上舊竹竿，用網子圍住四邊。善福寺川附近有許多綠地，因此雖然是住宅區，偶爾也有狸貓出沒。

另一方面，多惠美主張應該把在「密閉房間」裡發現的河童木乃伊當做擺飾，放在客廳裡。

「仔細看還滿可愛的，不是很好嗎？」

「噁心死了，一點都不好。」

鶴代蹙眉。佐知也認為在有刺繡課學生進出的客廳裡擺放河童木乃伊未免太驚悚了，絕對會在附近街坊引起難聽的流言。在那雙玻璃珠般的眼睛注視下，感覺被針扎到指頭的次數會比刺在布上的還要多。

然而多惠美卻不死心，從沒有鎖的「密閉房間」裡把木乃伊搬了出來，甚至順帶挖出一個裝大型日本人偶的玻璃櫃。她取出人偶，改放木乃伊展示。

結果河童木乃伊坐鎮在牧田家的客廳裡了。河童在玻璃櫃裡抱膝而坐。而且河童背後的櫃子內側漆成金色，看起來就像個在金色屏風前耍陰沉搞自閉的可怕乾貨。

「視野裡有那玩意，總覺得都快食不下嚥了。」

佐知在餐廳裡吃著晚飯，小聲抗議道。因為她覺得明目張膽說壞話，似乎會被河童詛咒。

「咦，會嗎？」

多惠美望向和餐廳相連的客廳，豪邁地將薑燒豬肉夾進口中，嚼了一會兒。

「感覺就像守護神，很令人安心不是嗎？把它當成端午節的武士娃娃就好了。」

端午節早就過了，而且它身上又沒有鎧甲頭盔，簡直像戰死四百年的樣子耶。說起來，家裡連女兒節人偶都沒放，為什麼非得拿河童木乃伊來充當端午節武士娃娃不可？在這個全是女人的家裡——不，不管在任何人家裡，這都太詭異了。

雖然有許多話想說，但如果馬上把河童送回「密閉房間」，感覺好像也會被詛咒。佐知決定忍耐。雪乃也難得沒有對多惠美的失控積極提出異論，因為她到現在仍對挖出河童木乃伊一事感到自責、自省並自制，認為自己沒有資格說什麼。至於鶴代，她現在腦子裡都是菜園，雖然當初面有難色，但對於玻璃櫃似乎並不怎麼在乎。

有刺繡課的日子，就用紫色的包袱巾罩住玻璃櫃，並祈禱不會有人太過好奇而去掀開。佐知內心七上八下，決定上課期間絕不能離開去廁所，並減少紅茶的飲用量。

幸好沒有學生特地跑去掀起包袱巾。因為刺繡課的學生每一個都很淑女、很有家教，只專心刺繡和聊天。比較不那麼淑女，感覺會率先去揭開包袱巾底下玄機的就只有多惠美，但佐知已經預先警告：

「萬一被學生發現河童木乃伊，我就要把妳開除。」

「開除？從刺繡課開除嗎？」

「不只刺繡課，還要請妳搬出這個家！」

「咦！川太郎明明這麼可愛！」

多惠美嘀咕埋怨，但應該也不願意失去遮風蔽雨的地方。她沒有揭露被名為包袱巾的簾幕所隱藏的河童，專心地刺繡。而「川太郎」當然是多惠美自行為河童取的名字。

刺繡課下課後，經常都是多惠美跑去拿掉包袱巾。每次佐知都忍不住將視線從河童那衝擊性十足的外貌別開目光，然而多惠美時不時便對河童說話：「早安，川太郎。」、「川太郎，你好嗎？」還夾了幾片醃小黃瓜擺在盤子上，供在玻璃櫃前面。

習慣真的很可怕，河童木乃伊漸漸融入牧田家的客廳了。多惠美每天早上都供上一盤黃瓜，儼然佛壇或神龕。而雪乃在關心衣櫃之餘，也會順便關心河童的居住環境：「差不多要進入梅雨季了，櫃子裡不用放乾燥劑嗎？」佐知也終於受到感化，在刺繡課前蓋上包袱巾時，會先告罪道：「暫時忍耐一下喔，川太郎。」

只有鶴代直到最後都把河童當空氣，視若無睹。但是進入梅雨季不久的某一天，佐知結束下午的工作，走下一樓，發現河童的脖子上繫了一條紅色領巾。看著河童渾圓的頭部和浮現肋骨的胴體，佐知勉強說服自己說：「也不能說它不像假面騎士。」

因為是平日，白天家裡只有佐知和鶴代。除非河童會自己站起來走動，否則是誰為它繫上領巾的，不言自明。

「總覺得川太郎變時髦了。」佐知說。

鶴代一副事不關己的模樣，用小魚干煮高湯做味噌湯。

從這一刻開始，再也沒有人提議把河童木乃伊放回「密閉房間」了。河童在玻璃櫃裡抱膝而坐，照看著在牧田家生活的四個女人歡笑、聊天、進食、拌嘴。不，正確地說，只是四個女人感覺「被照看」而已。實際上疑似玻璃製的河童眼珠，只是空洞地反射著光芒，但女人們再也不覺得它恐怖了。

梅雨期間，佐知和鶴代仍繼續打理菜園。必須勤勞地拔除雜草，免得雜草占據了好不容易冒芽的蔬菜的生長空間，也必須把從播種開始種植的番茄和小黃瓜苗移植到菜園。細雨綿綿的日子，她們一樣穿上雨衣、戴上工作手套，斷然前往菜園裡忙活。

除了刺繡和家事，再加上身體勞動，佐知有些累壞了。因此她傳訊息給雪乃和多惠美，說實在沒力氣煮晚飯，如果她們可以早點回家，拜託在路上買些熟食回來。

「沒問題，我們應該七點半可以回去。」雖然馬上就收到回訊，兩人卻遲遲沒有回來。佐知擔心怎麼了，便動手煮飯，做了茄子味噌湯。然而湯都煮好了，配菜卻還沒到家。在睡午覺或者說睡黃昏覺的鶴代也起床走了過來。

「都晚飯時間了，飯呢？」

「我拜託雪乃和多惠美買配菜回來，可是她們還沒到家。」

「咦，真奇怪。」

兩人餓得受不了，佐知熱了味噌湯，鶴代用煮好的白飯捏了小鹽巴飯糰。兩人決定在配菜到家之前，先稍微填一下肚子。她們把供給川太郎的醃小黃瓜從玻璃櫃前端過來下飯。

雨水滲進泥土的聲音傳來，即使落地窗關著，潮濕的氣味仍隱約蔓延進室內。

「也不聯絡，到底是怎麼了？打電話給她們呢？」

「我打過了，可是兩個都轉進語音信箱。該不會是遇到意外，或是被多惠的跟蹤狂抓走了……」

「怎麼可能？要是遇到意外，我們應該已經接到通知了。跟蹤狂這陣子不是都沒出現嗎？妳冷靜一點。」

鶴代不愧是長輩，展現威嚴規勸佐知。不過跟蹤狂不就是被遺忘的時候又會冒出來作怪嗎？佐知擔心得要命，只吃一顆小鹽巴飯糰就飽了。鶴代則吃了三顆。

就在這當中，已經快九點了。兩人如果臨時要加班，一定會通知一聲，更別說今天她們背負著運送配菜的重要使命。看這情況，兩人果然是遭遇了非比尋常的不測吧？

「欸，要不要報警——」

佐知才剛開口，就傳來聲音：

「我們回來了。」

佐知和鶴代飛奔到玄關，雪乃和多惠美正把濕傘收進傘桶。外頭似乎下起了大雨，兩人的鞋子和絲襪都濺到了污泥。

「對不起，我們太晚回來了。」

雪乃遞出裝著熟食的購物袋。沙拉附的保冷劑都變軟了。這表示買了以後已經過了很久。

「出了什麼事？」佐知問。

多惠美大方地回答：

「我們跟阿宗談判了。」

「咦咦！」佐知驚呼。

鶴代推開她，命令道：

「詳細情形等會兒再說，妳們兩個都去換衣服。我已經餓到快昏倒了。」

明明吃了一堆飯糰——佐知心想，但當然沒說出口。

雪乃和多惠美將身上的濕衣服換成家居服，在餐桌旁坐下。佐知重新熱了味噌湯，將兩人買回來的熟食盛盤端上桌。雪乃和多惠美吃起誤點的晚飯，連鶴代都跟著伸筷夾菜。

「我們一走出公司，阿宗就站在行道樹後面。」多惠美說，在可樂餅上淋一堆醬汁。

雪乃把味噌鯖魚夾到飯上，補充說明：

「我和多惠一起走出公司，去小田急的熟食賣場，結果那個小白臉也跟到那裡。」

「我們在買熟食，阿宗從隔壁攤位一直偷看我們，真的教人毛骨悚然。」

從兩人上班的西新宿保險公司到新宿站的小田急百貨食品賣場，徒步是相當長的一段距離，地下通道間人流不絕。然而小白臉本條宗一卻一路尾隨，顯然相當執著。

「他從來沒有這麼靠近過吧？」佐知插口問：「而且他已經好一陣子沒出現了，怎麼突然又跟蹤起來？」

「很讓人好奇吧？」

「嗯。」

「所以我們就逮住了他。」

「咦！」

「我和多惠合作，偷偷繞到他旁邊，給他來個左右夾擊。」

「我們從兩邊同時問他：『你想幹嘛？』阿宗嚇死了呢！」

嚇死的人是我！佐知心想。居然反擊跟蹤狂，這不是太危險了嗎？萬一對方突然發飆，亮出刀子什麼的要怎麼辦？

然而雪乃和多惠美不顧佐知的憂心，笑著說：「不會怎樣啦。」鶴代也只是默默聆聽兩人的話，泰然地喝茶。佐知漸漸覺得驚慌失措的好像只有自己一人。

據雪乃和多惠美說明，兩人各別抓住本條的左右手，把他拖進小田急百貨附近的咖啡廳。本條沒有反抗，被帶進店裡，但兩個看來是粉領族的女生，拖行看似自由業者的瘦長青年的模樣相當引人側目。當時正值下班尖鋒時段，他們一路上引來不少默默好奇發生什麼事了的眼神。雪乃和多惠美不以為意，因為她們受到「不想再繼續被糾纏，浪費計程車錢」的強烈意志所驅動。

進入咖啡廳，三人點了冰咖啡。本條居然厚臉皮地想點比冰咖啡貴上三百圓的冷凍藍莓優格奶昔，被雪乃駁回了。多惠美證實：「前輩駁回的態度，完全就是冷凍的感覺。」

冰咖啡上桌，雪乃再次觀察坐在斜對面的本條。

本條雖然看起來有點神經質，但很安分，不管在好或壞的意義上，都像個循規蹈矩的人。說他毆打多惠美，還死皮賴臉地糾纏不休，應該很少人會立刻相信。然而真的很遺憾，他就是會以宛如「心血來潮，所以就冒出來跟蹤一下」的不規則頻率，埋伏等待下班回家的多惠美。既然要出沒，怎麼不拿出每天風雨無阻的毅力來？雪乃出於憤慨，幾乎想要提出這樣粗暴的詰問。

被雪乃宛如在檢查標本般的冰冷目光注視，本條看似如坐針氈。他把吸管插進杯子裡，無所事事地玩弄著空掉的吸管包裝。片刻後，本條把細長的紙套搓成戒指般的環狀，「嗯」一聲遞向雪乃旁邊的多惠美說：

「我們結婚吧。」

「咦！」多惠美出聲。比起驚訝或嫌惡，那聲音中帶有更多歡喜和陶醉。雪乃從旁一把搶過本條遞出的戒指。

「白癡！」她怒斥多惠美和本條：「把垃圾拿去丟掉！」

她用指尖把紙環搓成一團，扔進菸灰缸裡。因為扔得太大力，紙環的殘骸反彈到桌上。雪乃離席去結帳台旁拿來紙火柴棒，捏起揉掉的紙環點火，這次謹慎地丟進菸灰缸裡。

廉價的陶器菸灰缸裡，吸管紙套扭動著身軀，一眨眼就化成黑灰了。

牧田家的餐廳裡，佐知聽得如癡如醉。雪乃的憤怒表現多麼絲絲入扣啊！佐知心生膽怯，悄悄地觀察雪乃。多惠美一臉溫順地補充作證說：「當時的前輩，感覺也是整個人冷凍了。」雪乃毫不在乎地將味噌鯖魚丼扒進嘴裡。

用不著說，在現場目睹雪乃盛怒的多惠美所感受到的戰慄是佐知望塵莫及的。不妙，多惠美心想，在咖啡廳座椅上端正坐姿，反省了一下不小心心花怒放的自己。每次被逼急了，本條就會說出「我們結婚吧！」，進而從多惠美那裡弄到錢，這是他的慣用技倆。雖是已經分手的男人，但兩人從念書時就認識，脾氣習性瞭若指掌，也仍有依戀，因此多惠美差點又要沒學乖地上當了。

拿吸管紙套求婚，這真的太扯了吧？多惠美告誡自己，注視著菸灰缸裡一吹就散的殘骸，在心中複誦道：「這是垃圾，可燃垃圾。」漸漸地，她開始覺得「阿宗是可燃垃圾，被阿宗吸血的我也是可燃垃圾」而傷心起來。看來暗示的威力有點過強了。

至於本條，則呆呆地看著化成灰燼的紙戒指。「這傢伙有毛病嗎？」雪乃煩躁起來，但同時多惠美卻在擔心：「阿宗是不是餓了？」這女人果然還是沒救了。

「你的行為是不折不扣的跟蹤狂。」雪乃雙臂交抱，威攝力十足地說。「我們手上有紀錄，下次你敢再這麼做，我們就要報警了。」

本條困窘的眼睛朝上看向雪乃問：

「呃，妳是小美的姊姊嗎？」

「我是她同事！」雪乃氣到聲音都走調了。「你不是看過好幾次我跟多惠一起從公司走出來嗎！」

令人印象薄弱的長相竟害得她連這種時候都要被臭小白臉問這種智障問題。本條歪著頭，納悶道：「有嗎？」雪乃火大到腦門都要像火車頭一樣噴出煙來，多惠美出聲安撫：「前輩別生氣。」

「阿宗，你沒錢了嗎？」

「嗯。」

多惠美反射性地就要從皮包裡掏出錢包，但握緊了拳頭忍住。

如果本條肯說一句「我是來見妳的」，那會多麼令人開心啊！即使知道是花言巧語，即使雪乃會變身暴走火車頭，多惠美一定也會遞出鈔票。

可是，本條的目的永遠只有一個：錢。在本條眼中，多惠美的臉就像萬圓鈔票上的福澤諭吉吧，或許他心裡覺得「就算是千圓鈔票上的野口英世也好」。毫無愛情，卻跟福澤諭吉、野口英世和樋口一葉睡覺的男人，真是爛透了。多惠美早就知道他爛透了，但知道和承認是兩回事。就因為不願嘗到承認事實的痛苦，多惠美等待時間來為她洗刷一切，祈禱時間可以連同自己依稀明白的事實，在不知不覺間將一切沖刷到不知何處。

可是，看來等待也到了極限。如果多惠美只有一個人，她可以永遠等下去，但現在狀況不同了。這樣下去，有可能危害到住在牧田家的鶴代、佐知和雪乃。事實上，她已經為雪乃造成莫大的麻煩了。

對多惠美來說，同住的三人與她的關係極為薄弱。她們不是家人、情人，也不是朋友。公司前輩、刺繡老師、老師的母親，明白地說，這些人在一般世人眼中，僅會以「相識」一詞來一概而論。

當雪乃提議同住時，多惠美不假思索地答應了。當時她不知道該如何處理變成跟蹤狂的本條，對於一個人工作生活也感到不安，而且之前一直為本條負擔生活費，存款少得可憐。對這樣的多惠美來說，牧田家就像個吸引力十足的避難所。她覺得反正關係這麼淡薄，如果覺得麻煩了，再隨便找個理由搬出去就行。

然而在共同生活了約一年半的時間裡，牧田家不再是單純的「棲身之處」。只要說「我回來了」，就會有人回應「妳回來了」，也有會囉唆關心或無法理解的人。這樣的空間，是不是就叫做「家」？

對多惠美來說，佐知、雪乃和鶴代依然不是家人、情人或朋友，但如果硬要安上某個詞彙，或許她們變成了「自己人」。超過一年以上的時間，她們寢食與共，幾乎吃一樣的東西、呼吸一樣的空氣。換句話說，應該連身體的組成都逐漸相似起來，多惠美覺得她們四個人，就像是在蠻荒之地裡遵循著特殊生活習慣的部族。

自己人、部族同胞可能遭遇危機，她無法坐視不管。埋葬早已掉光鍍金的戀情、擊退對鈔票發情的戀態，才是個有出息的女人。

多惠美立下覺悟，對本條說：

「總之你這樣讓我很困擾。」

說出口的聲音，比多惠美預期的更軟弱。因為都到了這個地步，她仍不願承認痛苦現實的情感仍頑強地賴在心中一隅。

本條發揮了他見縫就鑽、趁虛而入的能力。這應該幾乎是無意識的，但他可以敏銳地捕捉到施力點。這時他似乎也嗅出多惠美聲音中的軟弱。他幾乎要握住坐在對面的多惠美的手，說：

「我會去工作。我已經決定洗心革面了，不會再給妳添麻煩的，我們重新來過吧！」

語氣熱烈，眼中散發出十足誠懇的光芒。歡喜和感動湧上多惠美心頭，差一點就要抱住本條大喊：「阿宗，我太開心了！」但一旁的雪乃給了她一記肘擊，讓她勉強恢復了冷靜。

不行不行。看起來煞有介事，這是阿宗的老技倆了。懷著這樣的心態再次觀察，本條口吻中的熱忱、一往情深地注視著多惠美的眼神，也像是本條陶醉在「願意為了女人脫胎換骨的自己」的證據。

不可以上當。這傢伙是個大騙子，只要能寄生在我身上，他連自己都可以騙。說出「我要洗心革面」的當下，他都是真心要身體力行、真心要洗心革面的。這傢伙實在太幼稚了。阿宗究竟要逃避自己的本性到什麼時候？

多惠美喜歡本條的天真和軟弱，但她的理性也明白，只要被男人的這種部分所吸引，永遠都不會有幸福的一天。同時她也明白，要是在這時和本條破鏡重圓，已經在一旁殺氣騰騰的雪乃不曉得會氣瘋到什麼地步。

多惠美克制想哭的衝動，說：

「咖啡錢我來付，你不要再糾纏我了。」

她抓起帳單說「再見」，起身去結帳。所謂斷腸之痛，就是這種狀況。終於做出決定性分手宣言的興奮、失落、悲傷及空虛，甚至讓多惠美的肚子真的有點痛了起來。

雪乃回頭看多惠美的背影。走向收銀台的多惠美，腳步毅然堅決。至於本條，他應該是把多惠美想得太簡單了，似乎完全沒有料到自己會被拒絕，一副茫然若失的模樣，也沒有追上去，只是呆坐在原地。雪乃把臉轉回正面，好好地欣賞了本條那副失魂落魄一番，開口道：

「說得那麼狠，對不起。」

聽到雪乃溫柔的聲音，本條驚愕地抬頭，眼神充滿期待。

雪乃對他微笑說：「我聽得出來，你的話是真心的。多惠美也是，冷靜下來之後，一定也會改變心意。等到對的時機再去找她，應該就可以順利復合了吧。」

「真的嗎？」

「真的。等到時機成熟，我會通知你。」

雪乃把桌上的餐巾紙和從皮包裡取出的原子筆遞過去，本條乖乖地寫下住址、手機和電子信箱。

「這是我朋友家，聯絡的時候，請盡量打我手機或傳email。」

「好，謝謝。」

雪乃起身，和結完帳的多惠美一起離開店裡。

回程的電車上，雪乃說：

「那個男的真的有夠蠢。我拿到他現在的住址了，把他之前跟蹤騷擾的紀錄一起交給警察吧。」

正在感傷地回味離別場面的多惠美驚呼：「咦！」引來周圍乘客的側目，急忙摀住嘴巴。

「妳怎麼拿到的？」

溫柔地安慰了他幾句而已。」

「前輩太壞了！」多惠美忍不住拉大嗓門，再次摀住嘴巴，咕噥地接著說：「用不著報警吧……阿宗應該也明白這次是真的分手了。」

「他已經充分證明他這個人到底有多學不乖吧。那種人如果不好好地給他致命一擊，永遠沒完沒了。」

「阿宗太可憐了……」

「妳也實在學不到教訓。都到了這種地步，妳要鐵下心來！」

雪乃和多惠美在阿佐谷的上一站高圓寺下了車，再三確認沒有被跟蹤，才搭計程車回到牧田家。

「都是阿宗，害我們又浪費錢了。」

多惠美以這句話結束了報告。

「明天上班前我們會先去警局報案，以後小白臉應該就不敢再出現了。」雪乃保證說：「他看起來很弱，對付那種人，只要擺出強勢一點的態度，他就會夾著尾巴跑掉。」

真的嗎？佐知有點不安，但鶴代以晴空萬里的表情點頭說：

「是啊，這下就可以放心了。」

這是打哪來的信心啊？佐知感到一陣厭煩，想到那是來自長年應付佐知父親等家族中的軟爛男而來的經驗談就更感到煩膩，連反駁的力氣都沒了。

「多惠和雪乃都辛苦了，今晚早點洗澡休息吧。」

在鶴代的催促下，雪乃和多惠美應聲：「好！」將用過的餐具端去水槽，開朗到近乎無憂無慮。見兩人這樣，佐知也說服自己說：「唔，不管怎麼樣，她們兩個沒事就好。」難得雪乃和多惠美與本條正面對決，自己卻沒在場，總覺得損失了什麼。

雨季持續著。

但氣溫還是慢慢變暖，鶴代的家庭菜園工程也逐漸正式起來。鶴代的說法是，蔬菜剛開始生長時最為關鍵，相較之下，收成等同兒戲。

佐知被派去除草，但雜草的生長力驚人，儘管年年皆是如此，但總讓她感覺像在賽之河原堆石頭[17]的空虛感。因為即使以為大部分的雜草都清除了，隔天早上往庭院一看，飽含水分與養分的泥土地又冒出綠色新芽。相對地，精心栽種的菜苗，成長速度卻有如烏龜爬行般緩慢。這讓她體悟到「如雜草般的生命力」和「溫室成長」等形容不單純是比喻，真是有所本的。

話說回來，是不是太早施肥了？佐知如此懷疑。感覺特地施下的養分，全都給雜草吸收光了。她覺得等菜苗長到一個程度，根也扎牢了，再精準施肥效果比較好。

然而鶴代在哪些是雜草、哪些是菜苗都還分不清楚的階段，就整片菜園到處施肥。也許是小時候經歷過戰後糧荒時期，鶴代根深蒂固地相信「小孩子就是要餵到吐才行」。看到茁壯成長的雜草，佐知聯想到自己嬰兒時期的照片，手腳圓滾，臉胖得像包子，手腕和腳踝就像套了橡皮筋那樣肉都陷進去，一定是被鶴代餵了太多牛奶的關係。

基於鶴代這般營養過剩的方針，山田也被找來連日在雨中打理菜園，搬運

17 冥河三途川旁即是賽之河原，民間信仰中，比父母早逝的孩子在此受苦，堆積石塔為父母祈禱，但這些石塔會在完成之前就被鬼破壞，使他們必須不斷地重新堆積，故引申有徒勞之意。

肥料袋、重新立好被風吹歪的柵欄，被迫從事相當辛苦的重活。結果山田感冒病倒了，實在可憐。

「他也上了年紀呢。」鶴代選擇性地無視自己的年紀感慨道。

追究起來，都是鶴代一頭栽進家庭菜園這種麻煩的興趣，才會拖累山田感冒，怎麼能說得一副事不關己的樣子？佐知滿肚子火，前往守衛小屋照顧山田。

佐知小時候進去過守衛小屋幾次，都是被鶴代吩咐去分送別人給的玉蜀黍，或是找山田一起去庭院玩耍。但即使是這些時候，只要在守衛小屋的玄關就可以達成目的，而且年長之後，她更是不太靠近小屋了。因為到了青春期，佐知就被「萬一山田是我親爸爸怎麼辦？」的疑念纏身。

這個疑念不到幾年就變成「想太多」，在佐知心中大大地傾向於否定，但接著又轉為對宛如守門人般監視著自己一舉一動的山田感到厭煩。她覺得連親戚都不是，卻一直住在同一塊土地上的山田很討厭，因而冷漠相向，漸漸地再也不像小時候那樣與他往來了。佐知內心一直覺得應該要對山田好一點，卻找不到修補關係的機會，直到今天。山田即使被佐知冷漠相待，似乎也不以為意。沒有人拜託，他就自任牧田家女人的守衛；沒有人找他，他也會在庭院裡走來走去，或是闖進主屋，查看有無異狀。

換句話說，不勞佐知特地拜訪守衛小屋，山田也會自行在視野範圍內出現。因此佐知一直不知道守衛小屋裡面究竟是什麼模樣。

歲月不饒人，即便是強健的山田也不得不服老，感冒病倒了。這個消息當然是山田自己捎來的。他從守衛小屋打電話來說：

「抱歉，我身體實在不舒服，今天沒辦法幫忙種菜了。真是慚愧。」

山田以奄奄一息的聲音通知鶴代。

「咦，這樣啊，多保重。」

鶴代隨口打發，絲毫沒感到是自己逼迫山田做苦工造成的。接下來過了兩天，山田還是沒有出現在院子，但鶴代毫不在乎。佐知忍不住擔心起來，端著自己煮的燉金目鯛，前往守衛小屋。

明明應該是媽要去的才對——佐知在內心嘀咕，但也因為或許可以一窺守衛小屋內部廬山真面目，好奇心有點受到刺激。她一手拿著裝燉魚的保鮮盒，也沒撐傘，跑過細雨中的庭院。

她站在守衛小屋前，輕敲玄關的格子門。無人應答。山田該不會發高燒一命嗚呼了吧？佐知不安起來，抓住格子門。卡卡的拉門就像高齡長者的關節一般，發出刺耳的吱嘎聲打開來。

大白天的，玄關裡卻一片陰暗，有股仁丹和乾草混合般的氣味。這就是山田先生家的氣味嗎？佐知抽動鼻子。味道並不噁心。沒有腐臭味。看來山田尚未駕鶴歸西。

脫鞋處簡單樸素，就是一塊混凝土地，積著一層薄薄的灰塵。黑色橡膠長靴、黑色拖鞋、疑似外出穿的老舊黑皮鞋，三雙鞋整齊地並排在脫鞋處的角落。砂壁一角凹了一塊，設置固定式的裝飾架，上頭放著簡易印章和南部鐵器風格的小花瓶，花瓶裡插了一枝薺菜，上頭開著小花，應該是庭院採來的。因為山田病倒，薺菜也枯萎了，但看得出他平日就有在玄關裝飾野花的習慣。雖然是個粗人，卻一絲不苟，真的很像山田。

「有人在嗎？」佐知呼喚。

沒人回應，她脫鞋踩上狹窄的走廊。玄關正面有門，佐知以為是起居室，打開一看，卻是廁所。玄關正對廁所，這是哪門子的格局啊？佐知訝異著，走向通往左邊的走廊深處。

走廊右側，廁所那一排依序是廚房、洗手間、浴室。左側面對庭院，似乎有兩個房間。佐知先打開靠玄關的紙門，裡頭似乎是起居室，六張榻榻米大的空間正中央擺了張矮桌，其餘就只有一台小電視。如此極致的冷清，讓單身老人山田的悲哀充塞了佐知的心，一想到這就是自己將來的景況，她不禁顫抖起來。仔細一看，矮桌上堆著幾片租來的ＤＶＤ，全是高倉健主演的電影。山田想要成為高倉健的夢想還在嗎？感覺悲哀更深沉地沁入骨髓，佐知靜靜地關上了紙門。

做了幾下深呼吸，鎮定心緒，佐知這次打開起居室隔壁的紙門，裡頭一樣是六張榻榻米大的和室，鋪著單薄的被褥。山田把被子掖到下巴處，仰躺睡著。那直挺挺的睡姿，就彷彿以立正不動的姿勢直接往後倒下一般。隨著均勻的呼吸，蓋著被子的胸口處微微上下起伏。總之人確定還活著。佐知站在門口，有禮地打量房間裡頭。

東西很少。門框上的橫木打了釘子，掛著幾件工作服與有領的白襯衫及黑長褲。砂壁上貼著以前演出香菸廣告的高倉健的海報，不僅被曬到褪色，而且因為壁面是砂壁，海報不容易固定，四角釘著圖釘，還補上好幾條膠帶固定，令人感到鼻酸，怎麼不買個大海報框裱起來呢？佐知心想。

佐知進入室內，想要細看山田的狀況。一進門就踢到按鍵式的米白色電話機。她急忙把被踢到遠處的話筒放回榻榻米上的電話主機。

可能是被聲音吵醒，山田轉頭望向佐知。

「小姐……」

氣若游絲地喚了一聲後，山田默默眨了眨眼。總覺得狀似寂寥的山田很可憐，佐知在他枕邊跪坐下來。

「你還好嗎？山田伯伯。」

聽到這話，山田好像發現不是在作夢。

「小姐特地來看我嗎？真是不好意思。」山田像蟲子一樣掙扎著起身，「燒已經退得差不多了。」

山田掀開的被子微微散發出悶住的熱氣與汗水混合而成的酸甜氣味。佐知把裝了燉魚的保鮮盒放到榻榻米上。

「這個請你配飯。家裡有白飯嗎？你有吃藥嗎？」

「白飯昨晚煮了一鍋。藥還有之前買的。」

佐知想要照顧山田，山田卻堅決推辭。他坐在被褥上，像平常一樣抬頭挺胸，只是不停地說：「讓小姐見笑了。」自己待得愈久，反而會讓山田愈拘謹、一直正襟危坐下去吧，感覺會對他的病體帶來不好的影響。佐知終於死心，起身說：「如果有什麼狀況再打電話來家裡。你多保重。」

山田似乎鬆了一口氣：

「謝謝小姐。抱歉，我先躺下了。」

他再次躺了下來，目送佐知離開房間。

那個山田伯伯居然無法維持端坐到最後一刻，看來他的狀況真的很糟。佐知再次深刻感受到山田老了。如果山田走了，牧田家的庭院會變得多麼暮氣沉沉啊！

佐知想像著即將逼近的未來，長吁短嘆，在走廊拖拖拉拉。這時紙門內傳來山田的呼叫聲：

「小姐，小姐！」

難道是病情急轉直下？佐知緊張地拉開紙門，發現山田再次以抬頭挺胸的姿態跪坐著，行禮說：

「真是不好意思，可以麻煩小姐幫我把隔壁房間的ＤＶＤ拿去TSUTAYA還嗎？我一時疏忽，忘了租期只到今天。我是靠年金過日子的，逾期罰款實在太貴了……」

「好，我會拿去還。」

一點小感冒似乎完全不影響山田的腦袋和身體。踏進臥室的佐知半是鬆了一口氣，半是放心地答應山田的要求。

「山田伯伯，總之你躺下來休息吧。」

她彎身輕推山田的肩膀，催促他躺下。山田狀似欣慰地把被子拉到下巴處。

「小姐路上千萬小心。」山田說：「要是我身體狀況可以，絕不會貿然提出這種要求，讓佐知小姐曝露在危險中。」

「你太誇張了啦。現在是大白天，而且只是去車站附近的TSUTAYA，有什麼好危險的？」

「實不相瞞……」山田一臉嚴肅地壓低了聲音說：「昨晚我在等白飯煮好的時候，看向庭院，發現一名年輕男子在大門外徘徊。」

難不成是小白臉本條？警察應該去警告他不許糾纏了，難道這反而激怒了他，他查出多惠美的住處而找上門來了？佐知一陣緊張和恐懼，整個人僵住，但仍刻意開朗地說：

「會不會是發燒讓你看到幻覺了？」

「當時我確實是有些神智朦朧。」

「而且那時是晚上吧？就算門外有燈，應該也很難看清楚大門外是不是有人影吧？」

「是這樣沒錯……」山田放緩了語氣，「可是小姐，為了慎重起見，去的路上還請千萬小心背後是否有人尾隨。」

當我是殺手嗎？然後又派我去做這種小孩子跑腿的工作，未免也太那個了吧。佐知點頭應著「好好好」，這次真的離開了守衛小屋。她手上拿著ＤＶＤ，返回主屋的路上，順便回頭看了看大門。

馬路上沒有人影，牧田家周圍一如往常地寂靜。

臨別之際，山田說：

「若小姐遭遇危險，請隨時召喚山田。」

「但你不是躺在床上嗎？」

「不管是躺在床上還是棺材裡，只要小姐遇上危機，山田都會火速趕去解救。」

這難辨是認真還是玩笑的話，讓佐知噗嗤一聲笑出來。山田仍然一臉正經，跪坐在床上仰望著佐知。從小就擔心佐知，陪伴她玩耍，低調地照看、疼愛著她的這個男人；儘管年老力衰，仍說會前去搭救她的男人。明明別說是家人了，連親戚都不是，只是住在同一塊土地上的關係而已。

山田的心意讓佐知覺得很開心，感動到了極點，反而毛骨悚然起來，只是默默點了點頭。雖然我沒有父親，但有山田伯伯陪著我，就該知足了，她心想。

所謂的父親，一定就是這種感覺吧。令人厭煩，討厭，散發體臭，做著隨時趕去解救女兒的覺悟。雖然實際上到了關鍵時刻總是傻傻地狀況外，完全不可能立刻趕來。但是包括這樣的地方在內，像山田這種人，一定就是所謂的父親。

佐知懷著說不上來的滿足感，走到車站附近去歸還ＤＶＤ。在山田的忠告下，她也沒忘了從傘下留意身後。沒有人跟上來。

辦完山田交代的事，去附近超市買食材的佐知，順道去了一下派出所。她告訴警察同居室友遭到跟蹤狂騷擾的事，以及另一名同居室友聲稱看到有男人在大門外徘徊。

警察一定感到奇怪：「你們家到底有多少室友？」但還是親切地保證：「我們會強化府上附近的夜間巡邏。」佐知放下心來，道了謝，踏上歸途。她從傘下三百六十度滴水不漏地監看四方，依然沒有人跟來。她正沉浸在殺手心境中，因此總有些失望。

晚飯的時候，佐知對鶴代、雪乃和多惠美進行今天的各種報告。山田的病情、山田的目擊證詞，以及警方願意派人巡邏的事。

三人的反應大致上是：

「山田很快就會好起來了，不用管他沒關係吧。山田的目擊證詞很有可能是發高燒看到幻覺，不必太放在心上吧。不過警方願意派人來巡邏的話，那是最好了吧。」

雖然全是「吧」，反應平平，但這是有原因的。

自從警方提出警告後，本條就沒有再在公司前面埋伏了。多惠美的說法是，被多惠美斬斷情緣，又發現雪乃根本沒有要幫他的意思，本條一定重新做人了。雪乃更為辛辣，說：「他知道要是再糾纏下去就要坐牢了，正在拚命尋找下一個寄生宿主吧。」

因此山田的目擊證詞才會被當成幻覺，只能得到大家平淡的回應。還有另一個原因：「現在不是成天擔心跟蹤狂的時候！」

「不能再糊里糊塗下去了，梅雨季就快過去了。」多惠美熱烈地說：「夏天就要到了！」

「真想吃剉冰。」鶴代的視線陶醉地在半空中飄移，「在抹茶剉冰上淋一大坨紅豆餡，再放上杏子……」

「剉冰也不錯，可是夏天就是要去海邊！」

「與其曬黑，我寧願去死。」

雪乃做出恐怖宣言，多惠美儼然獨裁者，對她揮舞拳頭，滔滔不絕地講述大海的魅力：

「反正人一定很多，海邊只剩下可以沾沾水的隙縫，妳待在陽傘底下就好了。最近海邊的攤販很厲害，不光是賣炒麵或拉麵，還吃得到串烤羊肉、越南料理和法國菜！而且布置得也很漂亮。欸，我們一起去海邊嘛！」

換句話說，因為心中充滿了對即將到來的夏季的期待，大大沖淡了她們對真實存在的可疑人物的反應。

佐知討厭燠熱，多惠美對夏季媲美俄國人的期待，讓她覺得年輕耀眼極了。但不可否認，她也忍不住跟著振奮起來。

結果除了像原本那樣勤於檢查門窗之外，牧田家的住民們也沒有其他針對可疑人物特別的措施，只做出夏天一到就要立刻去海邊玩的結論。「好想優雅地入住海濱飯店喔！」「戴著寬簷白帽子……」「我沒有那種帽子耶。」「咦，我有喔，要借妳嗎？」「媽的帽子是下田用的寬簷遮陽帽吧？」眾人如此聊著天，各自在心中幻想對大海的期待與夢想。

隔天，佐知時隔許久地去了新宿，去伊勢丹百貨買泳裝。她翻了一下自己房間的衣櫃，一套泳裝都沒有。她想起這麼說來，上次去海邊已經是十五年前的事了。當時的泳衣應該已經丟了，就算還在，二十出頭的時候穿的泳裝，都快四十歲的現在也不可能適合。

因此，佐知想到要買套適合年齡的泳裝，但其實她連電車都好久沒搭了，抵達伊勢丹的時候，人都已經要累垮了。現在是平日白天，電車雖然沒有空位，但也不到擁擠的程度，而且從新宿車站到伊勢丹的地下通道人潮也不多。儘管如此，對於平日幾乎都關在家裡的佐知來說，外界的活力似乎還是太過刺激。每天早上搭著擠滿了人的電車上班，一整天與人打交道的雪乃和多惠美實在太厲害了。佐知心想，對軟弱的自己感到羞恥。

泳裝賣場為佐知帶來更進一步的衝擊。特賣會場在高樓層，宛如五彩繽紛的叢林，吊掛著無數件泳裝。佐知快步繞了會場一周，直接快步走出屋頂，癱坐在長椅上。

我做不到。那裡面不可能有適合我的泳裝。我要穿蝴蝶圖案的比基尼？用這種身材？就算挑選樸素的連身泳裝，也只會被人以為是在扮海獅。

首先，我根本沒辦法要求試穿。進入更衣間換上泳衣，回應店員「客人，穿起來怎麼樣？」的招呼現身，垂軟的贅肉大幅擠出比基尼外，或是宛如海獅的臃腫姿態。簡直是惡夢。這對佐知而言固然是惡夢，但目睹佐知泳裝模樣的店員，今晚一定也會作惡夢。

為了避免陷入這種狀況，佐知在長椅上平緩呼吸，就這樣從伊勢丹撤退了。自己到底跑來新宿做什麼？虧她特地換上T恤牛仔褲，而不是穿運動服，雖然難過，但也莫可奈何。佐知再次乘上電車，在阿佐谷站附近的超市買了食材，垂頭喪氣地走過距牧田家約二十分鐘的路程。

奮勇地向新宿出發時下著的小雨，現在也暫時停歇了，但頭頂沉沉地籠罩著灰色烏雲。佐知就像個鬧脾氣的小學生，拖著收起來的雨傘往前走，偶爾停下腳步，把手上的超市購物袋和雨傘換手拿。

從後門走進自家土地，首先往守衛小屋走去。敲敲玄關拉門，還是一樣沒有回應。佐知自己進入守衛小屋，打開臥室的紙門。

山田仰躺在被窩裡，兩眼張著，反而把佐知嚇了一大跳：難道已經斷氣了？不過下一秒山田便慢慢地把頭轉向佐知，問：

「小姐出門嗎？」聲音比昨天更有力。

佐知放下心來，應說：

「嗯，這個給你吃。」

她在榻榻米跪坐下來，從超市購物袋裡取出紅豆糯米飯便當。

「啊，謝謝小姐。」山田就像前些日子那樣，像蟲子般蠕動著要起身，佐知把便當擱到枕邊說：「躺著躺著，別起來。」總覺得好像是在上供品。

「你身體還好嗎？」

「燒退了，但關節還在痛。年紀大了。」

山田好像有些氣餒，但氣色不錯，明天應該就會痊癒了。佐知如此判斷，說：「你多保重。家裡的事不用擔心，好好休息吧。」然後就回去主屋了。

牧田家的餐廳裡，鶴代正在看電視。

「咦，妳跑去哪裡了？」

幹嘛每個人都監控我的行動？佐知感到被拘束，當然也不想說出自己去買泳裝卻鎩羽而歸的事，再次含糊其詞道：

「就出去一下。」

到了傍晚，再次下起雨來，愈晚風雨愈強，幾乎呈現暴風雨的狀態。

但牧田家四個女人討論之後，決定不把窗外的百葉關起來。雨剛好撲打在面向庭院的客廳和餐廳的落地窗上。

「照這樣下去，明天早上玻璃窗應該就會清潔溜溜了。」

晚飯桌上鶴代這麼說。

「就像洗車機呢。」

從公司回來的多惠美也點頭同意鶴代的發言。利用風雨清洗玻璃窗污垢的作戰，就在心照不宣中通過了。佐知也非常討厭擦窗戶，因此沒有對鶴代提出的懶人作戰唱反調。

「今天我上下班的時候留意了一下，」雪乃說：「沒看到本條。山田伯伯看到的可疑人物，應該是看錯了吧。」

「搞不好是剛好路過的人。」佐知也同意道：「看到我們家像原始叢林的院子，任誰都會想要從大門一探究竟嘛。」

四人一如往常，洗澡的洗澡，看電視的看電視，打發晚飯後的時光，然後各自回房去了。

佐知在房裡繼續刺繡，卻被風聲吵得無法專心，跑去雪乃房間串門子。雪乃正在地上做伸展操。

「現在方便嗎？」

「請進。」

佐知在雪乃面前盤腿坐下，懷著感嘆看著她如折紙般彎曲折疊的身體。

「今天我去了伊勢丹。」

「是喔？」

「可是沒買就回來了。」

「買什麼？」

雪乃停住伸展操，撐起上身。佐知猶豫了一下，硬著頭皮小聲坦白道：

「一一一有有有泳……」

「買油？」

「不是啦！」

「我知道啦，抱歉。」雪乃笑了，「為什麼沒買？」

「因為，妳想嘛，要挑什麼泳裝才好？四捨五入都四十歲了，還能穿泳裝嗎？又不是要陪小朋友去海邊。」

「妳冷靜點。為什麼不可以穿？」

「可是，身上的肥肉……」

「肥肉這種東西，擠出來鏟除就好了啊！」雪乃近乎殘酷地斷言道。

是啦，雪乃整天忙著做伸展操和瑜伽，維持著苗條又凹凸有致的身材，當然不必煩惱——佐知嘔氣地想著。

「從今天開始，妳也來鍛練吧！我來幫妳。」

雪乃話剛說完，便朝佐知逼近過來。

「只要做兩個星期的伸展操，就能看到成果了。」

「不，我身體很硬……」

佐知將屁股往後挪，雪乃不理會，繞到她身後。

「來，腳伸直。」她冷酷地命令，用力推壓佐知的背部。「哇，真的好硬。」

「嘎！要死了！要死了！」

被雪乃扭轉身體，拉扯手臂，佐知飽嘗骨折筋斷般的痛苦。對佐知來說形同拷問的伸展操，一直持續到隔壁傳來多惠美半睡半醒的抗議聲：

「喂，妳們兩個很吵欸！」

佐知拖著吱咯怪叫的髖關節，連滾帶爬地逃出雪乃的房間。真是慘到家了。雪乃對著逃亡的佐知背後冷酷地宣告：「明天再來喔！」但她敬謝不敏。與其全身骨折，佐知情願穿著全套運動服下海。

大腿肌肉火熱發燙，膝蓋內側發麻刺痛，佐知已經沒心思刺繡了，關掉房裡的燈，以骸骨般僵硬的動作爬上床。她把被子拉到胸口，仰望陰暗的天花板，在雨聲的引誘下，睡魔降臨在眼皮上。

然而罕見的是，佐知在半夜醒來了。是想去廁所嗎？她確認自身的尿意，膀胱卻安分守己，沒有主張自我的存在。相反地，外頭暴風雨肆虐，外加電閃雷嗚，吵鬧到不行。

原來如此，我是被雷雨聲吵醒的，佐知恍然。片刻之間，她聆聽著敲打窗戶的雨聲，以及庭院樹木在風中撓彎的聲音。室內不時被照得一片亮白，半晌之後，才爆出驚天動地的雷鳴聲。但牧田家中一片悄然。在這樣的噪音中，其他住民似乎不為所動，仍沉浸在夢鄉之中。

佐知突然不安起來。

這種暴風雨的日子，警察也會來巡邏嗎？客廳的落地窗有鎖上嗎？

猶豫了一分鐘，佐知爬起來，腳踩到地上，打開房門，躡手躡腳地走下樓梯。空氣又濕又暖。是宣告梅雨結束的雷聲吧。她預感夏季會隨著天光一同造訪。

一樓和室傳出鶴代完全不遜於雷聲的巨大鼾聲。佐知穿過玄關，打開客廳門。幾乎同時，室內被閃電照亮。

佐知看到了。與客廳相通的餐廳裡有個人影。不是同居室友，而是一身黑衣的男人。男人背對佐知蹲著，正在翻找牆邊的固定式收納架上的物品。

難道這就是跟蹤狂小白臉？還是小偷？

佐知反射性地短促尖叫了一聲，幸好被剛巧響徹四下的雷聲給蓋過去。佐知雙手摀住嘴巴，免得再次叫出聲來，後退了幾步。心臟怦怦跳到幾乎發痛。必須叫醒媽才行，不，應該先打電話，打電話報警。

佐知陷入恐慌，竟一時想不起來家裡的電話在哪裡。呃，對了，在玄關！可是在那種地方講電話，會被侵入者發現。是不是要回房間打手機比較好？可是把睡著的媽跟侵入者放在一樓好嗎？

混亂到了極點，卻又急著非立刻行動不可，佐知無法控制身體，手撞到客廳開著的門板。可能是聽到了聲響，侵入者停下動作，回頭看向佐知。

這次佐知沒有尖叫。因為起身的男人衝了過來。佐知被男人抓住手腕，拖進了客廳。

「不許出聲！」男子以模糊的聲音警告。

又一道閃電，接著是雷聲。男子戴著黑色棒球帽，帽簷拉得很低，但看得到底下的臉。很年輕，大概二十五歲左右。佐知不知道對方是不是本條，因為她不知道本條的長相。男子身上的薄夾克被雨淋濕，宛如橡皮般濕亮地反著光。

佐知瑟縮起來，目光四下游移，沒看到任何可以解救危機的物品。她只發現餐廳的落地窗破了，雨水打了進來，以及自己的脖子被像是匕首或菜刀的利刃抵著。

以前，佐知曾希望能發生什麼十足勁爆的事，但她現在打從心底後悔莫及。我才不要這樣的勁爆，平靜的日子果然才是最好的。然而事到如今再來想這些都太遲了。

男子把忍不住發抖的佐知拽到客廳中央，剛好就在放著河童木乃伊的玻璃櫃正面。他一手困住佐知的腰，限制她的動作。

「妳只要乖乖的，我就不會傷害妳。」男子低聲說：「錢在哪裡？銀行提款卡呢？」

騙人，佐知心想。男子的力氣愈來愈大。就算乖乖聽話，一樣會被殺。因為我看到對方的臉了。眼淚鼻水齊噴。不只是被殺，搞不好還會被強暴，然後再遭到拷問，逼問出提款卡密碼。我被殺死之後，媽會變得身無分文，流落街頭。

不要，我絕不接受！

忽地，山田的身影浮現腦海。說著只要佐知遭遇危機就會立刻趕來的山田。自任牧田家守衛的山田。

佐知還是一樣發不出聲音，但是在心裡放聲尖叫：「救命啊，山田伯伯！救命啊！」

然而這時的山田，正在守衛小屋的和室裡享受著充足的睡眠。全身關節的疼痛總算緩和，感覺明天就可以幫忙打理菜園了，他在夢中想著。

佐知對著侵入者拚命點頭，等待山田登場。當然，山田壓根兒就沒有火速趕來。果然——佐知大失所望。那是近乎絕望的失望，讓她全身血液流光，幾乎引發腦貧血。

「快說！」

被拿著刀子的手戳肩膀，佐知這回拚命搖頭。不能把我一針一線刺繡賺來的錢、媽一點一滴存下來的儲蓄，拱手交給這樣的侵入者。橫豎都要被殺，至少錢也要留給媽。

即使刀子離脖子更近了，佐知仍頑固地不肯開口。她在內心決定，要在被殺的前一刻發出驚天動地的尖叫，通知鶴代、雪乃和多惠美有人入侵。如此一來，或許她們可以逃出去，也或許可以嚇退侵入者。

儘管立下悲壯的覺悟，依然無法甩掉恐懼。佐知閉上眼睛，在心中呼喊：「救命！誰來救救我！」透過空氣，可以清楚地感受到侵入者愈來愈不耐煩了。

佐知命懸一線！快逃啊，佐知！

我再也無法忍耐，想要撲向侵入者。然而這就是沒有肉身的悲哀。就算撲上去，手也直接穿過了侵入者的身體。自以為大吼大叫威嚇，卻絲毫無法震動空氣。啊，怎麼會這樣！我只能在一旁乾焦急嗎！只能一如既往，在一旁乾瞪眼嗎！

唐突地冒出來的「我」到底是誰？我想應該有不少人感到疑惑，因此儘管正值緊張萬分的場面，實在惶恐，請容我自我介紹一下。

我是牧田幸夫，婚前及離婚後的姓氏是神田，亦即鶴代的前夫，佐知的父親，烏鴉善福丸口中的「神田老弟」。

說到和鶴代離婚後的我怎麼了，其實我死了。不，我實際離世，是離婚七、八年後的事吧。但離世前的那段歲月，也早已形同死亡。

離開牧田家的我，把蒐集的骨董賤價變賣，回到栃木的老家。但家裡的香菸鋪由哥哥繼承了，沒有我的容身之處。回想起來，生前的我無論身在何處，怎麼說，似乎就是感到不自在，總是嚮往著「這裡以外的某處」。不過也因為這樣，才會被鶴代給休了，哈哈哈。

我很快地又從栃木返回東京，在石神井公園站附近租了公寓，開始一個人寂寞地過日子。至於為何會選擇在石神井公園落腳，因為從這裡拚命踩自行車從環狀八號線南下，就可以抵達牧田家了。我去了一次又一次，去看鶴代和女兒。

當時我靠著朋友的門路，在一家小公司當行政，或是從事可疑的推銷販售，做了很多工作。雖然不適合做苦力，但也做過領日薪的粗工。不過每樣工作都不長久。我還是一樣，不管待在哪裡都不自在，最重要的是，我總是心不在焉，因為我實在太擔心鶴代和女兒了。

對離異的妻子和形同被拋棄的女兒戀戀不捨，連我自己都覺得太娘娘腔，但妻女是沒辦法那麼容易割捨的。每逢假日，我就騎自行車去牧田家。正確地說，不只是假日，有時我甚至會蹺班去探望她們，真的。

我會從大門外偷偷探頭看裡面。大部分都只看到山田在庭院裡工作，不見鶴代和女兒的身影。窗戶被窗簾遮住，看不見室內。但是在極少數的時候，我目擊到鶴代和女兒在庭院裡玩耍。這種時候，我不曉得有多開心！第一次聽見鶴代呼喚年幼的女兒「佐知」時，不誇張，我開心到全身顫抖。

我會躲在門柱後方，偷偷窺看著兩人。當然沒辦法看太久，萬一被附近街坊報警，或是被山田逮到攆出去，那就太丟人了。最多只能待上五分鐘。這短暫的時光，就是當時的我的一切，是讓我有活著的真實感的寶貴一刻。

每回看到佐知，她都又長大了一些，變得愈來愈可愛。她會對著鶴代笑，伸出小巧的手。為何我無法認真工作、疼愛鶴代，最終流於怠惰呢？我應該要待在鶴代身邊，和鶴代一起，以父親的身分盡情地去愛佐知才對。

我一再地後悔，比踩自行車的踏板的次數更多的後悔。但世上有些事情是不可挽回的。

最初抱在鶴代懷裡的佐知，也開始慢慢學步，騎三輪車在整座庭院裡衝來衝去，然後幫忙鶴代和山田在花圃前揮舞花鏟。小女孩真是整天嘰嘰呱呱的呢。佐知以甜美清亮的嗓音，說著早熟的話。一想到那模樣，我現在仍幾乎要潸然淚下。幼小的佐知的一言一行，總是勾起鶴代和山田幸福的笑容。我當然也在門柱後方微笑著。

佐知上小學的那一天，我也記憶猶新。她揹著全新的紅色書包，身穿深藍色洋裝，有點緊張的樣子。鶴代和佐知站在牧田家的玄關前，山田為兩人拍照留影。佐知，恭喜妳！我從門柱後方送上祝福。善福寺川的櫻花正值盛開。

我覺得鶴代已經發現我三不五時會跑來探望的事。但我們當然不曾交談，甚至連眼神也從未交會。不是因為憎恨。我想鶴代也是一樣。我如此相信。我們並不是因為彼此憎恨、嫌惡才會離異，單純就是結束了而已。我們都很清楚這個事實。真正無可挽回的事，往往都是這樣的，不是嗎？

如果不離婚、一直留在牧田家，我就會幸福了嗎？我經常想著這件事，然而答案總是「未必」。說來實在愚昧，我必須離開牧田家，才總算能瞭解到何謂幸福、幸福又在哪裡。

我並不恨鶴代，反而很感謝她。聰明如她，肯定早就明白了。明白待在牧田家的我並不幸福。她提出離婚，是為了讓我幸福、給我思考何謂幸福的機會，絕對不是因為厭惡我了。我這麼相信著——不，只是我想要這麼相信罷了嗎？哈哈哈。再怎麼說，我們都是因為相愛而結合，即便有離婚這個事實，也很難承認自己被討厭了。

女兒正在生死交關，你在那裡悠哉地講什麼古啊？既然是佐知的父親，怎麼不快點拯救女兒？或許會有人如此憤慨，但請不必擔心。

啊，用不著說，我也擔心著正被侵入者拿刀抵住脖子的佐知，絞盡腦汁想要救她，但事實是，陰陽兩界時間的流速不同。早已隸屬於「陰間」的我，這點程度的沉思換算成生者陽界的時間，只有短短的一剎那而已。所以沒問題的。過去我一直隱身幕後，所以想要趁此機會，盡情緬懷一番，沒錯。

回顧到哪裡了？對了，到佐知的小學入學典禮。

此後，我為了避免被誤認為可疑人物，便佯裝成若無其事的路人，開始在佐知的上下學路線出沒。邊走邊和朋友聊天的佐知，明明背影書包比人還要大、卻像個小大人似的說話的佐知，真是太可愛了。

她一年級的運動會，我也去參加了。當時校門口的檢查還沒有現在這麼嚴格，所以我不費工夫便溜進去了。不過我很小心，沒讓鶴代發現。推大球的佐知、拋小球入籃的佐知。我因為手頭拮据，沒有相機，這讓我懊悔極了。取而代之，我把每一刻的佐知的樣貌都烙印在視網膜上了。

中午時分，她們在操場鋪上塑膠墊，打開鶴代準備的便當享用。戴著紅白帽子的佐知大口咬著小飯糰。不知為何，山田也一起作陪。運動會期間，山田就宛如佐知的專屬攝影師。

居然擺出一副父親的嘴臉！我當然嫉妒極了。但我已經不是牧田家的人了。一切都是自作孽，我失去了家人，莫可奈何，只能接受。我不知道鶴代和山田是什麼關係，但我決定這麼想：若山田願意代替我扮演父親的角色，何嘗不是件好事？因為我最多也只能像這樣偶爾躲在暗處偷看，再也無法保護佐知了。

佐知小學二年級的運動會時，我已是現在這種狀態了，也就是已經死了。

由於年深日久，我已記憶模糊，但好像是一九八三年的事吧。我患了嚴重的夏季感冒，體力大衰。但公寓房租又不等人，所以還是要去上工領日薪。當時景氣一飛沖天，到處都在蓋大樓，但我原本就面黃肌瘦，當時又大病初癒，一直沒有被派到條件好的工地，只有疲勞不斷地累積。

結果，真是教人錯愕啊。我死掉了呢。應該是秋季時分，我去公共澡堂洗澡，回程路上還想著：「天氣轉涼了些呢。」冷不防地，回神的時候，人已經死了。我固然吃驚，路人一定也嚇壞了吧，哈哈哈。

有人立刻叫救護車，把我送去醫院，但說是心臟麻痺什麼的，急救無效。幸好褲子裡放著錢包，從裡面的證件得知了我的身分，人在栃木的哥哥好像立刻就趕來了。我害老父老母傷心了吶。不過當時一片混亂，我自己也不是很清楚是什麼狀況。

因為走出澡堂，突然仆倒在路上，下一刻我已經開始高高地飛翔起來了。驚訝聚集的路人、旋轉著紅燈趕來的救護車、醫院建築物那些，全都在我的腳下，但它們愈來愈遠、愈來愈小。抬頭望去，是淡灰色的雲、雲上閃爍的滿天燦星，以及遼闊無垠、無盡漆黑的夜空。

啊，看來我死了——這個念頭一起，「我不要！」的想法也唐突地湧上心頭。我恐慌起來，發出不成聲的吶喊。但我已經只剩下靈魂，無法發出物理性的聲音。

不要，不要，我不能就這樣死掉！我還想看，想知道佐知、鶴代、牧田家往後的生活！就算肉體腐朽，我也想永遠永遠看顧下去！

我卯起來在半空中掙扎。在海裡就算想要下潛，也會因為浮力的作用，身體很難沉下去對吧？就像那種感覺，化成靈魂的我被一股驚人的力量拉向宇宙。我抵抗著那股力量，在空中設法把頭轉向地面，手腳全力划動。如果有人目擊到我那副模樣，應該會想：「有個中年男子在半空中以倒立的姿勢，就像蟹腳的蛙式一樣掙扎著！」不知是幸還是不幸，當時我在相當高的地方，而且當時似乎也沒有仰望天空的靈異大師，所以並未引發「那是什麼鬼東西！」的騷動。

皇天不負苦心人，我慢慢地靠近地面了，看見蜿蜒流過的善福寺川，看見雄偉的櫸樹樹梢。然後，啊！我看見懷念的牧田家了。老洋樓的屋頂，餐廳窗戶亮著燈。佐知已經睡了嗎？鶴代正在記帳嗎？妳們兩個，拜託幫幫我吧！把我、把我的靈魂引導到妳們身邊吧！

然而萬分遺憾的是，我瀕臨極限了。後來相撲橫綱千代富士在引退記者會上，咬牙說出：「我的體力已經到極限了，沒有精神再拚下去了。」引發眾人的深深感慨，當時的我完全就是如此。並非知名橫綱的我這種小人物說這種話實在不識斤兩，但儘管是靈體之身（雖然已經沒有身了），體力卻來到了極限，精神也已經耗盡，心想：「就到此為止了嗎？」要抵抗來自宇宙的引力（？）朝地面前進，就是如此艱鉅的任務。

手腳——若要講求精確，這完全是概念上的手腳，實際上死後的我沒有手腳，也因此在佐知遭遇危機時，只能乾焦急——我的手腳突然重如千斤，連一公釐都無法移動。宛如溺水力盡的人那般，我再次被吸上天空。牧田家的屋頂、大欅樹的樹梢、蜿蜒的善福寺川，都逐漸遠離。

佐知！鶴代！我絞盡最後的力氣呼喊。

就在這時，大欅樹的樹梢，一團像黑色子彈的東西突然射出，筆直朝我飛來。那是什麼？我定睛細看，子彈一眨眼靠近，一把攫住了我。那是具有利爪和雄偉的鳥喙、眼中閃爍著智慧光芒、翅膀就像黑夜本身的——沒錯，就是烏鴉善福丸。

「你的聲音吵得吾等無法安睡。」

善福丸拍動著翅膀說。不過當時的我不可能知道善福丸是烏鴉的「集合體」，只是嚇破了膽道：「烏鴉說話了！」

「看來你不是這世間的存在。乖乖滾回該去的地方吧！」

我被善福丸的爪子揪住，像鼠婦般縮成了一團，但我感受到這隻烏鴉具有壓倒性的超凡力量，因此鼓起勇氣懇求：

「求求您，可以設法讓我留在人間嗎？」

「你留在人間要做什麼？」

「那裡不是有棟洋樓嗎？我離異的妻子和女兒住在那裡。生前我恣意妄為，但希望至少死後可以看顧她們。」

「吾等可不認為那一戶的住民如此希望。」

「當然，這完全是我的自我滿足。我有自知之明。可是，無論如何求求您，我只是想要看著她們。」

「吾等沒理由替你實現願望。」善福丸說著，一面在夜空飛行，一面彎頭看了我一下。「……不過把人類的靈魂留在身邊，或許可以當成不錯的餘興。」

我拚命點頭。不過由於僅剩靈魂，實際上只能傳送出類似點頭的細微波動而已。善福丸在秋季的星空下大大地盤旋了三圈，終於答應了：

「好吧。期限就到那棟房子從地面消失為止。」

牧田家在當時就已老朽不堪，我擔心會不會不出幾年就要拆了，但我覺得總之留在陽世是第一要務，便說：

「好的！」

「等到房子不在了，你就要乖乖去你該去的地方。」

「謝謝大人，我保證一定會！」

善福丸張開漆黑的大翅膀，優雅地朝地面飛去。然後爪子一鬆，把我拋向牧田家的庭院。

化成靈魂的我，自從那天晚上開始，就一直看顧著牧田家。也許是因為經濟問題，儘管我憂心忡忡，牧田家的洋樓到現在仍未改建，佇立在原地，我也因此得以存在至今。

我一直看著。看著鶴代與佐知相依為命的平靜生活。看著佐知蛻變為成熟的女人。看著山田年邁之後，仍與高倉健的海報一同相處的樣子。還有佐知的朋友們搬進牧田家，四個女人快樂聒噪地生活的情景，我一直都看著。

在這之前，綿綿不絕、偶爾甚至深入佐知和其他人內心地講述牧田家日常的，就是我——亦即鶴代的前夫，佐知的父親，「神田老弟」牧田幸夫。

我沒有前往死者應去的地方，而是借助善福丸的力量，在牧田家周邊飄浮著。我知悉幾乎所有的世間動向，連與牧田家相關的人們的心理世界，只要有那個意思，都可以自由窺看。我成了幾乎與人們所說的「神」相等的身分。

當然，我恪守和善福丸的約定，截至目前，就只是看著而已。這部分也很像「神」。

天氣晴朗的午後等時光，我會和住在大欅樹的善福丸談天說地。雖是稀鬆平常的閒話家常，但善福丸說和我聊天「可以打發時間」，十分開心。用現代的新潮詞彙來形容，善福丸有點「傲嬌」。善福丸說，那天晚上的我實在太拚命了，牠忍不住被打動，願意把我的靈魂留在人間。

對了，或許也有人疑惑，為何我要讓善福丸道出鶴代的過去，以及我們夫妻之間的愛恨情仇？會質疑我明明就是當事人，這部分由我來說不就好了？

可是，這不是太丟人了嗎？當著別人的面談論離異的妻子的種種，實在羞恥。而且我認為善福丸比較能秉持公平的角度講述。雖然當我把敘事者的棒子交給善福丸時，牠一副埋怨的嘴臉說：「就會給人找麻煩。」

由於這樣的原因，我意想不到地以靈魂的狀態度過了約三十個年頭。但終有一日，牧田家也將承受不住歲月的重量，迎向崩壞吧。鶴代和佐知也不是傻瓜，應該會在房子塌下來之前，決定改建。

屆時我將會如何，我也不清楚。善福丸要我「滾回該去的地方」，但牠說其實牠也不太清楚這部分的詳細狀況。

抵抗來自宇宙的引力，違反生死定理，留在陽世的我，當時辰到來時，能像一般的死者那樣，再次被吸上天空嗎？或者會有不同的命運在等著我？

但我並不後悔。

活著的時候，我總是嚮往著「這裡以外的某處」，尋找舒適自在、應屬的歸宿而浪跡天涯。但現在我已經醒悟了。

我回到了一直想回去的地方。

女兒正面臨危機，我卻忍不住浮想聯翩，就在這瞬間，侵入者手中的刀子更進一步逼近了佐知的喉嚨。

不行，這絕對不行！

我不學乖地再次撲向侵入者，但不管試多少次，憑我這副不具質量之身（雖然已經沒有身了）仍奈何不了對方。我這個沒用的東西！靈體這個沒用的東西！我咒罵著，轉念想要引發靈異現象，嚇破侵入者的膽，卻連窗簾都文風不動。難道生者的世界中流傳的靈異現象都是徹頭徹尾的謊言嗎？或者是長達三十年貫徹「僅在一旁守望」的立場，造成我身為死者的力量嚴重低落了嗎？

佐知緊抿嘴唇，看似已做好赴死的覺悟。我感應出她打算在最後一刻放聲尖叫，警告其他人。啊，佐知，多麼孝順又友愛的好孩子啊！爸爸會保護妳，絕對會保護妳的！

我放棄在室內引發異象，穿過窗戶，朝著守衛小屋展現飛箭般的飄浮。

「山田！不是睡覺的時候了，佐知遇到危險了！」

山田在他的和室裡，依然故我地打著鼾，正處於從感冒中痊癒的深沉平靜睡眠裡。我在山田的臉附近飛來飛去，但終究只是個靈體，一點微風都激不起來。逼不得已，我準備附身山田，瞄準他的嘴巴，卻被突然開始的驚天動地磨牙動作給阻止了。即使想從鼻孔鑽進體內，那裡也噴出粗重的氣息，無法得逞。

哎！關鍵時刻，真是一點屁用都沒有的老頭！

我再次如飛箭般飄浮，回到牧田家客廳。刀鋒就要碰到佐知的喉嚨了。連一刻的遲疑都不容許了！我焦急地在客廳裡四處飛行。

有沒有什麼、有沒有什麼能救佐知的方法……

客廳角落的玻璃櫃映入眼簾。櫃子裡，河童木乃伊抱膝而坐，脖子上繫著紅色領巾，玻璃珠眼睛散發空洞的光芒。

就是它！我大呼快哉。多惠美，謝謝妳把河童放在這裡！買來河童祝賀女兒出生的我，幹得好！

我視玻璃櫃為無物，直接衝進河童體內。和山田不同，河童木乃伊沒有活體反應，因此即使我附身上去，也不會遭到任何抵抗。雖然霉味席捲上來，但我沒有鼻子，應該是心理作用吧。

我強硬地伸展乾燥緊繃的河童手腳。這需要等同或更甚於抵抗宇宙的引力，以及朝地面下降時的體力和精神力，但附身到河童木乃伊身上的我好歹是成功了。嘰嘰嘰嘰，我移動著河童的雙手，揮拳從內側打破了玻璃櫃。雖然乾掉了，但具備質量的肉體威力仍十分驚人。

突來的破壞聲把佐知嚇得睜圓了雙眼。困住佐知拘束她的侵入者也轉移視線，尋找著聲音的出處。兩人剛好站在河童木乃伊對面。

佐知瞪大了眼睛盯著河童，眼眶都快被撐破了，看著與河童木乃伊化為一體的我。

啊！我感動得顫抖。不管是生前還是化為幽魂以後，我都只能躲在暗處守望我的女兒，而我現在第一次和女兒四目相交了！

感動之餘，我抖落玻璃碎片，走出玻璃櫃。河童由於長年維持彎腳的姿勢，而且膝關節錯位，要維持站立都得費上一番功夫。但我做到了。面對佐知的危機，我的體力和精神都滾滾沸騰。我搖搖晃晃地挺直上身，往前跨出一步，再一步。

這時，侵入者也總算把目光焦點放到我身上了。也就是發現有個直立後也只到成人大腿高度的河童木乃伊朝著自己踉蹌前進。抵在佐知脖子上的刀子虛脫地落下，侵入者棒球帽底下的面部肌肉抽搐起來。

「好，就這樣放開我女兒。」

我想要這麼說。但河童連聲帶都乾掉了，因此只是從口腔發出秋風般的咻咻呼嘯聲。

「佐知，已經沒事了，爸爸來救妳了，我是妳爸爸。」

生前我看的最後一部電影是《星際大戰五部曲：帝國大反擊》。其實我想要接著看續集《絕地大反攻》的，但因為電影院都是人，阮囊又羞澀，拖著拖著，結果就死掉了，令人遺憾。不提這個，我曾在電影院的黑暗裡夢想著，我也要像達斯・維達那樣，有朝一日，一定要告訴佐知：「我是妳的父親。」

這個夢想歷經約三十年的歲月，居然成真了，但我說出來的話還是一樣，只是秋風般的氣音而已。不過達斯・維達在幾乎整場電影中也只會咻咻出聲，所以我也該滿足了。

我滿懷期待地觀察佐知的反應。然而幾乎就在河童的眼珠反射閃電光芒亮起的同時，佐知發出了媲美路克・天行者的尖叫：

「不！」

不同於路克的是，她絲毫沒有意識到眼前的河童就是父親，尖叫中存在的就只是純粹的驚恐。

被佐知的尖叫傳染一般，連侵入者都發出駭人的吼叫：

「嗚嘎啊啊啊！」

那傢伙一屁股跌坐在地，就這樣屁滾尿流地爬過房間，從侵入口的餐廳落地窗逃之夭夭了。

佐知全身僵硬地杵在原地。佐知——我呼喚女兒。微弱的一聲「咻～」空虛地在房中迴響。我使盡渾身之力，把細瘦的手伸向女兒。

「不要……不要過來！」

黑暗中也看得出佐知嚇得面無血色。她邊搖頭邊後退想要設法遠離我。

啊，佐知！我可愛、心愛的女兒啊！爸爸現在雖然是河童（而且是木乃伊）的樣貌，但一點都沒有要讓妳害怕的意思。爸爸只是想要保護妳。爸爸實在無法袖手旁觀啊！

妳覺得爸爸不愛妳因此才會離開牧田家，總是難過又不安，對吧？因為這樣，妳對自己沒有自信，即使遇到有好感的對象也不敢積極追求。不，我當然不是過度評價自己在妳心中的分量。爸爸很清楚，妳不敢積極追求異性，也是妳天生的內向性格使然。

但既然難得獲得了具備物理質量的身體，爸爸想要明確地告訴妳。儘管終究是河童木乃伊，只能發出氣音，無法明白地傳達給妳，但爸爸還是要說。

爸爸很愛妳。爸爸打從心底珍惜妳，總是希望妳能幸福，一直照看著妳。往後也一樣會守護著妳。

所以妳不用難過不安。爸爸會離開牧田家，不是因為不愛妳，都是自己太沒出息。請妳好好孝順母親，和朋友一起歡笑，往後也快快樂樂地過下去。然後，如果能夠，請別忘了有人死後仍像這樣愛著妳。

佐知凝視著發出微弱但激烈空氣的我。現在，佐知全身正微微地顫抖著。果然無法傳達嗎？我一陣失望，但告訴自己這是當然的。河童木乃伊突然敲破玻璃櫃，站起來走路了。不僅如此，還不停地咻咻噴氣。她會驚嚇害怕才是理所當然的反應。

我想要靜靜地放下伸出去的手，因為任意操控河童的軀體，已經開始讓我感到吃力了。今晚是我化為幽魂後首次附身在具備質量的肉體上，這比想像中的更累人。也許是因為侵入者逃走，解除了緊張，原本滾滾沸騰的體力和精神竟已萎頓下去了。

結果令人驚訝的是，佐知居然朝我伸出手！彷彿要牽起我就要放下的如枯木般乾癟的木乃伊的手。

「難道……」佐知看著我，也就是看著眼珠是玻璃的河童喃喃地說。

我和佐知的指頭就要相觸。

然而，就在這時，時限到了。我再也無法停留在河童體內，從具備質量的身體被彈了出去，變回原本飄浮的幽魂。失去了我這個靈魂的河童木乃伊變回普通的乾貨，以抱膝的姿勢無聲地側倒在客廳地板上。

佐知茫然地俯視著一動不動的河童木乃伊。這時鶴代從一樓和室、雪乃和多惠美從二樓，穿著睡衣衝進客廳來。

「咦，什麼叫聲！」鶴代問。

「佐知，妳在那裡嗎？沒事嗎？」雪乃關心道。

「天哪，窗戶破了！難道是雷劈下來了？」多惠美驚呼。

這時三人停下腳步，全都沒了聲響。她們交互看著木然的佐知和河童木乃伊。

「不是，有小偷。」佐知毫無聲調地說。

一下子發生太多事，她好像反而冷靜下來了。

「打一一〇報警。」

雷鳴不知不覺間遠離了。彼方夜空泛起魚肚白。濕暖的風從破裂的落地窗吹了進來。

隨著晚了片刻但仍依稀響起的雷聲，梅雨過去了。

侵入牧田家的不是小白臉本條，而是如假包換的竊賊。

竊賊被報警趕到的警察逮捕了。雖然是個狂風暴雨的夜晚，但警方如同先前保證的，剛好正在牧田家附近巡邏。因此一接到通報便立刻趕往牧田家正門，逮到正失魂落魄地走在路上的竊賊。換個角度想，或許可以說多虧了變身成跟蹤狂的本條，才能將竊賊繩之以法。

據說竊賊在偵訊中十分配合。丟了飯碗無力謀生的竊賊就像從善福寺川溯河而上，從中野區進入杉並區，這兩個月來，都在流域各戶行竊。他行事縝密，會先在白天勘察，尋找感覺只有老人家居住的獨棟房屋下手。

牧田家也一樣，據說竊賊來勘察過好幾次，只看到一對老夫婦——是指山田和鶴代——還有女兒在庭院種菜，完全沒看到強壯的男丁。加上土地寬闊，即使深夜製造出聲響，也不容易被附近鄰居聽到。「簡直是手到擒來。」竊賊瞄準了目標。

不過，竊賊花了好一段時間，才有辦法像這樣有條理地供述。竊賊剛被警方帶走時，淋成了落湯雞，全身打著冷顫，夢囈似的不停喃喃說著：「河童……河童……」稍微平靜下來之後，連其他罪行都乖乖供出了。杉並區和中野區的警察正合力蒐集證據。

附帶一提，為了慎重起見，警方也聯絡了本條。突來的電話把本條嚇了一跳，拚命申辯說事發當晚他在朋友家睡覺，絕對沒有跟蹤多惠美。

「他應該已經學到教訓，不理他應該也沒問題了。」到牧田家來報告的警察說：「當然，我們暫時還是會繼續巡邏周邊。」

為了竊盜案的後續處理，佐知多次前往當地警局，和承辦的警察熟識起來。警察是個溫厚的中年大叔。她們招待警察進客廳，和鶴代一起在沙發喝茶。

「哈哈，就是這個河童嗎？」

警察好奇萬分地觀看擺在客廳角落的河童。河童恍若無事，在多惠美上網買來的全新玻璃櫃裡抱膝而坐。

竊賊在偵訊中說「河童敲破玻璃櫃走出來」，但當然沒有人當真。

「確實做得很逼真，可是說這東西會走路……」中年警察也笑了，「竊賊看起來不像有嗑藥吸毒，果然是良心的苛責讓他看到幻覺了嗎？」

「就是說啊。」

佐知尷尬地將視線從警察身上移開。在警局做筆錄時，佐知搪塞說：「我嚇壞了，所以記不清楚了，不過和竊賊扭打的時候好像撞倒了玻璃櫃，河童擺飾掉出來的樣子。」

警方說被起訴的竊賊對各項犯行坦承不諱，也深切反省，審理應該不會有問題。佐知和鶴代道了謝，送要回警局的警察離開。

「不過那個小偷真是太卑鄙了！」回到客廳沙發，鶴代憤憤不已地說：「居然專挑老人家下手！」

除了牧田家，被害的人家都是在睡夢當中，隔天早上才發現被偷了。也因此沒有人遭到竊賊肉體上的傷害，但藏在櫃子裡的積蓄或昂貴的和服等全被偷走。當然，竊賊把值錢的東西都變賣了，也早已揮霍一空，無望獲得賠償。聽說許多被害者不僅是老後的積蓄，連充滿回憶的物品都被偷走，難過喪氣。牧田家損失的只有裝河童的玻璃櫃及落地窗玻璃，運氣算是好多了。

佐知將重新煮沸的熱水倒入茶壺，泡了第二壺茶。她把茶杯擺到坐在對面的鶴代前面，應道：「就是啊。」

「妳這是什麼遲鈍的反應？」鶴代吹鬍子瞪眼睛道：「妳差點沒命了耶！應該要更生氣才對啊！」

雖然不知道對不對，但佐知當然也很生氣，一回想起被竊賊拿刀抵住脖子的情景，恐懼和憤怒幾乎讓她全身發抖。居然拿失業當藉口行竊，她實在很想叫竊賊對那些不管有沒有工作，都活得正正當當的人道歉。

但是比起遭小偷，還有別的事更讓佐知掛心不下，因此就連命懸一線的可怕體驗也感覺有些事不關己了，甚至覺得被竊賊拿刀脅迫只是旁枝末節。其實一點都不旁枝末節，是嚴重到不行的大事，但由於同時發生了佐知的理性無法解釋的事，導致她感覺麻痺了也說不定。

就是河童。

佐知看著收在玻璃櫃裡的河童。現在儼然擺飾物的河童木乃伊，那天晚上確實動了起來。它從內側擊破玻璃，走向佐知和竊賊。玻璃珠般的眼睛閃亮，對著佐知默默地像是在傾訴什麼。

當然，佐知沒有把這件事告訴任何人。竊賊逃走，鶴代等三人趕到客廳時，河童已經倒在地上，一動不動了。佐知無法相信自己看到的，對鶴代三人也做出和警方一樣的說明。

案發當晚，山田被鳴笛趕來的警車嚇醒，總算在守衛小屋醒來。他風風火火地趕到主屋，鶴代簡直是面凝寒霜地迎接他。

「明明是家裡唯一一個男人，真是半點用處也沒有。」

山田身體不舒服，這也是莫可奈何的事，但鶴代完全不考慮這個。山田也是，沒有一句反駁，俯首帖耳地聽訓，還說了自以為是武士般的話：

「真是太丟人了。佐知小姐，妳平安無事真是太好了。要是小姐有個三長兩短，山田就得切腹謝罪了。」

這段期間，警方進行現場勘驗，採集指紋和鞋印、拍攝倒地的河童照片等等，客廳一片兵荒馬亂。佐知讓雪乃為她披上針織衫，喝著多惠美為她倒的熱牛奶，鎮定心緒。

現場勘驗完畢，鶴代用吸塵器清理玻璃碎片，河童則由山田暫時放回破損的玻璃櫃內。每個人都累壞了，所以這差事落到山田頭上。沒能在佐知遇劫時趕來的山田由於心虛，沒有半句怨言，小心翼翼地將恐怖的乾貨放回去。

佐知看著這一幕，對抗著內心湧現的混亂。我是腦袋失常了嗎？還是驚嚇過度看到幻覺了？河童動了起來，我甚至還覺得自己和河童產生了某種心靈交流，真是瘋了。

而混亂也引來了孤獨。這麼離奇的事，怎麼能告訴別人？雖然可以對母親和朋友說「差點被歹徒殺掉，嚇死我了」，但「對站起來行走的河童木乃伊感到親近」這種事，只能封印在心裡。這是因為過度離奇而無法和任何人分享的孤獨。

但今天因為警察來訪，佐知得知了竊賊對河童的供述，就和她一樣，竊賊也目擊到河童行走了。

原來那不是幻覺，佐知內心覺得踏實許多。然而能夠分享離奇經驗的對象，全天下居然只有犯罪者竊賊，這事也同時讓她感到說不出的諷刺。「那個河童動了對吧？」「動了動了！」不可能像這樣和竊賊興奮地討論，看來還是只能繼續懷抱這份寂寥了。

「媽，」佐知看著河童說：「妳喜歡爸嗎？」

這是她第一次問這個問題。但佐知一直以來都很想問個清楚。

鶴代默然。沉默了太久，佐知擔心母親是不是心臟病發歸西了，轉向面對沙發上的鶴代。鶴代正看著佐知。

「要是妳有個三長兩短，」鶴代說：「我真不知道要怎麼活。」

那語氣實在太過平靜，佐知忍不住害臊起來，故意打哈哈說：

「妳會像山田伯伯那樣切腹嗎？」

「我才不會尋死呢。」鶴代笑道：「不過一定會在陰間與陽世之間，活得像行屍走肉吧。生下妳之後，我才知道這世上是有無可取代的事物。而沒有他，就不會有妳，所以我到現在還是不討厭他。」

佐知起身坐到鶴代旁邊，把手輕輕覆上母親浮現青筋的手，觸感有點冰涼，令人懷念。

「害妳擔心了，對不起。」佐知說。

鶴代沒有回話，伸手環住佐知，緊摟了一下，順帶多餘地捏了一下佐知肚子上的游泳圈，母女暫時就這樣依偎在一起。

換上新玻璃的落地窗外，傳來夏季庭院裡喧鬧的蟬聲。

竊盜風波過了約兩星期後，進入八月初旬，牧田家也步入繁忙時期。必須採收陸續成熟的蔬菜才行。

為了確保採收的人力，星期天早上，佐知突襲其他住民的房間，但雪乃打死不肯幫忙農活。她說與其要她曬太陽，她寧願永遠負責打掃廚房和浴室。

佐知放棄雪乃，把睡眼惺忪的多惠美拖到庭院。多惠美臉上擦滿防曬乳，穿著長袖上衣和牛仔褲，戴了麥桿帽和工作手套，全副武裝地摘採茄子。鶴代負責小黃瓜和番茄。佐知和山田為西瓜田蓋上網子。

今年鶴代第一次試種了兩、三株西瓜苗，沒想到藤蔓恣意生長，幾乎要衝出菜園。山田去圖書館讀了《西瓜栽培管理》一書，得到最好留下挑選之後的好果實，使營養集中的概念。因此佐知和山田採取了趁小摘除多餘的果實，讓每條瓜蔓只留一顆瓜的策略。

他們不該就此放心的。剩下的果實飛快地成長，注意到的時候，已經慘遭野鳥啄食了。掉在地上的瓜果露出轉為紅色的果肉。好死不死，居然是長得最大、最具王者風範的一顆。佐知覺得八成是烏鴉幹的好事。那些臭烏鴉很聰明，裝作毫不在意地等待西瓜成熟，再來坐享其成。

佐知和山田合作，分別提著網子邊角，像整理床單那樣攤開來。雖然感覺為時已晚，但總比坐以待斃來得好。不必吆喝，佐知和山田默契十足，青色的網子像波浪般搖曳著，在田地上著陸。

對了，海邊！佐知想了起來。雖然完全拋諸腦後了，但本來說過要去住海濱飯店的。

但是又沒有訂房，甚至還沒問雪乃和多惠美的暑假是什麼時候，泳裝也還沒買。不過一開始的裹足不前不知道消失到哪裡去了，去海邊的想法讓佐知感到雀躍。竊盜風波加上神祕的河童異象，讓佐知身心都累積了相當大的疲憊。去個開闊的地方，與大自然嬉戲一下吧！讓海水沖刷掉難以釋然的疙瘩、無法訴諸話語的煩悶吧！

下午的刺繡課期間也不停地蘊釀計畫的佐知，當晚請雪乃和多惠美到自己的房間，問：「我們什麼時候要去海邊？」然而應該是發起人的多惠美卻表示不參加：

「不好意思，我pass。」

「啊？」

「為什麼？」

「喔，我有約了。」

多惠美一點都不心虛。這時她手上的手機剛好響了起來。

「阿達？嗯嗯，完全沒問題。我剛洗完澡，正在泡洋甘菊茶。」

多惠美講著電話，走出佐知的房間。她在門口稍微停步，笑著對室內的佐知和雪乃揮揮手。

被丟下的兩人啞然對望。阿達是誰？哪來的洋甘菊茶啊？

「我看是新男人。」雪乃低聲說。

「看來是呢。」

佐知跟不上令人摸不著頭緒的發展，只能點頭。看樣子多惠美找到了新歡，正身心輕快。一定是因為她和本條之間那種像納豆絲般快刀難斷的牽連，在竊盜風波之後斷得一乾二淨了吧。

這值得欣喜，但是站在佐知的角度，也無法否認有種被拋下的失落感。明明是多惠美說要去海邊的，怎麼說變就變？她有點生氣。但最重要的是，這讓她感到一股說不出的不安與寂寞。

「多惠會搬出去嗎？」

「唔，應該不是立刻，但總有一天或許會吧。」

坐在地上的雪乃，把腳底像合掌一樣貼在一起，雙手用力將打開的膝蓋往下壓。她的腳毫無抵抗地平貼在地上，還是老樣子，全身軟得像麻糬。

佐知心裡感到佩服，腦中一隅想著：「多惠果然會搬走呢。」這種宛如浸淫在溫水中的舒適生活，不可能永遠持續下去。她更感到不安與寂寞了。

雪乃充分地放鬆髖關節，對佐知提議說：

「要不要去溫水游泳池？」

「咦？」

「喏，不是有區立的室內游泳池嗎？那裡就不怕曬太陽，我可以陪妳去。多惠跟男朋友你儂我儂的時候，咱們就自己去附近游泳戲水。」

「不錯喔。」

察覺到雪乃的用心，佐知振作起來。往後的事沒人說得準，成天陷在自己或許會孤老一人的恐懼和不安當中，實在可笑。現在自己正和朋友快樂地過日子，而且又正值夏天，不稍微享受一下這份幸福與亢奮，豈不是太虛擲生命了？

那還是要買件泳裝才行。真是個艱鉅的任務。回想起狂亂叢林般的泳裝賣場，佐知交抱起手臂。

「對了，這個給妳。」

雪乃摸索著睡衣口袋。口袋邊緣當然鑲有可愛的蕾絲。

「好像是公司贊助活動送的，因為有一大堆，我就拿回來了。」

雪乃遞給佐知的是上野美術館的雙人優惠券。上面寫著「世界壁飾展——壁畫・掛毯・刺繡・馬賽克」。

「哇，謝謝！那找多惠一起……不過看她那樣，邀她也不會去吧。雪乃，妳要跟我一起去嗎？」

「我不去。」

「為什麼？」

「與其找我，去邀那個人怎麼樣？」

「哪個人？」

「那個做裝潢的啊。」

「妳說梶先生？」佐知心慌意亂到連自己都嚇一跳，對著雪乃無意義地搔小腿，「可是人家已經結婚了。」

「你們聊得很投機吧？既然這樣，一起去看展也沒關係吧？或許可以交個朋友。」

「雪乃，妳不是說男女之間不可能互相理解嗎？」

「我是說戀愛方面。倒不如說，人與人之間不可能有真正的理解。但朋友的話，並不會想要理解對方的全部，也不期待對方理解自己的全部吧？就算覺得對方有點莫名其妙的地方，也會覺得『都是這樣的』，反而可以從容地享受和自己的不同。所以就算對方是異性，只要是朋友，即使彼此不理解，也毫無問題。」

「是這樣嗎？」佐知應道。

難不成雪乃也打算最近就要搬走，所以想要塞個新「朋友」給她？佐知疑神疑鬼起來，不安與寂寞又重回心頭。但想到萬一雪乃真是這麼想會為她帶來多大的創傷，她當然沒有勇氣問清楚。

佐知收起疑惑，嘆口氣道：

「那麼，與人交往或結婚，或許就是作繭自縛呢。」

「對當事人來說是心甘情願自投羅網吧。」雪乃站起來，俯視佐知說：「不過我是敬謝不敏啦。」

雪乃也和佐知一樣，到現在都還沒有交往或結婚的眉目，似乎也沒有積極尋覓春天的意願。察覺到這一點，說來現實，佐知頓時找回了勇氣，率直地懇求說：「雪乃，我希望妳待在這裡愈久愈好。」

「好了啦，搞得我們同病相憐似的。」雪乃冷冷地打發說。但又有些開心地補充：「那我乾脆永遠賴在這裡好了。雖然社會風氣認為同住的一定要是家人或情侶，但有個永遠寄住在朋友家的人，也不會礙到誰吧？」

雖然不知道是什麼關係，卻不知為何住在這裡的人。換句話說，這形同正大光明的「女版山田」宣言。佐知開心極了，但為了掩飾害羞，她說：

「嗯，雖然這屋子很破。」

「無所謂。只要兩個人都在工作存錢，很快就可以把屋子重建啊。」
「不錯耶。窗戶要做雙層的，提高安全性與斷冷熱效果。」
佐知和雪乃討論起若要蓋新房子，想要什麼樣的格局，編織起遠大的美夢。
這時在一樓的客廳，我——也就是牧田幸夫的靈魂成功突入河童木乃伊體內，想要抗議道：「嚴正反對重建房子！」然而遺憾的是，多惠美新買的玻璃櫃太堅固了，河童的乾手無法擊破。不，即使在靈魂界，或許也適用「狗急跳牆」的概念，所以在之前的危機時才有辦法打破玻璃吧。河童變成從內側倒向玻璃的姿勢，我無力地脫離河童，再次空虛地飄浮空中。
當然，佐知和雪乃不可能得知樓下正發生這樣的插曲。隔天早上她們發現：「哇！川太郎倒了！」明明沒有地震，教人有點發毛，找來山田調回原本的姿勢。不過和雪乃討論新屋構想時，佐知心裡其實想著：「嘴上這麼說，但或許雪乃有一天還是會搬出這裡。」
但是，作一下美夢也無可厚非吧？直到年老死去，都和意氣投合的朋友快樂地生活——就算有這樣的童話故事也未嘗不可。
或許哪一天會吵架鬧翻，或許沒有特別的原因，不知不覺間就彼此疏遠了。但是害怕不知何時會到來的那種未來而放棄作夢，童話故事永遠都不可能成真。就像未能孵化就成了化石的卵，實現的道路就此封閉。這樣不是太蠢了嗎？佐知這麼想著。與其當個不癡想作夢的賢者，她更想當個作夢的傻瓜，去相信、去體現童話故事美夢成真的那一天。

話說回來，雪乃從剛才就一直站在佐知前面。因為每次雪乃想要離開房間時，兩人就會開啟新話題，但她真的很睏了，這次雪乃真的要說「晚安」而開口：「總之，妳去約一下那個叫梶還是什麼的先生吧。難得有這樣的機會。」

「嗯……我會考慮。」

佐知目送雪乃回房，內心回應道：「我不會約他。我不可能約他。對不起。」

因為，萬一梶先生說好，我會忍不住期待。但另一方面又會失望，覺得他明明已婚，卻傻傻地答應別的女人的邀約，實在可鄙。

雪乃說「朋友的話，就算不理解對方也沒問題」，但佐知對梶別有所圖，所以不可以約他。佐知這麼告訴自己。

自由的人，不可以粗魯地踩進主動選擇「心甘情願自投羅網」的人的領域。

雖然計畫從海水變成自來水，但既然要下水，就需要泳裝。

佐知鼓舞自己，終於成功買了泳裝。她沒有再次挑戰閃耀逼人的泳裝叢林的衝勁，所以在阿佐谷站裡的超市服飾區購入。

過去她一直覺得那種地方的商品一定都是歐巴桑品味，敬而遠之，但不知不覺間，佐知的年紀也從「大姊姊」變得更接近「阿姨」了。實際仔細地參觀賣場，泳裝的款式圖案不會過分招搖，但也不會暮氣沉沉，她恍然大悟：「原來如此，適合現在的我的，似乎不是伊勢丹那種可以絢爛登場的泳裝了。」

佐知在自己的房裡提心吊膽地試穿買來的泳裝。她在超市的試衣間也試穿過，但因為太害怕被店員關心「穿起來如何？」，頂多只來得及確認尺寸合不合。

冷靜下來細看鏡中的自己，沒有想像中那麼糟，就是「成功大幅減重的海獅」，或「暴肥三倍，變成短腿大餅臉的超模」的程度。換句話說，是符合年齡的普通體型。佐知並不滿意，但感到安心。泳裝是黑色連身款，肚子兩邊大大地印著搶眼的鮮紅色木槿花圖案。

喜歡手工藝的佐知在花瓣上刺繡，在花蕊部分縫上彩珠，泳裝頓時變得華麗起來。刺繡讓圖案的陰影更加強調出來，似乎有讓腰線變細的效果。到了這時，佐知總算感到滿足，鼓足了幹勁：「隨時放馬過來吧！不對，我隨時可以衝鋒陷陣！等著吧，區立游泳池！」

兩人決定八月十三日成行。

雪乃和多惠美今年盂蘭盆節連假都不返鄉。理由是電車擠滿了返鄉客，而且跟親戚打交道太累人了，父母又會囉唆「什麼時候要結婚？」。

此外，儘管牧田家的住民看似如常生活，其實在竊盜風波中飽受精神創傷，實在是累了。尤其是佐知和鶴代精神上極為疲憊，雪乃和多惠美不忍心留下這樣的兩人返鄉。當然，她們不會明說「我們擔心妳們，所以不回家了」，但母女倆透過她們不著痕跡的關懷，感受到住客為她們擔心的心意。

不過佐知料定，多惠美似乎懷有更大的理由或動機。因為多惠美和包括新男友在內的玩伴約好十三日要去江之島附近做海水浴。比起返鄉，她選擇了新男友。

「聽說過了盂蘭盆節，就會有水母跑出來啊。」多惠美振振有詞道：「雖然要是能早點去就好了，可是大家的休假只有盂蘭盆節才配合得上，所以就說十三號的話，勉強還算是在盂蘭盆節之前，這叫做退而求其次。」

佐知疑惑，不管是十三號還是十六號，水母的多寡應該差不多，但看到開心地準備海水浴的多惠美，她祈禱水母也有自己的一份月曆。

雖然不是要和多惠美互別苗頭，但佐知和雪乃也沒什麼特別理由地決定在同一天去區立游泳池。為了保險起見，她們也邀了鶴代，但被她用一句「我才不要」打了回票。

「都快七十了，去什麼游泳池。我要去伊勢丹。」

根據鶴代的說法，盂蘭盆節連假期間，都內人口減少，因此伊勢丹也會變得空曠，特別好逛。對此佐知也不由得感到疑惑，盂蘭盆節應該也會有人利用連假來東京玩，而且最近一年到頭都可以看到一堆外國觀光客，真的能如鶴代所願嗎？

話說回來，對佐知來說，「跟老母一起去區立游泳池」也是個讓人毛骨悚然的情境，因此母親拒絕，讓她放下心頭大石，這才是她毫不矯飾的真心。

就這樣，時間來到了八月十三日。佐知被多惠美下樓的聲音吵醒了。匆忙的腳步聲之後，玄關門開了又關。佐知半睡半醒地下床，打開房間窗簾，看見多惠美經過庭院跑向大門，手中提著似乎裝了泳裝、浴巾等的色彩繽紛的袋子，而且已經迫不及待地穿上海灘拖鞋了。涼爽的木綿洋裝在晨光中飄揚著。她輕盈的腳步也好、甩動的馬尾也好，就像青春煥發的國中生。

真可愛，佐知心想，在窗邊眺望多惠美的背影。大門外的馬路上停著一輛金屬藍的迷你廂型車，一名年輕人正走下車來。T恤配牛仔褲的男子朝多惠美輕輕揮手，笑起來很溫柔。多惠美打開大門，和男子一起上了廂型車。

那就是阿達嗎？俗話說人不可貌相，因此也無法百分百否定阿達往後變成小白臉、最後丕變為跟蹤狂的可能性。不過總之太好了，至少看上去不像個毒蟲，或全身刺青，拿把小刀在手上甩。佐知這麼想著，回床上睡回籠覺。

接著醒來的時候已經快中午了，她被從窗簾敞開的窗外射進來的陽光直擊而醒來。沒開冷氣的室內悶熱得宛如三溫暖。

可是，待在這種三溫暖裡也瘦不下來呢。佐知嘆口氣，穿上T恤和南國風圖案的長裙。裙頭當然是鬆緊帶。因為她覺得這身穿著的話，到游泳池更換泳裝更為方便，也頗有度假氣息。

由於沒有合適的包包，她拿著泳裝和浴巾下去一樓的餐廳。廚房裡，雪乃正把燙好的麵線撈到瀝水網上。

「不早安。」

「不早安。佐知，妳也吃麵線就好吧？吃完就去游泳池吧。」

「好啊。給我一個塑膠購物袋。」

佐知接住從廚房拋過來的超市購物袋，將泳裝和浴巾裝了進去。

「妳該不會要拿那個當包包吧？」

「是啊。」

雪乃一臉受不了地將冰水裡浮著麵線的大碗和兩個裝醬汁的碗擺上餐桌。佐知撕碎似乎是雪乃從庭院採來的紫蘇葉，和芝麻一起丟進醬汁碗裡。

「開動了。」

兩人默默地吃麵線。鶴代好像出門了，餐桌上丟著一張留言，或者說便條，只寫了三個字：「伊勢丹」。佐知斜眼瞟著那氣魄非凡的筆跡，應該是用原子筆寫的，雖然不是毛筆字，但墨痕龍飛鳳舞，宛如黑澤明電影的標題，可以清楚感受到對鶴代來說，伊勢丹是多麼令她心醉神迷的所在。

媽真有精神。吃完麵線的佐知，在廚房洗著餐具嘆氣。

對佐知而言，伊勢丹是測量自己身心狀況的指標。多數時候，她都會被伊勢丹的光輝亮麗閃到睜不開眼睛，什麼都沒買就落荒而逃。除非身心狀況絕佳，否則她會對著地下食品賣場那些外觀和價錢都宛如珠寶的糕點，多餘地聯想並放聲吶喊：「世界上有人身陷戰火和飢荒，而我居然想吃什麼甜點！」要盡情地在伊勢丹消費，需要極大的膽量以及身心的充實。

鶴代去伊勢丹頂多也只會買熟食與毛巾毯，但佐知還是覺得她很了不起，因為鶴代能夠天真無邪且貪婪地享受伊勢丹的光輝閃亮。

佐知隨著年近四十，開始想要努力活得比母親久。她已看出自己往後應該無望成為大富翁，八成也無望結婚，做出了極為小市民的結論：自己能夠做的，頂多就是不讓母親傷心。尤其在竊盜風波中被歹徒持刀恐嚇後，這樣的想法更強烈了。

但是照這樣子，感覺鶴代會活到一百五十歲。就連現階段，鶴代也活得比佐知更無畏，能夠奮勇前往伊勢丹。這樣一來，佐知也得活到一百二十歲以上，她早早就快未戰先降：「這實在不可能。請媽原諒我讓白髮人送黑髮人的不孝。」

上去二樓的雪乃整裝完畢，下來餐廳了。接下來就要去游泳，她卻化了全妝。身上是有滾邊的無袖白色上衣配深藍色傘狀裙，裙襬有著同色的蕾絲，手上提著稍大的藤籃包。

「欸，下次妳可以幫我在這個包包上刺繡嗎？我會付錢，幫我繡個可愛的圖案。」

「不用錢啦。小鳥怎麼樣？叼著有紅色果實的樹枝。」

「好！可是妳一定要收錢。因為刺繡是妳的專業。」

「唔……好。那算妳友情價。」

佐知和雪乃聊著這些，走出玄關。盛夏的大白天，四下被灼燒成一片燦白，肌膚幾乎能感受到光的壓力。雪乃撐起白色陽傘，從銀色涼鞋露出來的腳跟肌理細致，呈淡粉色。佐知學多惠美穿海灘拖鞋，指甲只有剪短，沒塗任何指甲油。她也沒有陽傘，所以撐黑色雨傘。和雪乃相比，她各方面都遜色許多，不過沒辦法。她活力十足地從屋簷下跨出一步。

「要出門嗎？」在菜園忙碌的山田招呼說。他掀開西瓜田的網子，似乎正在採收。

「我們要去游泳池。哇！長得好大顆！」

看到山田抱起的西瓜，佐知歡呼起來。

「我先泡水冰鎮，妳們回來就可以吃了。」

山田抱著西瓜走向庭院的水龍頭。佐知搶先跑到水龍頭邊，在倒扣的銀色臉盆裡裝水。山田把西瓜放進臉盆裡，調整水龍頭的方向，讓水持續涓流而下。

「我會在工作空檔翻西瓜，讓整顆都冰鎮。」

「別忘了也幫自己降溫喔。天氣這麼熱，小心中暑。」

「好的。小姐慢走，路上小心。」

山田原地立正，目送佐知和雪乃直到她們走出後門。

黑白兩支傘並排，兩人款款步行到南阿佐谷站。游泳池在從這裡搭地鐵兩站的地方。

冷氣涼爽的電車裡，雪乃說：

「妳對山田伯伯的態度變好了。」

「有嗎？」

「嗯，山田伯伯看起來很開心。」

有嗎？佐知心想。想著想著，已經到目的地了。

這裡美其名是區立游泳池，其實也只是向區民開放的小學屋頂游泳池。佐知也是第一次來，並不抱期待，但設備出乎意料地齊全。天花板很高，池畔也十分寬廣，環境相當清潔。而且也許是因為大家都忙著放盂蘭盆連假，人不怎麼多。可能是返鄉或去掃墓，杉並區的人口暫時減少了。這樣的話，一小時二百五十圓超划算。

兩人在更衣間換上泳裝，虛應故事地做了熱身操，然後下水。濕暖的液體包裹了全身。

游泳池規定一定要戴泳帽，佐知在櫃台買了一頂黑的。穿著連身泳裝，配上緊包住頭的泳帽，總覺得更像海獅了。

雪乃自己帶了紅色泳帽，穿的是同樣紅色的比基尼泳裝。苗條卻凹凸有致的肉體，和小學的室內泳池格格不入。疑似常客的大叔目不轉睛地盯了雪乃半晌，猛地開始秀起蝶式。佐知擔心他會不會閃到腰。

雪乃完全不理會外界反應，抱著浮板，像隻海獺似的仰面漂浮著。看來她打定主意絕對不讓臉沾到水。佐知明知道根本不會有人注意自己，卻還是思考怎麼樣才能盡量不曝露在他人的目光中，得到了結論：「潛水！」她以泳池池底為目標，以倒立的訣竅從頭栽進水中。

四周的聲音變得渾圓，逐漸遠離，鼻子噴出來的氣體化作閃爍的泡沫，在臉前往上浮。池底的白線搖晃扭曲。只差一點了。佐知伸手，但這時憋不住氣，站了起來。接著她又挑戰了幾次，卻怎樣都摸不到底，彷彿有什麼東西撈著她的腰，身體自然地往上浮。

好奇怪，小時候不是這樣的。在水中獨自奮鬥的佐知終於喘不過氣，放棄潛水，張望四周。雪乃人在池畔，優雅地躺在白色甲板椅上。因為看起來像高嶺之花，讓人不敢褻玩，或者雖然漂亮，但令人印象稀薄，所以人們的注意力從她身上直接掠過了嗎？沒有任何人向她搭訕，她宛如女王一般坐在那裡。

佐知也離開泳池，在雪乃旁邊的椅子坐下來。

「我不會潛水了。」

「咦，為什麼？」

「我覺得是脂肪讓我的浮力增加了。」

「這太嚴重了，都是因為妳偷懶沒做伸展操才會這樣。」

「因為遇到小偷什麼的，最近太忙……」

「不要找藉口。」

「對不起。今天晚上開始教我吧。」

水面閃耀著金色，人聲和水聲融為一體，模糊地迴響著，宛如異國的喧囂。雪乃平坦的小腹隨著呼吸上下起伏。方形的窗外是一片藍天。

佐知想要把一直在腦中盤旋的事一吐為快，開口道：

「剛才妳說我對山田伯伯的態度變好了。」

「嗯。」

「妳說的沒錯。之前我總覺得不可以對山田伯伯好。」

「為什麼？」

「總覺得對他好會對不起我爸。很愚蠢，對吧？」

佐知在甲板椅上抱起膝蓋。雪乃直起身體，有些擔心地探頭看她說：

「那種心情我也不是不懂，不過看在我眼裡，山田伯伯就像妳和鶴代阿姨的家人。有時候因為是家人，反而有恃無恐，態度很差不是嗎？」

「嗯，或許吧。我們沒有血緣關係，在社會關係上也無關，可是他是我們的家人呢。該怎麼說呢，我總算能承認這一點了，或者說可以接受了，就是這種感覺吧。」

佐知稍微猶豫了一下，把身體轉向坐在旁邊的雪乃：

「我之所以會有這種轉變……」

佐知說出竊賊入侵當晚的事。河童木乃伊動了起來，朝她走來，並且對著佐知伸出了手，看似拚命想要訴說什麼。

「那個時候，我對著川太郎差點就要喊『爸』了。我覺得是我爸來救我的……雖然別人可能會覺得我瘋了。」

「唔，依常識或理性來看，的確不可能呢。」

「就是嘛。」

「可是，如果妳這麼感覺也很好啊。雖然還有個問題：妳能接受妳爸是河童木乃伊喔？」

佐知明白雪乃撇開常識和理性，努力去接納她異想天開的發言。佐知被一股比身在泳池裡更溫暖的感覺所包圍。

「我覺得那是我爸的那瞬間，不知為何突然有了這樣的感覺：我媽和我爸相遇，還有我出生這件事，所有的一切都是『這樣就好』。」

雪乃伸手輕點了一下佐知肩膀，很快又收回去。佐知重新轉向泳池，看著粼粼水面說：

「或許我爸果然不在人世了吧。那個家也很老舊了，可能明天就會塌下來，我媽和我也有可能哪天死在街頭。可是這樣也好。」

每個人都犯過許多惡行，或者選擇錯誤，往後一定也會同樣地跌跌撞撞。但人會接納這一切，繼續過著每一天，就如同蜿蜒流過的善福寺川，這樣就好。佐知現在由衷地這麼想：這樣就好。

「這麼一想，總覺得可以對山田伯伯好一點了。」佐知百感交集地說。

結果雪乃笑道：

「妳聽聽妳的話，活像個老太婆。再說了，妳家蓋得滿堅固的，應該不會塌下來。要是擔心的話，還是把改建列入考慮吧。」

一道黑影掠過佐知的膝蓋，她轉身望向背後的窗戶，一隻大烏鴉正悠然振翅而過，腳上掛著某樣閃閃發亮的東西。佐知猜想烏鴉是撿了玻璃瓶碎片，正要運回鳥巢嗎？但那個「閃閃發亮的東西」當然是我。我察覺到話題又要轉向牧田家改建這個危險的方向，便拜託善福丸，從上空宣言道：「嚴正反對！」

也許是奏效了，佐知轉回原本的姿勢，轉換了想法：「難得那麼一棟古色古香的洋樓。」或許翻修一下就好了。她想起梶幫忙更換壁紙，變得美侖美奐的雪乃房間。

「對了！雪乃，妳有水難之相，來游泳池不會有事嗎？」

「妳們還約我去海邊哩。」雪乃愣住說，挑起左眉：「那些刺繡好漂亮。」

雪乃的視線聚焦在佐知的側腹上。佐知努力縮小腹，憋著氣說：

「謝謝。」

萬一雪乃溺水就糟了，兩人只又待了一小時就離開泳池。

日頭僅稍微傾斜了一些，兩人再次撐傘離開車站，並肩走過稱得上火傘高張的路程。

從後門進入庭院，探頭看向玄關的佐知忍不住停下腳步。門前站著一身工作服的梶。雪乃察覺狀況，戳了戳佐知，佐知趺趺撞撞地靠近梶。

「梶先生？」

梶回頭，展露笑容說：

「啊，太好了。本來以為沒有人在，我正不曉得該怎麼辦。」

「呃，請問有什麼事嗎？」

站在一旁的雪乃收著陽傘，順勢朝佐知的側腹一記肘擊。佐知反省自己的應對似乎太冷淡了。

「我過來幫這附近的人家做裝潢。」梶說：「結果聽說牧田小姐家遭小偷，有沒有怎麼樣？」

「託您的福，沒有財物損失，也沒有人受傷。」

發現梶是擔心而前來探望，佐知的心臟狂跳到幾乎衝破胸口。但她無法坦率地表達喜悅，因為對方是有夫之婦——反了，有婦之夫。佐知告誡自己。

「哪裡是！」雪乃插口道：「驚險極了好嗎？佐知被小偷拿刀威脅，差點就沒命了！」

「咦？」

梶打量著佐知全身上下，臉色好像蒼白了些。

「妳說的太誇張了啦，反正最後沒事了。」佐知小聲規勸。

雪乃不肯罷休，一反平日深思熟慮的態度，像個大媽似的強勢地對梶說個不停：

「遇上那種事，就會忍不住希望家裡有個男丁呢。對了，您是做裝潢的嗎？」

「是的。」

「啊，謝謝您把我房間的壁紙貼得那麼漂亮。說到漂亮，聽說您太太很漂亮？」

「哪裡，我還是單身。」

「咦！」佐知驚叫道：「可是聽說那時候你吃著很豐盛的便當……」

「喔，」梶顯得有些害臊，「我媽會幫家裡每個人準備便當。」

提什麼便當的山田！亂傳資訊的梶的姪子！你們都下十八層地獄去吧！佐知在內心詛咒。她到現在才發現自己還撐著傘，便淑女地收起傘來。手在發抖。就算發現梶其實是單身，她也無法立刻變得積極。

但雪乃不同。她看出這是朋友的命運轉捩點，再次對她的側腹肘擊。

「幹嘛啦？」

「還幹嘛，現在是發呆的時候嗎？快去拿票啊！」

聽到兩人小聲地你來我往，梶納悶地問：

「票？」

「是的，我想您是做裝潢的，一定會感興趣。喏，佐知，快去！」

被雪乃強勢地催促，佐知打開玄關門鎖，走上樓梯。膝蓋發軟，使不上力。她好不容易走到房間，拿起收在抽屜裡的「世界壁飾展」的票。

沒滾下樓梯真是奇跡。因為過度六神無主，她居然拿著傘去了又回。佐知把黑傘插進傘桶，把票遞給在玄關外等待的梶。

「這個展覽，如果您願意的話，要不要一起……」

她的邀約比國中生還笨拙。

「好啊。」然而梶一口就答應了，「票請放在您那裡。這幾天工作比較忙，這個月底可以嗎？」

「可以。」

「那時間確定的話，我馬上聯絡您。」

「好的。啊，電話號碼……」

「沒問題，店裡的簿子有客戶的聯絡資料。」

梶向佐知和雪乃點點頭，從大門離開了。還不忘叮嚀：請千萬留意門窗。

「他那是什麼反應？看不出來到底有沒有意思呢。」雪乃有些不滿。「居然也沒問妳的手機號碼或電郵信箱。」

「不會，這樣就很好了。」佐知克制著天旋地轉的感覺說：「對我來說，這進展速度已經像雲霄飛車了。」

不過的確，要是梶的來電被鶴代接到就麻煩了。佐知決心往後一定要以搶紙牌的氣魄搶電話筒。

不知道是太久沒游泳累了，還是梶的出現讓人興奮過度，佐知和雪乃坐在客廳沙發上不知不覺間睡著了。潺潺落在庭院臉盆裡的水聲捎來涼意。午睡醒來時，四下已一片昏暗，鶴代也回來了。

「今天吃燒肉吧！佐知，把肉拿去醃。」

鶴代還是老樣子，就會使喚人。佐知甩了甩沉甸甸的腦袋，前往廚房。雪乃從臉盆裡抱起西瓜，切成三角狀，擺在大盤子上。

「在肉醃好之前，來，我有好東西。」

喏，鶴代舉起花火[18]組合。似乎是在商店街看到買回來的。肉的包裝上也貼著車站附近超市的貼紙，大老遠跑去伊勢丹，到底是去做什麼啊，真是個謎。

在鶴代的催促下，佐知在庭院點了蚊香，順便用打火機點燃花火組合送的小蠟燭，把冰過西瓜還沒倒掉水的臉盆端到旁邊。

準備萬全後，鶴代從客廳的落地窗走下庭院。庭院的拖鞋只有一雙，因此佐知和雪乃去玄關穿鞋，走過去蠟燭旁邊集合。

每個人用蠟燭點燃了第一根花火，紅黃光彩在夜色中迸射，此時多惠美剛好回來了。疑似在大門處和阿達接吻之後，她直奔而來：

「啊，花火！我也要玩！」

見多惠美加入佐知等人後，車子的引擎聲才遠離。在昏暗中看不清楚，但多惠美似乎曬黑了。看來她度過了快樂的一天，太好了，佐知心想。

四人吃著擺在落地窗邊的西瓜，玩了一陣子花火。雪乃蹲著一動不動，免得線香花火前端的小火球掉下來。多惠美揮舞雙手的花火，自顧自地在黑暗中畫愛心。鶴代吃著西瓜，說「咦，真甜」，把籽吐到地上。

佐知望著四周飄盪的白煙。蚊香和火藥的氣味。菜園散發的潮濕泥土味。空氣裡充滿了夏意。

鶴代走到佐知旁邊，遞上一片西瓜。佐知接過去，品嚐那水潤的甜味。

---

18 日本的花火包含煙火、鞭炮、仙女棒、手持煙火等，種類廣泛。

「看不到星星。」佐知遙望煙霧另一頭的夜空說。

「好多年沒有燒迎火[19]了呢。」鶴代看著雪乃手中的線香花火緊貼著地面綻放的模樣說。

這兩人雞同鴨講是老樣子了，佐知不以為意，繼續仰望夜空，眼角餘光瞥見鶴代又點燃一根新的花火。

「妳去叫山田先生一起來。」

鶴代輕搖著花火，像是正使用只有少數人才能解讀的文字，在空中寫下祕密的邀請函。

「幹嘛要我去？妳不會自己去喔？」

「妳沒看到嗎？我正在忙。居然不想招待老人家吃西瓜和燒肉，唉，我怎麼會養出這樣一個狼心狗肺的女兒。」

「好啦好啦，我去就是了。」

佐知穿過煙霧，走向守衛小屋。

佐知沒有發現，在頭頂閃爍的銀色星星其實不是星星而是我。也沒有任何生者發現，善福寺川倒映著肉眼看不見的無數星星，以及善福丸正在河邊的大櫸樹上合攏著黑夜本身的翅膀休息。

可是我正守望著，守望著去守衛小屋敲門的佐知、正躺在起居室裡一個人看電視的山田懷著隱約的期待起身、鶴代把電烤盤擺到餐廳桌上、把全部的花火燒成灰的雪乃和多惠美忙著比賽吐西瓜籽，以及差不多即將燃盡的蠟燭那幽微的火光。

更進一步說，我已預見吃了太多西瓜和燒肉的佐知，今晚肚腩肉會有些下垂。但這些都是瑣碎小事，瑣碎而令人憐愛的、我愚昧地拋棄了的日常生活。所以，至少讓我繼續守望下去吧！守望著住那個家的四個女人。

我飄浮著，就像星辰流轉，乘風飛翔。妳們不會注意到我，繼續哭泣、生氣、吵架、歡笑，迎接每一個新的早晨。這樣就好。我會永遠在一旁守望，以全身，亦即以全副靈魂，祈禱妳們幸福。

妳們被守護著，被我守護著，被眾多早已不在世上的事物守護著。或許妳們不知道，但這樣就好。因為妳們活著。

19 迎火是進入盂蘭盆節時，傍晚在家門前焚燒，迎接祖先靈魂的火。

文學森林LF0163

住那個家的四個女人

あの家に暮らす四人の女

作者
三浦紫苑
一九七六年出生於東京。二〇〇〇年以長篇小說《女大生求職奮戰記》踏入文壇。二〇〇六年，《真幌站前多田便利屋》榮獲第一百三十五屆直木獎，改編成電影、電視劇。二〇〇七年《強風吹拂》入圍本屋大賞，三年後再次以《哪啊哪啊～神去村》獲選本屋大賞十大作品，二〇一二年以《編舟記》（原名：《啟航吧！編舟計畫》）一書奪得本屋大賞第一名，以及紀伊國屋KINO BEST票選年度書籍第一名。二〇一五年《住那個家的四個女人》榮獲織田作之助賞。二〇一八年《小野小花通信》（暫名）榮獲島清戀愛文學獎與河合隼雄物語獎。二〇一九年再以《沒有愛的世界》入圍本屋大賞，並首次以作家之姿獲頒日本植物學會特別獎。
其他創作尚有小說：《月魚》、《祕密的花園》、《我所說的他》、《昔年往事》、《木暮莊物語》、《政與源》等，散文隨筆數本：《三浦紫苑人生小劇場》、《我在書店等你》、《嗯嗯，這就是工作的醍醐味啊！》、《腐興趣～不只是興趣！》、《寫小說，不用太規矩》。

譯者
王華懋
嗜讀故事成癮，現為專職日文譯者，譯作有《最後的情書》、《渴望》、《關於莉莉周的一切》、《年輕人們》、《東京陌生街道》、《所羅門的偽證》等。譯稿賜教：huamao.w@gmail.com

書封設計　Bianco Tsai
責任編輯　詹修蘋
行銷企劃　楊若榆、黃蕾玲
版權負責　陳柏昌
副總編輯　梁心愉

初版一刷　二〇二二年七月三十一日
定價　新台幣三八〇元

ThinKingDom 新經典文化
發行人　葉美瑤
出版　新經典圖文傳播有限公司
地址　10045臺北市中正區重慶南路一段五七號十一樓之四
電話　886-2-2331-1830　傳真　886-2-2331-1831
讀者服務信箱　thinkingdomtw@gmail.com
臉書專頁　http://www.facebook.com/thinkingdom/
總經銷　高寶書版集團
地址　11493臺北市內湖區洲子街八八號三樓
電話　886-2-2799-2788　傳真　886-2-2799-0909
海外總經銷　時報文化出版企業股份有限公司
地址　桃園市龜山區萬壽路二段三五一號
電話　886-2-2306-6842　傳真　886-2-2304-9301

住那個家的四個女人 / 三浦紫苑作 ; 王華懋譯. -- 初版. -- 臺北市 : 新經典圖文傳播有限公司, 2022.07
304面 ; 14.8×21公分. -- (文學森林 ; YY0263)
ISBN 978-626-7061-31-2(平裝)

861.57　　111010660